庫 SF
〉

宇宙のランデヴー
〔改訳決定版〕

アーサー・C・クラーク
南山　宏訳

早川書房
7320

RENDEZVOUS WITH RAMA

by

Arthur C. Clarke

Translated by
Hiroshi Minamiyama
Published 2014 in Japan by
HAYAKAWA PUBLISHING, INC.
This book is published in Japan by
arrangement with
ROCKET PUBLISHING COMPANY LTD.
c/o DAVID HIGHAM ASSOCIATES LTD.
through TUTTLE-MORI AGENCY, INC., TOKYO.

私が神々の階段《きざはし》を昇った国
スリランカに捧げる

目次

宇宙のランデヴー〔改訳決定版〕

1　宇宙監視

遅かれ早かれ、おこる運命だった。一九〇八年六月三十日、モスクワはあやうく、三時間と四千キロの差で破壊をまぬがれた――大宇宙のものさしで測れば、まことに微々たる差とはいえ。一九四七年二月十二日、またもやソ連の一都市が、もっと間髪の差で難をのがれた。二十世紀に入って二個目の大隕石が、ウラジオストックから四百キロと離れていない場所で、当時開発されたばかりのウラン原爆にも劣らぬ爆発をおこしたのだ。

そのころ人類は、かつて月の表面をあばただらけにした宇　宙　砲　撃《コズミック・ボンバードメント》の、最後のはぐれ弾《だま》から身を守るすべをもたなかった。一九〇八年と一九四七年の隕石は、さいわい無人の荒野に落ちたが、二十一世紀末の地球上にはもう、天からの砲撃演習に使えるような土地などは残っていなかった。人類はすでに、両極のすみずみにまで進出していたのだ。だから、不可避的に……。

二〇七七年の例年《いつ》になく美しい夏、九月十一日の朝九時四十六分（グリニッジ標準時）、ヨーロッパ一帯の住民は、東の空に出現した目もくらむばかりの火球を仰ぎ見た。数秒とたたぬうちに、それは太陽よりも明るさを増し、天をよぎるにつれ――はじめは完全な無音で――湧きかえるような塵煙《じんえん》の太い尾を引いた。

オーストリア上空のどこかで、火球は分裂を始め、たてつづけに激しい震動をおこして、百万以上の人びとから、永久に聴力を奪った。だが、かれらはまだしも幸運だったのだ。

毎秒五十キロのスピードで、一千トンの岩石と金属が北イタリアの平原に激突し、数世紀にわたる営為の成果を、ほんの数瞬で灰燼《かいじん》に帰させた。パドヴァとヴェローナの町が、地表から払拭され、ヴェネツィアの最後の栄光は、この宇宙からの鉄槌《ハンマー・ブロー》の一撃後、なだれこんできたアドリア海の水の下に、永遠に没したのだ。

六十万の人間が死亡し、被害総額は一兆ドルを上まわった。だがそれ以上に、芸術の、歴史の、科学の――人類全体の未来の――受けた損失は、測り知れぬものがあった。まるで、一朝にして敗れ去った大戦《おおいくさ》のあとのようなありさまだった。舞いあがった粉塵がゆっくりとしずまるあいだ、何日にもわたって全世界が、クラカトア噴火以来のすばらしい夜明けと日没を拝めたという事実にも、人びとはすなおに喜べなかった。

最初のショックが去ると、人類は、歴史上かつてないほどの断固たる決意と団結とをもって、立ちあがった。このような災厄は、向こう一千年間は二度もおこらぬかもしれないが、逆に明日おこることもありうる。そしてこのつぎおこるときには、もっとひどい結果にならぬとはだれも保証できないのだ。

よろしい。今後このようなことは二度とおこさせるものか。

百年も昔、世界がずっと貧しく、資源もはるかに乏しかった時代、人類は自滅もかまわず、身内同士たがいに相手の射ちだす兵器を破壊するため、富を浪費していたことがあった。その努力は日の目を見なかったが、獲得された技術は忘れられずに残った。その同じ技術が、今度ははるかに高邁《こうまい》な目的のため、とほうもなく巨大なスケールで生かされることになった。災厄をもたらす大隕石に、二度とふたたび、地球の堅い守りを突破されぬようにするのだ。

こうして、〈宇宙監視計画《スペースガード》〉がスタートした。五十年後に――しかも、計画推進者がだれひとり、思いもかけなかった形で――それが役に立つときがきた。

2 侵入者

二一三〇年ごろ、火星に本拠を置くレーダー網は、日に十個以上の割りで新しい小惑星《アステロイド》を発見していた。〈スペースガード〉のコンピューターが、軌道を計算して巨大なメモリーバンクに情報を貯蔵し、溜まっていく統計を数ヵ月ごとにまとめては、天文学者の一覧に供せるようにはからった。その統計はいまや、厖大なものになりつつあった。

十九世紀の夜が明けたそもそも最初の日に、最大の小惑星ケレスが発見されて以来、初めの千個が収集されるまでには、百二十年以上かかった。以来何百という小惑星が発見されては行方不明になり、また再発見された。群れをなして存在するそのさまは、ある天文学者が腹立ちまぎれに〝空のウジ虫ども〟と呼んだほどだ。〈スペースガード〉の追う小惑星の数が五十万個に達すると知ったなら、この天文学者はさぞ仰天したことだろう。

そのなかで五個だけ——ケレス、パラス、ユノ、エウノミア、ヴェスタが、直径二百キロを越す巨塊で、あとの大部分は、せいぜい小さな公園をふさぐ程度の、特大級の玉石というところだ。そのほとんどは、火星の外側に軌道をとっていた。太陽にかなり接近して、地球を脅かす危険のある少数の小惑星だけが、もっぱら〈スペースガード〉の関心を惹いた。そのうち、太陽系の存在するであろう未来永劫にわたって、地球から百万キロ以内を通過するものは、千にひとつもなかった。

発見された年度と順序にしたがって、三一／四三九と最初に登録された物体が探知されたのは、まだそれが木星の軌道の外にいるうちだった。位置については、べつに異常なところはなかった。いったん土星の向こう側まで出てから、ふたたび遠い主人、太陽の方角へ戻ってくる小惑星は、たくさんあった。トゥーレⅡという小惑星などはいちばん極端で、天王星の失われた月ではないか、と思えるほどこの惑星すれすれにまで近づくのだ。

しかし、それほどの距離でもうレーダーに引っかかるというのは、前例がなかった。明らかに三一／四三九は、異常なサイズにちがいない。エコーの強さから、コンピューターはその直径を、すくなくとも四十キロとはじきだした。これほど大きい小惑星の発見は、この百年間たえてなかったことだった。そんなに長い期間、見のがされていたというのは、信じがたいことのように見えた。

だが、軌道が算出されると、その謎は氷解した——ただし、さらに大きな謎がそれにとって代わったが。三一／四三九は、通常の小惑星が数年ごとに時計仕掛けの正確さでめぐる楕円軌道を、辿っていなかった。太陽系を訪れるのはこれが最初で最後の、孤独な恒星間漂泊者——速度があまりに大きすぎて、太陽の重力場では捕えきれないのだ。たぶん、木星、火星、地球、金星、水星の軌道を、外から内へつぎつぎによぎりながらスピードをあげ、最後に太陽をひとまわりして、ふたたび未知の空間へと飛び出していくのだろう。

　コンピューターが、「ねえちょっと！　おもしろいものがありますぜ！」という信号を出し始め、三一／四三九の存在が初めて人類の目にとまったのは、この時点だ。〈スペースガード本部〉では、ひと騒ぎあったあと、この恒星間の漂泊者にただの数字にかわる立派な名称を、大急ぎであたえることになった。天文学者たちは、もうとうの昔に、ギリシャとローマ神話の名前を使いはたし、いまはヒンズー教の神殿を漁りまわっていた。そこで三一／四三九は、〝ラーマ〟（インドの国民叙事詩『ラーマーヤナ』で活躍する英雄神）と命名された。

　数日のあいだ、報道機関はこの訪問者をめぐって騒ぎたてたが、なにぶんあたえられる情報が少なすぎたので、思うにまかせなかった。ラーマについて判明した事実は、二つだけだったのだ――その異常な軌道と、およその大きさだ。それとて、レーダー・エコーの強さにもとづいて計算された推定値にすぎない。望遠鏡を通して見ても、ラーマはまだ、弱々しい十五等星ほどにしか見えなかった――小さすぎて、円盤状にも見えぬほどだ。でも、太陽系の中心部に突入すれば、月ごとに明るさと大きさが増してくる。永遠に姿を消す前に、その形状と大きさに関するもっと正確な情報を、軌道《オービティング》観測所が集めてくれるだろう。時間はたっぷりあったし、おそらく向こう数年のうちには、偶然まぢかな航路をとる商用宇宙船かなにかが、いい映像を撮ってくれそうだ。ランデヴーすることは、まずなさそうだった。毎時十万キロ以上の速度で諸惑星の軌道を横断していく物体と、物理的接触をおこなうのは、エネルギーコストの点でまったく引きあわないからだ。

というわけで、世界はじきにラーマのことを忘れてしまった。だが、天文学者は忘れなかった。この新発見の小惑星が、新たな謎をつぎからつぎへと提示するにつれて、かれらの興奮はしだいにつのっていった。

まず第一に、ラーマの光量変化曲線の問題があった。変化がまったくなかったのだ。

あらゆる既知の小惑星は、ひとつの例外もなく、その輝きかたに緩慢な変動が見られ、数時間おきに盈《み》ち欠けをくり返す。これは小惑星自体の回転と不規則な形状からくる、必然的な結果だということは、もう二世紀以上も前から認められていた。くるりくるりとひっくり返りながら公転しているので、太陽に向ける反射面が不断に変化し、それにつれて輝きかたも変わるのだ。

ところが、ラーマはそのような変化を示さなかった。これはまったく自転していないか、それとも完全に対称形をなしているか、のいずれかを意味していた。どちらの説明もひとしくありえないように見えた。

その後数カ月、この問題は宙に浮いたままだった。巨大な軌道望遠鏡《オービティング》はどれもこれもみな、宇宙の遠い深淵を覗きこむいつもの仕事に、出はらっていたからだ。空間天文学《スペース》は、金のかかるホビーで、巨大装置を一分使うだけで、ゆうに一千ドルはかかる。もしもっと重要な計画が、たった五十セントの集光装置一個の故障で、一時的に中断されなかったなら、ウィリアム・ステントン博士はけっして、ファーサイド二百メートル反射鏡をたっぷり十五分間も使用することはできなかっただろう。同僚天文学者の不運が、博士にとっては幸運だったわけだ。

ビル・ステントンが自分の得たデータの価値を知ったのは、翌日、コンピューターに結果を処理させてからだった。そのデータが表示スクリーン上にやっと写しだされたときでさえ、それがなにを意味するのかをのみこむのに、数分はかかった。

けっきょく、ラーマから反射される太陽光線の強さは、完全に一定ではなかった。ごくわずかながら変動はしていた――探知するのも困難なほどだが、さりとて誤測はありえず、きわめて規則正しかった。ほかのあらゆる小惑星同様、ラーマもやはり自転していたのだ。ただ、通常の小惑星の〝一日〟は、数時間なのに、ラーマのそれはたった四分だった。

ステントン博士はすばやく計算してみて、その結果にますますわが目を疑った。この小世界の赤道部分は、時速一千キロ以上で回転しているにちがいない。とすると、もし着陸するなら、両極以外の場所を選ぶのは、剣呑《けんのん》というものだ。ラーマの赤道部分の遠心力は、その上に載っかるどのような物体も、ほとんど一Gに近い加速度をつけてはじき飛ばしてしまうにちがいない。ラーマは、いわば宇宙のコケがつかない転がる石《ローリング・ストーン》なのだ。そんな天体なら、とうの昔にちりぢりばらばらに分解していてもよさそうなのに、ちゃんとひとつにまとまったままでいるとは、驚嘆すべきことだった。

さしわたし四十キロで、自転周期がたった四分の物体――そんな天体がいったい、天文学的全知識体系のどこにあてはまるというのか？　ステントン博士はちょっぴり想像力がたくましく、ややせっかちに結論へ飛びつきたがる性格の人間だった。博士はすぐさまひとつの結論に飛びつき、そのおかげで数分間、はなはだ不愉快な気分におちいった。

天界動物園のなかでこの特徴を満たす唯一の標本は、崩壊した恒星という考えだ。おそらくラーマは、死んだ太陽なのだ――立方センチあたり何十億トンという重量の中性子球体が、狂気じみた自転をしているのにちがいない……。

このとき、ステントン博士の恐怖に満たされた心のなかを、一瞬ちらとかすめたのは、かのH・G・ウエルズ不朽の名作『妖星《ザ・スター》』の記憶だった。初めてこの話を読んだのは、ごく幼いころのことで、それが博士の天文学に対する関心に、火をつけたのだ。書かれてから二世紀以上の時を経てもなお、この作品は魔力と戦慄とを失っていなかった。宇宙からきた天体が、木星に衝突したあと、太陽めがけて地球をかすめ落ちていくさいに惹きおこす凄まじいハリケーンや津波、海になだれこむ都市といった光景のイメージを、博士はけっして忘れることはできないだろう。なるほどウエルズが描いた星は、冷たくはなく、白熱していて、破壊の多くは熱によって惹きおこされた、という違いはある。だが、このさいそんなことは問題ではなかった。たとえラーマが冷たい天体で、ただ太陽の光を反射しているだけだとしても、その重力によって、ほとんど火と同じぐらい容易に、破壊をもたらすことができるのだ。

太陽系内に恒星が侵入してくれば、かならずその質量が、惑星たちの軌道を完全に歪めてしまうだろう。地球がほんの数百万キロ、太陽の方角——または太陽系外の方角——へずれるだけで、気候の微妙なバランスはいっぺんに崩れるのだ。南極の氷冠が溶ければ、低地はすべて洪水に見舞われるし、海洋が凍結すれば、全世界が永遠の冬に閉じこめられる。どちらかの方角にちょっとつつくだけで、こと足りるのだ……。

そのとき急に、ステントン博士は気分が楽になり、ほっと安堵のため息をもらした。そんな考えはばかげていた。博士は自分を恥じるべきだった。

ラーマが縮退物質でできているはずはない。恒星大の質量がこれほど深く太陽系内に入ってくれば、とうの昔に、かならずや大混乱を巻きおこしていたはずだ。全惑星の軌道が影響を受けるに決まっている。海王星や冥王星や冥妃星《ペルセポネ》（第十番惑星）が発見されたのも、もとはといえばそれがきっかけだったように。そうだ。死んだ太陽ほども重い物体が、だれにも気づかれずに忍びよることは、こんりんざい不可能なのだ。

ある意味では、残念だった。暗黒星との遭遇だったなら、どんなにかすばらしい出来事だろうに。

だが、そのあいだも、怪物体は刻々と……。

3　ラーマとシータ

〈宇宙諮問会《SAC》〉の臨時会合は、短時間で終わったが、大荒れに荒れた。二二世紀になっても、あいかわらず、古手の保守的な科学者連中が地位をたてに会を牛耳《ぎゅうじ》る悪弊からぬけだす方法は、見つかっていなかった。実際、この問題のカタがいつになったらつくのか、それすら見当がつかなかった。

さらにまずいことに、SACの現会長は、かの知らぬ者なき宇宙物理学者、オラフ・デヴィッドソン〝名誉〟教授だった。この男は、銀河宇宙よりも小さな物体には、あまり関心がなく、その偏見を隠そうともしない人物だった。しかも、自分の分野の九十パーセントまでが、いまや宇宙に浮かぶ機械からの観測に頼っていることを認めざるをえないにもかかわらず、教授はそのことをすこしも感謝していなかった。その輝かしい経歴のなかですくなくとも三度、自説の証明のためにわざわざ打ちあげた人工衛星が、みごとに正反対の証明をやってしまったからだ。

〈諮問会〉に提出された問題は、しごく単純明快だった。ラーマが異常な天体であることは、もはや疑問の余地がない——だが、はたして重要な天体だろうか？　あと数ヵ月もすれば永遠に姿を消すとあれば、ためらっているひまはない。いま機会をのがせば、二度とはないだろう。

かなり余分な費用はかかるが、ちかぢか火星から海王星の向こうまで飛ばす予定の宇宙《スペース》探測機《プローブ》の軌道を修正すれば、ラーマとすれちがう高速軌道に乗せられそうだった。ランデヴーの望みはない。おそらく通過時間の最短記録になりそうだ。なにしろ両物体は、たがいに時速二十万キロですれちがうのだ。ラーマを集中的に観察できるのは、ほんの数分——実際の接近撮影時間は、一秒とないだろう。しかし、装置さえ正しく作動すれば、それだけでも多くの問題の決着をつけるにはじゅうぶんだった。

デヴィッドソン教授としては、この海王星探測機にも強い偏見を抱いていたが、すでに可決されたことだったので、いまさら泥棒に追い銭をやることに意義を認めなかった。教授は小惑星の追跡などいかに愚かなことか、そして新たに甦ったビッグ・バン宇宙生成論を今度こそ証明するために、月面に高解像力の新型干渉観測器を設置することがいかに必要か、滔々《とうとう》と弁じたてた。

これは重大な作戦ミスだった。なぜなら、この諮問会のメンバーのなかには、修正定常《ステディ》宇宙論《ステート》の熱烈な支持者が、三人もいたからだ。かれらも内心では、小惑星追跡などは金のむだづかいだという、デヴィッドソン教授の意見に賛成だったのだが……。

教授は一票の差で敗れた。

三カ月後、新しくシータ〔訳注　『ラーマーヤナ』に登場するラーマの妻〕と改名された宇宙探測機が、火星の内周衛星フォボスから打ち上げられた。七週間の飛行ののち、遭遇まであと五分という段階になって、装置が全開状態に切りかえられた。同時に、カメラポッドの集団が放出されて、四方から撮影できるように、ラーマの周囲を飛びすぎた。

最初の画像が一万キロのかなたから送られてきたとたん、全人類の活動は、はたと停止した。十億のテレビスクリーンに、一個のちっぽけななんの変哲もない円筒物体の、一秒ごとに大きくなってくる姿が映しだされた。それが二倍のサイズに達したころには、もはやだれも、ラーマが天然の物体だというふりをすることはできなくなっていた。

その胴体は、幾何学的に完璧な円筒型で、まるで旋盤に――それも主軸の両センター間が五十キロもあるような――かけて作ったように見えるほどだった。両端は、一方の面の中央部に小さな構造物があるほかは、まっ平らの平面で、直径二十キロほどあった。遠距離からまだスケールの実感がぴんとこない状態で見ると、ラーマの形は、ごくありふれた家庭用のボイラーに、滑稽なくらいそっくりだった。

ラーマはとうとう、画面いっぱいに広がった。その表面は、光沢のないくすんだ灰色を呈し、月面のように無色の感じで、一点をのぞいてまったく特徴を欠いていた。円筒のちょうど中間あたりに、大昔、なにかがぶつかった跡のような、約一キロ幅の汚れ、というかしみがついていたのだ。

その衝撃が、ラーマの回転する壁面に損傷をあたえたような兆候は、まったくなかった。ただ、ステントンの発見を導いた光量のわずかな変動は、この汚点のせいであることが判明した。

ほかのカメラからの画像は、なんの新情報もあたえてくれなかった。それでも、カメラポッドがラーマの微弱な重力場のなかを飛んだ軌跡から、もうひとつ、重大な情報が割りだされた──円筒の質量だ。

中身の詰まった物体にしては、それは軽すぎた。いまさらだれもさして驚きはしなかったが、ラーマは中空の物体であることが、いまや明白になった。

長いあいだ期待され、長いあいだ恐れられてきた出会いが、とうとう実現したのだ。人類はいま、宇宙からの最初の訪問者を迎えようとしているのだった。

4　ランデヴー

ビル・ノートン中佐は、ランデヴーのいよいよ最後の瞬間に、もう飽きるほどくり返し映してみた最初のテレビ画面を、ふと思いおこした。だが、電子工学的な画像では、どうしても伝えきれぬものがひとつある――それはラーマの圧倒的な巨大さだった。

月や火星のような天然の天体に着陸したときには、そのような印象を受けた覚えがなかった。これらは星であり、当然大きいものと思いこんでいるからだ。だから、木星の第八衛星に着陸したときにも、ラーマよりやや大きいぐらいなのに、ひどく小さい物体のように感じたものだ。

このパラドックスの謎ときは簡単だ。中佐の判断は、これが人工物体で、人類がこれまで宇宙へ送り出したいかなる物体より、何百万倍もでかい、という事実に大きく影響されていた。ラーマの質量は、すくなくとも十兆トンはあった。いかなるスペースマンにとっても、これは畏敬の念をかきたてるだけでなく、恐怖さえ覚えさせる重さだ。人の手になる不滅の金属で作られたこの円筒物体が、ぐんぐん天空いっぱいに拡がるにつれて、ノートンが何度か、卑小感にとらわれ、憂鬱さえ感じたのも、むりはない。

そのうえ、なんとなく危険な感じもあった。これはノートンにとって、まったく新しい体験だった。これまでの着陸では、なにを予期すべきかがわかっていた。不慮の事故がおきる可能性はつねにあったが、驚異に惑わされることはなかった。だが、ラーマの場合は、驚異だけが、ただひとつ確かなことなのだ。

いま、エンデヴァー号は円筒物体の〝北極〟の上、ゆっくりと回転する円盤部分のどまんなかから千メートルもない高さのところに停まっていた。こちらの端が選ばれた理由は、太陽に向いているからだった。ラーマの回転につれて、中心軸付近にある、背の低い謎めいた構造物の影が、金属の平面を着実にすべっていく。ラーマの北面は、四分という一日の迅速な時の経過を刻む巨大な日時計だった。

五千トンの宇宙船を、回転する円盤面の中央に着陸させること自体については、ノートン中佐はまったく心配していなかった。巨大な宇宙ステーションの主軸部にドッキングさせるのと、すこしも変わりはない。すでにエンデヴァー号の側面噴射管が、船に同じ回転をあたえていた。航宙コンピューターの助けのあるなしにかかわらず、ジョー・キャルヴァート中尉が、船を雪の一片《ひとひら》のように、そっと降ろしてくれるはずだった。

「あと三分で」と、ジョーはディスプレー装置から目を離さずに告げた。「こいつが反物質でできているかどうかがわかりますよ」

ノートンは、ラーマの起源に関する身の毛もよだつような仮説を、ちょっぴり思い出してにやにやした。もしこのありそうもない仮説が正しかったら、もうすぐ太陽系開闢《かいびゃく》以来の大爆発がおこることになる。一千トンの物質が完全消滅すれば、惑星たちはつかのまのあいだ、第二の太陽を拝めるだろう。

もっとも、今度の任務には、この万にひとつの可能性さえ、ちゃんと考慮に入っていた。エンデヴァー号は一千キロの安全距離から、ラーマにひと吹き、ジェット噴射を浴びせかけてみたのだ。蒸気の雲が拡散しながら標的に到達したが、まったくなにごともおこらなかった——だが、ほんの数ミリグラムの正反物質反応でも、おそろしい花火騒ぎが始まるはずなのだ。

ノートンは、宇宙船の指揮官ならだれでもそうだが、用心深い男だった。ラーマの北面を、時間をかけてじっくり観察してから、降下地点を選んだ。熟考のすえ、最適の場所——きっかりどまんなか、中心軸そのものの上は、避けることに決めた。〈北極〉を中心として、直径百メートルほどの輪郭のはっきりした円形部分が見え、それをノートンは、巨大なエアロックの外部弁にちがいない、と睨んだのだ。この中空の世界を建設した生物たちは、自分たちの船を内部にとりこむ通路をもっていたはずだ。論理的に考えて、ここがおもて玄関には最適だったから、自分の船でそのフロントドアを塞いでしまうのはまずいだろう、とノートンは考えた。

だが、この決定はべつの問題を生みだした。もし中心軸からほんの数メートルでも離れた場所に降りると、ラーマの早い回転が、エンデヴァー号を徐々に〈北極〉から遠ざけてしまう恐れがあった。最初のうちは、遠心力はきわめて微弱だが、それが容赦なく連続的に加えられるのだ。ノートン中佐は、自分の船が極の平面を、刻一刻スピードを増しながら滑っていき、円盤面のへりに達すると、時速一千キロの早さで宇宙空間へ放りだされてしまう光景を想像して、不愉快になった。

ただラーマの弱い重力場——地球の約一千分の一ほどある——が、それを防いでくれる可能性もあった。その重力場がエンデヴァー号を、数トンぐらいの力で平面に押しつけてくれるから、もし表面がざらざらしていれば、船は〈北極〉の近くにとどまってくれるだろう。だが、ノートン中佐としては、あるかないかわからぬ摩擦力とまちがいなく存在する遠心力とを、両天秤にかけるつもりは、毛頭なかった。

幸いなことに、ラーマの設計者たちが、解答を用意してくれていた。極軸のまわりを、直径十メートルほどの低い、トーチカ状の構造物が三個、等間隔でとりかこんでいた。そのいずれか二つの中間に、エンデヴァー号を降ろせば、ちょうど船が打ちよせる波のおかげで、埠頭から離れなくなるように、遠心力によって押しつけられ、がっちり食いとめられることになりそうだ。

「十五秒で接触」と、ジョーが告げた。複雑な制御装置の上で身を硬ばらせ、それに触れずにすむことを願いながら、ノートン中佐はすべてがこの一瞬にかかっていることを、痛いほど意識した。たしかにこれは、一世紀半前の史上最初の月面着陸以来、もっとも重要な意味をもつ着陸なのだ。

操縦室の窓の外を、灰色のトーチカがゆっくりとせりあがっていった。反動噴射管の最後のひと吹きに続いて、ほとんど感じられないくらいの衝撃がきた。

過去数週間のうちに何度か、ノートン中佐は、この瞬間になんといおうか、と考えたものだった。だが、いざその場になってみると、キャリアが自然に言葉を選び、中佐はほとんど機械的に、それが過去の谺《こだま》であることすら意識せず、こう告げた。

「こちらラーマ基地。エンデヴァー、ただいま着陸完了」

ついひと月前まで、ノートン中佐はこんなことになろうとは夢にも思っていなかった。命令がとどいたとき、中佐の艦は、小惑星警報ビーコンの点検と敷設という、いつもの任務についていた。エンデヴァー号は、侵入者が太陽を周回してふたたび星々のかなたへ飛び去ってしまう前に、それとランデヴーできそうな太陽系内唯一の宇宙船だったのだ。それでもなお、〈太陽系調査局《ソラー・サーヴェイ》〉所属のほかの三隻から、燃料をもらわなければならず、おかげでその三隻は目下のところ、タンカーが再補給してくれるまで、無力に漂流中なのだった。カリプソ、ビーグル、チャレンジャー各号の艦長たちとまた話を交わせるようになるまでには、そうとう時間がかかるのではないか、とノートンは心を痛めていた。

こうして推進剤を余分にたくわえてさえ、長く苦しい追跡だった。エンデヴァー号がようやく追いついたとき、ラーマはすでに、金星軌道の内側に入っていた。ほかの船では、とうてい追いつけなかったという点で、この特権はかけがえのないものではあるが、その代わり今後数週間のあいだ、一瞬たりとも無駄に費やすことは許されない。このチャンスと引き替えなら、喜んで命を投げだす科学者が、地球上に千人はいるだろう。だが現実には、われわれだったらもっとずっとうまく仕事をやってのけるのに、などと切歯扼腕《せっしやくわん》しながら、食い入るようにテレビの画面をみつめる以外、かれらにもどうにもならないことなのだ。かれらの考えはたぶん正しかっただろうが、ほかに手段はなかった。天上の力学《メカニクス》の無慈悲な法則は、人類の所有するあらゆる宇宙船のなかで、エンデヴァー号だけをラーマと接触できる最初にして最後の船と定めたのだ。

ひっきりなしに地球から送られてくる助言も、ノートンの責任を軽減してくれる助けには、ほとんどならなかった。そのくせ寸秒を争う決断を迫られるときには、だれの力も借りることができないのだ。〈作戦司令部〉と交わす無線の時間ずれ《タイム・ラグ》は、すでに十分になり、なお増大していた。ノートンはときどき、電波通信の始まる以前の時代の偉大な航海者たちが、羨ましくなった。かれらは本部にいちいちお伺いをたてる必要もなく、ただ密封された命令書をかってに解釈すればよかった。たとえかれらがヘマをやったとしたところで、だれにも気づかれずにすむのだ。

とはいえいっぽうでは、場合によっては決定を地球側に委ねてもいいことを、ノートンは喜んでもいた。エンデヴァー号の軌道が、ラーマのそれと一致したいま、両者は一体となって、太陽の方向へ突進していた。あと四十日で近日点に到達し、太陽から二千万キロ以内のところを通過するだろう。これはあまりに近すぎて、危険だった。それよりずっと以前に、エンデヴァー号は残りの燃料を使って、より安全な軌道にまで脱出していなければならない。おそらく、探検を三週間続けたあと、ラーマに永遠の別れを告げることになりそうだった。

それから以後の問題は、地球まかせだ。エンデヴァー号は事実上お手あげの状態で、ほかの恒星へ到達する最初の宇宙船にしてくれる軌道の上を――ただし、到達するのはほぼ五万年先の話だが、どんどん突っ走ることになる。だが、心配する必要はない、と〈作戦司令部〉は約束してくれた。採算は度外視して、なんとしてでもエンデヴァー号の燃料補給は遂行されるだろう――たとえ、追ってきたタンカーを、推進剤を最後の一滴まで移し終わったあと、宇宙空間に放棄しなければならぬはめになったとしても。ラーマは、生還不能の特攻任務はべつとして、どのようなリスクもおかす価値のある獲物だったのだ。

そしてもちろん、生還不能になる可能性さえ考えられた。その点で、ノートン中佐も幻想を抱いてはいなかった。この百年間で初めて、人間の問題に完全な不確定要素がまぎれこんできたのだ。不確定ということは、科学者にとっても政治家にとっても、我慢のならないことだ。もしそれを解決する代償として必要なら、かれらはエンデヴァー号とその乗組員たちの命を犠牲に供することもいとわないだろう。

5　最初のEVA

ラーマは墓石のように黙りこくっていた——というより、おそらく墓石そのものだった。あらゆる波長にわたって、なんの無線信号もなかった。まぎれもなく太陽の加熱増大が惹きおこす微震動をべつにして、地震計がキャッチできるほどの震動もないのだ。電流も流れていないし、放射能もない。ラーマは不気味なくらいに静まりかえっていた。小惑星でさえ、もうちょっと騒がしいのではないか、とさえ思えてくるほどだ。

われわれはなにを期待するというのだ？　ノートン中佐はそう自問した。歓迎委員会か？　失望すべきなのか、安心すべきなのか、中佐にはよくわからなかった。いずれにしろ、主導権《イニシアティヴ》はどうやら、こちらにありそうだ。

ノートンの受けた命令は、二十四時間待ってから船外に出て、探検を開始せよ、というものだった。最初の一日は、みなほとんど一睡もしなかった。非番の乗組員までが、むなしい探査を続ける装置を監視したり、ただぼんやりと観測窓から、完全に幾何学的な光景を眺めたりして、時間をつぶした。この世界は生きているのだろうか？　と、かれらは何度も何度も自問した。それとも死んでいるのか？　あるいは、ただ眠っているだけなのか？

最初の船外活動《EVA》にあたって、ノートンは隊員を一人だけ同行させた──タフで機略縦横で、頼りがいのある士官カール・マーサー少佐だ。船から見えなくなるところまで離れるつもりはなかったし、もしトラブルがおきた場合、人数が多いほど安全になるとも思えなかった。ただ、念のため、部下をあと二人、宇宙服を着たままエアロック内に待機させておくことにした。

ラーマの重力と遠心力とのかねあいが生みだす、ほんの数グラムの重量は、なんの助けにも妨げにもならなかった。かれらはもっぱら、噴射装置に頼るほかなかった。できるだけ早い時期に、船とトーチカとのあいだにガイドロープをあやとり式にかけわたして、推進剤を浪費せずに動きまわるようにしよう、とノートンは考えた。

最寄りのトーチカは、エアロックから十メートルしか離れていなかったので、ノートンはまずまっさきに、この着陸で船体が傷まなかったかどうか調べてみた。エンデヴァー号の船体は、トーチカの湾曲した壁に、数トンの重みをわけて止まっていたが、その圧力は均等に分散されていた。ひと安心すると、今度はこの円形構造物の用途を突きとめようと、周囲を漂い歩き始めた。

数メートルも行かないうちに、滑らかな金属質の壁面がとぎれた箇所に出くわした。はじめノートンは、それをなにか特別の装飾物ではないかと考えた。見たところ、なにも有用な機能をもっていそうには見えなかったからだ。六本の放射状の溝、というか窪みが、金属面に深く刻みこまれ、そのなかに六本の交差した金属棒が、ちょうど枠のない車輪の輻《や》のように、小さなこしき《ハブ》を中心にして嵌めこまれていた。だが、この車輪は壁面に埋めこんであるため、どっちの方向にも回転のさせようがなかった。

そのときノートンは、しだいにつのる興奮とともに、どの輻の先端のところにも、いちだんと深い凹みがあり、手を（鉤爪でも？ 触手でも？）かけやすい形になっていることに気がついた。もしこう立って、壁に向きあい、こう輻を引っぱれば……。

なんの抵抗もなくするりと、車輪は壁の外へ滑り出た。呆然として――というのも、可動部分はぜんぶ、とうの昔に真空熔接されている、とばかり思いこんでいたからだ――ノートンは車輪を握ったまま唖然と突っ立っていた。舵輪を握った大昔の帆船船長よろしくの格好で。

宇宙帽のひさしのおかげで、表情をマーサーに読まれずにすんだのを、ひそかに感謝した。

ノートンは驚愕しただけでなく、自分に腹をたててもいた。たぶんもう、最初のへまをしでかしてしまったのだ。いまごろラーマの内部では、警報が鳴りひびいていて、自分の無分別な行動が、制止のきかぬなにかのメカニズムを、すでに起動させてしまったのではないだろうか？

だが、エンデヴァー号からは、なんの異常も報告してこなかった。その感覚装置は、加熱による軋み音とかれらの移動のほかは、なにも探知しなかった。

「さて、艦長《スキッパー》――まわしてみようか？」

ノートンは受け取った指令を、もう一度思い出してみた。〝きみの判断に任せるが、慎重に行動せよ〟。一手進めるごとに、いちいち〈作戦司令部〉に指示を仰いでいた日には、一歩も動けぬこと請け合いだった。

「きみはどう判断するかね、カール？」と、マーサーに訊いた。

「これは明らかに、エアロックの手動装置だ。たぶん、動力故障のさいの非常用予備《バックアップ》装置じゃないかな。どんなに進歩していても、そうした予備措置を講じておかないテクノロジーなんて考えられない」

「一種の安全保障装置《フェイル・セーフ》でもあるね。システム全体に危険がないかぎり、動かせるようになっているわけだ……」

ノートンは向きあった二本の輻をつかむと、足をふんばって、車輪を回転させようとした。車輪はびくともしなかった。

「きみも手をかしてくれ」マーサーに頼んだ。二人で一本の輻をつかむと、渾身の力をこめたが、やはりびくともしなかった。

もちろん、ラーマの時計や栓抜きが、地球と同じ向きにまわらなければならぬ理由は、さらさらない……。

「逆の方向にやってみよう」と、マーサーが提案した。

今度は、なんの抵抗もなかった。車輪はほとんどぞうさなく、ぐるりと一回転した。それから、ごくわずかずつ重みが加わってきた。

五十センチ向こうで、トーチカの湾曲した壁が、さながらのろのろと口を開ける蛤《はまぐり》のように動きだした。漏出する空気の渦に追いたてられたいくつかの塵粒が、燦然たる陽光に捕えられたとたん、きらめくダイヤに変身して外へ流れ出た。

いまこそ、ラーマへの道が開かれたのだ。

6 委員会

〈惑星連合〉の本部を、月の上に置いたのは重大な過ちだった、とボース博士はよく考えることがある。必然的な結果として、地球がわがもの顔に振るまうようになっていた——ちょうどドームの外の光景でも、地球がわがもの顔にのさばっているように。どうしてもここに建てねばならないというのならせめて、あの眠りに誘いこむような天体の円盤《ディスク》から、けっして魔の光のとどかぬ月の裏面《ファーサイド》にすべきだったのだ……。

しかし、もちろん、いまさら変えるには遅すぎた。いずれにせよ、代えるべき場所もなかった。植民地の好むと好まざるとにかかわらず、地球は今後も幾多の世紀にわたって、太陽系の文化的・経済的な絶対支配者《オーヴァーロード》として君臨するだろう。

ボース博士は地球の生まれで、三十になってから火星へ移民していた。だから、比較的感情に惑わされず、政治状況を見ることができるつもりだった。博士は自分が二度と、故郷の星へ戻ることはあるまいということを知っていた。その気になれば、連絡船《シャトル》でここからたった五時間の距離なのだが。齢《よわい》百十五、すこぶる健康ではあったが、すでに生涯の大半を馴れ親しんできた重力の三倍のそれに、肉体を順応させる再調節訓練《リコンデイシヨニング》には、とても立ち向かう気になれなかった。博士は自分の誕生の地から、永遠の追放刑を受けたのだ。とはいうものの、感傷的性格の人間ではなかったから、そのことで不当に憂鬱になることはなかった。

ときとして博士を憂鬱にさせたのは、むしろ明けても暮れても同じ顔ぶれとつきあわねばならぬことのほうだった。医学のもたらした驚異のかずかずは、どれもすばらしいものだし、いまさら時計の針を逆戻りさせたいとは毫《ごう》も望まない――でも、この会議テーブルのまわりにすわっている連中とは、もう半世紀このかた、いっしょに仕事をしてきた仲なのだ。博士はかれらが、この議題ではどう発言し、あの議題ではどう票を投じるか、たなごころを指すように知っていた。かれらのうちのだれかが、いつか、とことん予想外のことを――まるきり狂気じみたことでもいいから――しでかしてくれないものかと心待ちにしているほどだった。

そしておそらく、かれらのほうでもまた、ボース博士に対して同じような感じかたをしていたにちがいない。

〈ラーマ委員会〉がじきに改組されるだろうことは目に見えていたが、目下のところはまだ、扱いやすい程度に小規模だった。博士の六人の同僚――水星、地球、月、ガニメデ、タイタン、トリトンの惑連《UP》代表委員――は、全員がじきじきに出席していた。本人自身の出席はやむをえなかった。太陽系距離になると、電子工学的外交は不可能になるからだ。年輩の政治家のなかには、地球では長いあいだ当然のこととされてきた即時通話に馴れすぎたあまり、電波が惑星間の深淵を飛び越えるには何分も、あるいは何時間もかかるという事実に、どうしてもなじむことができない者もいた。

「あんたがた科学者にも、どうにもできないのかね？」地球とその遠い子供たちとのあいだには、直接面と向かった会話は不可能なのだと聞かされると、かれらはいつも苦々しげに、そう不平をかこったものだ。ただ月だけが、ほとんどあるかなきかの一・五秒の遅れですんだ――それでも、そこには微妙な政治的・心理的なあやが含まれざるをえなかった。天文学的に見た生活面のこの事実ゆえに、月は――そして月だけが――地球の郊外という地位に、いつまでも甘んじなければならないのだった。

同じくじきじきの出席者に、同委員会の別メンバーとして選出された専門家のうち三人がいた。天文学者のデヴィッドソン教授は、古い顔見知りだ。今日は、いつもの癇癪《かんしゃく》もちらしいところが、影をひそめていた。ボース博士は、ラーマへの最初の探測機打ちあげに先だってあった、例の内輪もめについては知る由もなかったが、教授の同僚たちが博士にそれを忘れさせなかったのだ。

セルマ・プライス博士は、テレビの出演回数の多さで、顔を知られていた。もっとも、プライスが最初に名をあげたのは、五十年前、あの広大な海洋博物館、地中海の干し上げ作戦に続いておこなった考古学ブームの最中だった。

ボース博士はあのときの興奮を、いまでもまざまざと憶えていた。ギリシャ、ローマ、そのほか十指にあまる文明の失われた財宝が、白日のもとにさらけ出されたのだ。このときばかりは、さすがに博士も、火星に住むわが身が残念でならなかったものだ。

宇宙生物学者のカーライル・ペレラも、当を得た人選だし、その点では、科学史家のデニス・ソロモンズも同じだった。ただボース博士としては、高名な人類学者コンラッド・テイラーの出席が、やや気にくわなかった。この男は、二十世紀後半のビヴァリーヒルズにおける思春期風習の研究で、学問とエロティシズムを独創的に結びつけたことで、名を高めた人物だった。

しかし、たぶんだれよりもこの委員会に選ばれてしかるべき人物は、ルイス・サンズ卿をおいてほかにはなかっただろう。その豊かな学殖《がくしょく》にふさわしい都会的洗練の持ち主として、ルイス卿は、当代のアーノルド・トインビーと呼ばれるときにだけ、落ちつきを失うというもっぱらの評判だった。

この偉大な歴史学者は、じきじきの出席ではなかった。ルイス卿はこれほど重大な意義をもつ会合にさえ、地球を離れて出席することをかたくなに拒んだ。ほんものと寸分見わけのつかぬ卿の立体画像《ステレオイメージ》は、ボース博士の右どなりに、見かけだけの座を占めていた。この幻像に最後の仕上げをほどこすように、だれの機転か、一杯のグラスが、その前に置かれていた。ボース博士としては、こういった種類の科学技術的離れ業《ツール・ド・フォルス》など無用の長物と考えていたが、にもかかわらず、申しぶんなく立派な人物でありながら、同時に二カ所に現われることに子供じみた喜びを示す人がいかに多いかは、驚くほどだった。ときには、この電子工学的奇蹟が、とんだ悲喜劇を演出することもあった。博士が居あわせたある外交レセプションでのことだが、ある男がてっきり立体画像とばかり思いこんでいた人物を通りぬけようとして——気づいたときには、もう遅すぎた。それは本人そのものだったのだ。もっと滑稽《こっけい》だったのは、投影物同士、握手しようとしかけたのを目撃したときで、あれは……。

わが惑星連合火星大使閣下は、とりとめのない回想から、はっとわれに返ると、咳ばらいをして告げた。「では諸君、当委員会の開会を宣します。わたくしとしましては、この集まりはユニークな事態に対処するために、ユニークな才能のかたがたにお集まりいただいた会合、とこう申しあげても過言ではない、そう考える次第《しだい》です。われわれが事務総長から受けた意向としては、この事態を正しく評価し、必要に応じてノートン中佐に助言をする、ということであります」

これは奇蹟ともいえるほど、極端に単純化したいいかただった。だれもがそれに気づいていた。現実に非常事態に立ちいたらないかぎり、この委員会がノートン中佐に直接連絡をとることは、まずないだろうからだ——実際、中佐がこの委員会の存在を知らされているかどうかさえ、あやしいものだった。〈ラーマ委員会〉は、〈惑星連合科学機構〉が長官を介し事務総長にとどけ出て組織した、臨時の会議にすぎなかった。〈宇宙調査局《スペース・サーヴェイ》〉が惑連《UP》の所属機関であることは事実だが——あくまで作戦行動部門であって、〈惑連科学機構〉に属しているわけではない。でも、理屈からいえば、だからといってさしたる違いがあるわけでもなかった。〈ラーマ委員会〉が——それをいうなら、だれだろうとだが——ノートン中佐を呼び出して、有益な助言をして悪かろうはずはないのだ。

だが、〝遠宇宙《ディープ・スペース》通信〟というのは非常にコストがかかる。エンデヴァー号に連絡をつけるには〈惑星通信社《プラネットコム》〉を通す以外になかったが、この会社は、商売に厳格かつ効率的ということで有名な、独立採算制の会社だった。同社の信用をとりつけるには、長い期間が必要で、現在どこかでだれかが、その働きかけをおこなってはいたが、当面はまだ、〈惑星通信社〉の非情なコンピューターは〈ラーマ委員会〉の存在を認めてもくれないありさまだった。

「このノートン中佐、という男だが」地球大使のロバート・マッケイ卿がたずねた。「この男にはとほうもない責任がかかっている。いったい、どんな人物なんだね？」

「わたしがお答えできる」と、デヴィッドソン教授が記憶装置《メモリー・パッド》のキーボードに指をひらめかせた。スクリーンいっぱいに現われた情報に、顔をしかめると、すぐさまかいつまみ始めた。

「ウィリアム・チェン・ノートン、二〇七七年、大洋州《オセアニア》ブリスベーンで出生。シドニー、ボンベイ、ヒューストンで勉学。ついでアストログラードで五年間、推進機構学を専修。二一〇二年に任官、通常の昇進を続け――第三次冥妃星《ペルセポネ》探検で中尉。第十五次の金星基地建設作戦で、名をあげる……ふむ……ふむ……模範的記録……地球・火星の二重国籍……ブリスベーンに妻と子供が一人……ポート・ローウェルに妻と子供二人、三人目のオプションあり……」

「妻の、ですか?」と、テイラーが無邪気に聞いた。

「いや、子供だよ、もちろん」相手の顔がにやつくのを見る前に、教授はどなった。控えめな笑いのさざなみが、テーブルの周囲に広がったが、人口過剰の地球の出身者たちは、興がるよりはむしろ羨ましげな表情をした。厳しい処置を講じるようになってから、一世紀になるのに、地球はまだ人口を、目標の十億以下におさえることができないでいた……。

「……太陽系調査研究艦《ソラー・サーヴェイ・リサーチ・ヴエッセル》エンデヴァー号の指揮官に任官。木星の逆行衛星へ最初の航宙……うむ、これは厄介な仕事だったな……本作戦準備を下命された当時は、小惑星の調査任務中で……どうにか締め切りには間に合ったと……」

教授はディスプレーを消して、同僚たちを見あげた。

「われわれはきわめて幸運だったようですな。あのように急な事態で動かせた唯一の人間が、この男だったというのは。そこらへんにいる並みの船長にあたっても、しかたなかったところだ」教授はまるで、馬手《めて》に短筒、弓手《ゆんで》に三日月刀といった、典型的な宇宙航路の義足海賊を指すようないいかたをした。

「記録だけでは、有能な人物だということしかわからん」と、水星（現人口は十一万二千五百人、ただし増加中）の大使が反駁した。「今回のようなまったく新しい事態に、どう対処できますかな？」

地球の上でルイス・サンズ卿が咳ばらいをした。一秒半遅れて、月面上のルイス卿も同じことをした。

「必ずしも新しい事態とは申せませんな」ルイス卿は水星人をさとした。「たとえ、それが最後におこってから、三世紀たっているにしてもです。かりにラーマが死んでいて、つまりだれもおらなんだとしたら――これまでのところ、証拠のすべてがそれを暗示しておりますが――ノートンはまさに、滅亡した文明の廃墟を発掘する考古学者、という役どころです」うなずいて賛意を表したプライス博士に、卿は慇懃な答礼を返した。「明快な実例は、トロイのシュリーマンやアンコールワットのムオです。予想される危険はごく小さなものですが、むろん、不慮の事故を完全に締めだすわけにはまいりません」

「でも、パンドラ主義者の連中が話しているような、仕掛け爆弾《ブービートラップ》や起爆《トリガー》誘発メカニズムについては、どうお考えですの？」プライス博士がたずねた。

「パンドラ？」水星大使がすばやく聞きかえした。「なんのことです？」

「変人どもの運動ですよ」外交官がよく見せたがるような、大げさな当惑をあらわに、ロバート卿が説明役をつとめた。「ラーマは陰険きわまる危険を隠している、と思いこんでいるのです。開けてはならぬ箱だ、というわけですよ、ご存じのように」ほんとうにこの水星人が知っているかどうか、内心、卿は危ぶんだ。水星では、古典の研究が奨励されていなかったからだ。

「パンドラ――偏執狂《パラノイア》か」と、コンラッド・テイラーが鼻であしらった。「そりゃむろん、そういったこともたしかに考えられはするが、なんでまた知性の高い種族が、わざわざそんな子供じみた策を弄さねばならんのかね？」

「まあ、そんな不愉快なことは抜きにしても」ロバート卿は続けた。「ラーマがじつは生きていて、人が住んでいるという不吉な可能性は、まだ残るわけですな。そうなると、事態は二つの文明の出会い、ということになる――科学技術レベルの格差がはなはだしい同士のね。ピサロとインカ。ペリーと日本。ヨーロッパとアフリカ、というところです。だいたいにおいてその結果は、いつも悲惨でした――一方にとって、あるいは両方にとって。だべつにわたしは、進言しているわけではありません。ただ前例を指摘しただけです」

「ありがとう、ロバート卿」と、ボース博士は応じた。小さな委員会に二人も〝卿《サー》〟がいるというのは、少々厄介だな、と内心思った。このごろは、英国人ならたいてい爵位叙勲の栄誉に浴していた。「これでわれわれは、警戒すべき可能性を、あらかた検討し終えたと確信します。それにしても、もしラーマ内部の生物が——ええと——悪意をもっているとした場合、われわれがなにをしたところで、大勢に影響はありますかな?」

「こっちが逃げれば、無視してくれるかもしれませんよ」

「そうかな——連中は何十億マイルも遠方から、何千年もかかって旅してきたんですがね?」

議論はどうやら離陸地点に到達し、かってに独り歩きを始めていた。ボース博士は椅子にもたれかかって、もうほとんど口を開かず、意見がまとまるのを待ちうけた。

結果は、博士の予期したとおりになった。いったん最初のドアを開けてしまったのなら、ノートン中佐が第二のドアを開けないですます、ということは考えられないという点で、全員が一致したのだ。

7　ふたり妻

もし妻たちがわたしのビデオ電報《グラム》を較べあったとしたら――ノートン中佐は、心配よりもむしろ、おかしさを感じながら考えた――こいつはよけいなもめごとを背負《しょ》いこむことになるぞ。これから中佐は、長い電文をしたためて、コピーを作り、私的な音信と愛のささやきをちょっぴりつけ加えただけで、あとはほとんどそっくり同じ文面の電報を、火星と地球へ打とう、という魂胆だった。

もちろん、まさか妻たちのほうからそんなことをするとは、まずもって考えられなかった。スペースマンの家族だけに許される特別割引を考慮にいれても、それは高くつきすぎる。また、なんのプラスにもならぬことだった。両家族はたがいにすばらしい関係を保っていて、誕生日や記念日にはいつも、挨拶状の交換を欠かさなかった。それでも、全体として見れば、女たちがこれまで顔をあわさなかったのは、おそらく結構なことだったし、これからもたぶん顔をあわすことはないはずだった。マーナのほうは火星生まれだから、地球の強い重力には耐えられなかったし、キャロラインはキャロラインで、いちばん長くて二十五分という地球上の旅でさえ嫌がった。

「この電送が一日遅れてすまない」ノートンは、あたりさわりのない前置きをしてから、こう切りだした。「この三十時間、ずっと船から離れていたんでね、信じられないかもしれないが……。

なにも心配することはない——万事思いどおりにうまく運んでいる。二日もかかったが、どうやらエアロックシステムの通過を無事に完了したところだ。はじめから、これこれこうとわかっていたら、そんなことは二、三時間ですんだだろう。だが、われわれは無茶をせずに、まずリモコンのカメラを先に送って、全ロックの周囲を十回もめぐらし、これが——通り抜けたあとで——われわれを捕えこむ罠でないことを確認した……。

どのロックも、仕組みは片側に細穴《スロット》のついた、単純な回転シリンダーだ。まずこちらの入口を入って、シリンダーを百八十度回転させる——すると、スロットがもうひとつのドアとぴったり合って、そこから歩き出られるわけだ。いや、この場合は、浮かび出るというのかな。

ラーマ人はなにごとも、いちいち念を押さなければ気がすまなかったらしい。このシリンダーロックは三つあって、外壁のすぐ内側、入口トーチカの真下に、つぎつぎに重なっている。爆薬でも使って吹っ飛ばさないかぎり、ひとつだって破れるとはとうてい思えないが、かりに破れたとしても、そのあと第二、第三が控えているというわけさ……。

しかも、それでまだほんの手始めなんだ。最後のロックが開くと、そこは通路で、まっすぐに半キロ近く続いている。清潔そうで整然としていて、これは見たものすべてに共通だ。数メートルおきに、たぶん照明装置でも入れてあったんだろうが、小さな窓穴があるが、いまはただ完全な真っ暗闇。白状するけど、こっちはもうびくびくさ。それから、壁にはべつに、約一センチ幅の平行する二本の溝が彫られていて、トンネルを端から端までずっと走っている。これらの溝は、なにか一種の連絡装置《シャトル》みたいなものが、貨物——か人間——を曳いて往復してたんじゃないかと、われわれは考えている。いまそれを利用できたら、ずいぶん助かるんだがね……。

　さっき、このトンネルの長さを半キロといったね。そう、地震波測定によって、外殻の厚さもだいたいその程度、ということがわかっていたから、明らかにわれわれはそれを、あらかた突き抜けたわけだ。そして、トンネルのどんづまりには、もうわれわれも驚かなかったが、またもや、例のシリンダー式のエアロックがあった。

　そうだ、またもやだ。それからもう一回またもやだ。ここの連中はなにごとも、三つひと組でやらないと気がすまなかったらしい。われわれはいま最後のロック室にたどり着いて、通過の許可が地球からくるのを待っているところだ。ラーマの内部は、あとほんの数メートル前方にある。このじりじりした不安感が消えてくれたら、どんなにうれしいか。

　きみは副長《エクゼック》のジェリー・カーチョフを知ってるね？　あんまりほんものの本をどっさり

買いこむんで、地球からほかの星へ移民する金がなくて困ってるやつさ。まあ、そのジェリーがいうには、ちょうどこれとそっくりな事件が、二十一世紀の――いや、二十世紀の初めごろにあったんだそうだ。ある考古学者がエジプト王の墓を発見した。墓荒らしどもにまだやられていないものとしては、最初のやつだった。人夫たちが何カ月もかかって掘り進み、ひとつまたひとつと部屋を通り抜けて、とうとう最後の壁にたどりついた。石組が破れると、ランタンを突き出して、首を突っこんだ。目の前には、部屋いっぱいの財宝が――金や宝石や信じられぬものが輝いていたという……。

おそらくこのラーマも、墳墓だろう。ますますそう思えてきたよ。いまだに、音ひとつコトリともしないし、どんな活動の気配もないんだ。まあ、明日になれば、はっきりするだろうがね」

ノートン中佐は、レコーダーを〝停止〟に切りかえた。それぞれの家族へむけた私信を吹きこむ前に、この仕事についてまだいい残したことはないかな、と思案した。ふだんはここまで枝葉にわたって話すことはしなかったが、この場合は特別だった。愛する者たちに送る電報は、これが最後になるかもしれない。そうなったら、自分がなにをしていたかを、かれらに説明してもらうつもりだったのだ。

かれらがこの映像を見、この声を聞くころ、ノートンはすでにラーマの内部へ入っていることだろう――そこに待ちうける運命が、吉か凶かは知るよしもなかったが。

8　中心軸を抜けて

とうの昔に世を去ったあのエジプト学者に、これほど強い親近感を抱いたのは、ノートンとしても初めてだった。ハワード・カーターがツタンカーメンの墓をのぞいて以来このかた、このような瞬間にめぐりあわせた人間は、たえてひとりもいなかったからだ――とはいいながら、この比較自体、ばかばかしいほどナンセンスではあった。

ツタンカーメンが埋葬されたのは、ほんのきのうのことだ――四千年もたっていないのだ。それに比べて、ラーマは人類そのものより古いかもしれなかった。〈王家の谷〉のあのちっぽけな墓は、かれらがいましがた通ってきたトンネルにさえ、すっぽり入ってしまうほどの大きさだが、この最後の封印のかなたに横たわる空間は、すくなくともその百万倍はある。そして、そこに秘められた財宝の価値についていうなら――まさに想像を絶するのだ。

すくなくとも五分間は、だれひとり無線回路で口をきく者もいなかった。この訓練の行きとどいたチームは、すべてのチェックが完了したときも、口頭報告さえしなかった。マーサー少佐はただ身ぶりでオーケーのサインを出し、ノートンにトンネルの開口部へ前進するよう、手を振った。だれもが、いまこそ歴史的瞬間だということをわきまえていて、不必要な無駄口で雰囲気をぶち壊したくないかのようだった。ノートン中佐にもそのほうがありがたかった。いまこの瞬間、中佐もまたいうべき言葉をもたなかったからだ。ノートンはフラッシュライトの明かりをつけると、ジェットを駆動させて、救命ロープ《セーフティ・ライン》をうしろへ曳きながら、みじかい通路をゆっくりと奥へ向かって漂いすすんだ。数秒後にはもう、内部にいた。

だが、いったい何の内部なのか？　目の前にはただ、墨を流したような闇があるだけだ。フラッシュライトの光線は、きらりともはね返ってこない。予期はしていたが、実際に信じてはいなかったことだ。どう見積もってみても、向こう側の壁は何十キロも先にあるはずと承知はしていたが、いま、それがまぎれもない事実であることを目が保証していた。その暗闇のなかへゆっくり漂いこみながら、ノートンは突然、救命ロープの存在を確かめずにはいられない衝動にかられた。その衝動はこれまで経験したことがないほど、生まれて初めて船外活動《EVA》に飛び出したときのそれよりも、もっと強烈だった。だが、これはばかげている。光年やメガパーセクで測るような広漠たる空間を眺めまわしたときにさえ、眩暈《めまい》ひとつ感じたことのないおれが、たった数キロ立方の虚空に、なぜビクつかなけりゃならないんだ？

ノートンがまだこの問題をくよくよ考えているうちに、救命ロープの末端のはずみ止めブレーキがかかって、体はごくかすかな反動とともに、ゆっくりと停止した。ノートンはむなしくさまようフラッシュライトの光束《ビーム》を、前方の暗黒から一転させて、たったいま出てきたばかりの表面の検分にかかった。

ノートンはいま、小さなクレーターの中央の真上に浮かんでいる、といってもよかった。そのクレーター自身が、ずっと巨大なクレーターの基部にある窪みだった。どちらを向いても、複雑な構造の段丘《テラス》と斜面――すべて幾何学的に正確で、明らかに人工の――が積み重なり、それが光のとどくかぎり遠くまで延びている。百メートルほど先には、こちらのと同形の、ほかの二つのエアロック機構が見えた。

それだけだ。その光景には、これといってエキゾティックなところも見慣れぬところもなかった。実際はむしろ、廃坑にかなり似かよったところがあった。ノートンはかすかな失望を感じた。これだけ苦労したのだから、もうちょっとドラマティックな、奇想天外な新展開があってもよさそうなものではないか。そのとき、いま見えるのはたかだか数百メートル先までだ、ということを思い出した。この視界の範囲を越えた闇のなかには、面と向かう勇気もなくすほどの、驚異のかずかずが秘められているかもしれない。

ノートンはやきもきしている仲間たちに、みじかい報告を送ってからつけ加えた。「これから照明弾を投げる――二分の遅発だ。行くぞ」

ノートンは渾身の力をこめて、小さな円筒をまっすぐ上方へ――あるいは外へ――投げだすと、フラッシュライトの光束に沿って小さくなっていくそれを見守りながら、秒を数え始めた。十五秒とたたぬうちに、それは見えなくなった。百秒に達したとき、目にシールドをかぶせて、カメラを構えた。時間の見積もりにかけては、いつも正確だった。たった二秒の誤差で、突然、世界に光があふれた。そして今度こそ、期待はかなえられた。

この壮大な空洞全体を照らしだすには、何百万燭光分の照明弾があってもたりなかったが、それでもいまや、その大ざっぱな設計をつかみ、その雄大きわまるスケールを実感できるほどには、見通すことができた。ノートンはすくなくとも幅十キロ、長さは見当もつかぬ中空の円筒物体の、一方の端にいた。中心軸のかれの位置からは、周囲をとりまく湾曲した内壁が、細部にいたるまで圧倒的な強烈さでこまごまと見えたので、頭はそのほんの一部分しか呑みこむことができなかった。なにしろ、たった一度の閃光を頼りに、世界全体の光景を見とどけようというのだ。ノートンは意志をふりしぼって、その映像を心に焼きつけようと試みた。

周囲一面、〝クレーター〟の段丘状になった斜面がせりあがり、最後に空をふちどる堅牢な壁面へと溶けこんでいた。いや――その印象はいつわりだ。地球と宇宙空間で通用する直感は、ひとまず捨て去って、新しい座標系に自分を慣れさせなければならない。

ノートンはいま、この不思議な裏返しになった世界の最低地点にいるのではなく、最高地点にいるのだ。ここからはあらゆる方向が下で、上ではない。もしこの中心軸から湾曲壁（もはや壁と考えてはならないが）のほうへ遠ざかるとすれば、重力は着実に増大するだろう。この円筒物体の内壁表面に到達すると、どの地点でも直立が可能になり、足は星々に、頭はこの回転世界の軸方向に向くことになる。宇宙旅行の黎明期には、重力の代わりに遠心力が使われていたから、この概念自体は親しみ深いものだ。ただ、それをこんなとほうもないスケールに拡大すると、気が遠くなるようなショックを覚える。あらゆる宇宙ステーションのうちで最大のシンクサット5でさえ、直径は二百メートルに満たない。その百倍の規模に慣れるには、しばらくの時がいることだろう。

ノートンをとりかこむチューブ状の風景は、ところどころ森か、畑か、凍結湖か、あるいは市街とも見える明暗に彩られている。距離と、照明弾のしだいに弱まる光とが、識別を不可能にした。ハイウェー、運河、ないしはよく手なずけられた河川とも見えるせまい線条が、かすかながら目に見える幾何学的なネットワークを構成している。そして、円筒世界のはるか奥、視界ぎりぎりのところに、いちだんと暗い帯が見えた。それは完全な環状を呈し、この世界の内側をぐるりとひとめぐりしている。ノートンはとっさに、古代人が地球のまわりをとり囲んでいると信じていた、あのオケアノス海の神話を思い出した。

おそらく、ここにあるのはもっと不思議な海なのだ——環状どころか、円筒形なのだから。恒星間の夜を飛ぶうちに凍りついてしまうまでは、そこにも波が立ち、潮が満ち干き、海流が流れていたのだろうか——それに、魚はいるのか？

照明弾がすうっとうすれて消えた。黙示の時は終わった。しかしノートンは、これから一生涯、いま垣間《かいま》見た光景が心に焼きついて離れないだろうことを悟った。将来どのような発見がもたらされようとも、この第一印象はけっして消し去られることはない。そして〝歴史〟はもはや、異星文明の創造物を見た人類最初の男、という特権を、けっしてノートンからとりあげることはできないのだ。

9 偵察行動

「われわれはただいま、円筒世界の中央軸沿いに、五発の長時間遅発照明弾を発射して、端から端まで綿密な画像撮影をおこなっているところです。おもな地形はすでに地図作成《マッピング》を完了しました。確認可能なものはごくわずかですが、いちおうそれぞれに、かりの地域名称をつけました。

空洞内部の長さは五十キロ、幅は十六キロです。両端はお椀《わん》型ですが、かなり複雑な幾何学的設計になっています。われわれはこちら側の端を〈北半球〉と名づけ、目下のところ、中心軸のこの軸端上に、最初の基地を建設中であります。

中央の〈軸端部《ハブ》〉からは、輻射状に百二十度間隔で、三本の〈梯子《はしご》〉がほとんど一キロにわたって延びています。〈梯子〉はテラスというか、〝お椀〟をぐるりと一周している環状台地のところで終わり、そこから先には、やはり〈梯子〉と同じ方向に、三列の長大な〝階段路《ステアウエイ》〟が、下の平地までずっと続いています。たった三本の骨を、等角度でとりつけた傘を想像していただければ、ラーマのこちらの端の光景が、よくつかめると思います。

骨のそれぞれが〈階段〉で、軸の付近ではきわめて急傾斜ですが、眼下の平地に近づくにつれて、しだいになだらかになっています。これらの〈階段〉は――アルファ、ベータ、ガンマとそれぞれ名づけましたが――ひと続きではなく、途中五カ所で環状のテラスに区切られています。われわれの見積もりでは、ステップの数は二万から三万はあるにちがいありません……たぶんこれは、緊急事態のさいにだけ使用されたのでしょう。ラーマ人が――なんと呼んでも同じですが――自分の世界の軸部分に到達するのに、もっといい手段をもっていなかったとは、とうてい考えられないからです。

〈南半球〉のほうは、まったく様相を異《こと》にしています。ひとつには、階段部分がいっさいなく、中央の平面的なこしき部分もないからです。そのかわり、巨大な尖塔――長さが何キロもあります――が中央軸に沿って突き出ており、周囲にもっと小ぶりの六本の尖塔が寄りそっています。全体の配置が非常に奇妙で、これがなにを意味するのかは、見当もつきません。

両お椀部の中間に横たわる、長さ五十キロの円筒部分を、われわれは〈中央平原〉と命名しました。明らかに湾曲しているものに、〝平原〟という言葉を使うのはばかげているかもしれませんが、感じからすればそれで正しいと思います。そこに降り立ってみれば、実際平らに見えるでしょうから――びんの内側も、なかを這いまわるアリから見れば、平らに見えるにちがいないのと、同じ理屈です。

〈中央平原〉のいちばんめだつ地形は、ちょうど中間点をぐるりと完全にひとめぐりしている、十キロ幅の暗い帯です。氷のように見えるので、これには〈円筒海〉と名づけました。そのちょうど真んなかに、約十キロ長、三キロ幅の大きな楕円形の島があり、表面は高い構造物で覆われています。オールドマンハッタンに似た感じなので、〈ニューヨーク〉と名づけました。もっとも、これは都市とは思えません。むしろ巨大な工場か、化学処理場のように見えます。

しかし、都市——でなくとも、町のようなものはあります。すくなくとも六カ所あって、もし人間用に建てたものなら、それぞれ五万人は収容できそうです。われわれはこれらに、ローマ、北京、パリ、モスクワ、ロンドン、東京という名をあたえました……これらの町はハイウェーと、鉄道網のようなもので連結されています。

この凍りついた死の世界には、研究調査に幾世紀もの年月を必要とするほど、研究材料がたくさんあるにちがいありません。探検すべき広さは四千平方キロもあるのに、それをやる時間はたったの数週間。これでは、突入以来ずっと心につきまとって離れぬ二つの謎の解答さえ、得られるかどうか心配です——つまり、これを造ったのは何者で、どこがい、いったい、どうしてしまったのか？　という二つの疑問ですが」

記録はそこで終わりだった。地球と月の上で、〈ラーマ委員会〉の面々は、ゆったりくつろいだ姿勢をとると、目の前に拡げられた地図や画像の検討を開始した。すでに何時間も前から研究はしていたのだが、ノートン中佐の声があらためて、映像では伝達の不可能なひとつの奥行きをあたえてくれたのだ。中佐はいまげんにそこにいる――この異常きわまる裏返しの世界に太古から続いてきた夜を、照明弾が照らしだした短い数瞬のあいだだけとはいえ、じかにその目で見わたしたのだ。そしてノートンこそ、これからくりだされる探検隊の指揮官となるべき男だった。

「ペレラ博士、なにかおっしゃりたいことがおありと思いますが？」

ボース大使は、長老科学者であり、この場でただ一人の天文学者であるデヴィッドソン教授に、最初の発言権をあたえるべきだったかな、とちらり思った。だが、この年老いた宇宙論学者はまだ、軽いショック状態から醒めやらず、明らかに平静を失っている。教授は専門家としての全生涯を通じて、宇宙を巨大で非人格的な重力と磁力と放射線とがせめぎあう闘技場と見なしてきた。自然の体系のなかで、生命が重要なひと役を演じているなどということはけっして信じず、地球や火星や木星などに生命が出現したのは、ほんの気まぐれな偶然にすぎぬと考えていたのだ。

しかし、いまや太陽系の外には、ただ生命が存在するどころか、人類がすでに到達した高みより、いや、今後何世紀もかかってようやく到達できそうな高さより、さらにはるかな高所にまで登りつめた生命が存在する、という厳然たる証拠が突きつけられたのだ。そのうえ、ラーマの発見は、教授が長年説いてきたもうひとつのドグマにも挑戦していた。

問いつめられれば、教授とてもしぶしぶ、おそらく生命がほかの恒星系にも存在するだろうとは認めたが、それが恒星間の深淵を押し渡れるなどと空想するのは愚かなことだ、とつねづね主張して譲らなかったのだ……。

おそらくは、さすがのラーマ人も実際には失敗したのだろう。かりに、かれらの世界もいまは墓場と化した、と信じるノートン中佐が正しければの話だが。しかし、すくなくともかれらはこの離れ業を、その結果に強い自信を抱いていたことを暗示するスケールで試みたのだ。一度おこったことならば、一千億の星を数えるこの銀河系内では、かならず何度もおこっているにちがいない……そして、どこかでだれかが、けっきょく成功しているにちがいない。

これこそ、確たる証拠はないながらかなりの確信をもって、長年カーライル・ペレラ博士が説き続けてきた命題だ。いまや博士は、このうえなく幸せな人間だった。もっとも、同時にこのうえなく欲求不満におちいった人間でもあった。ラーマは博士の主張を、じつに劇的な形で立証してくれたのに、博士自身は、けっしてその内部にじかに足を踏みいれることも、おのれ自身の目で見ることさえもかなわないのだ。もしもこの場に悪魔が現われて、瞬間的なテレポーテーションのチャンスをあたえてくれたなら、ペレラ博士は細かい条文などには目もくれず、すぐさま契約書にサインしたことだろう。

「ええ、大使閣下、少々おもしろい話をご紹介できると思いますよ。この物体はまぎれもなく〝宇宙の方舟《はこぶね》〟ですな。これは宇宙旅行文学においては、古くからある着想で、その起源は、イギリスの物理学者J・D・バーナルまで遡ることができます。バーナルは一九二九年に――ええ、二百年も昔です――刊行した著作のなかで、この恒星間植民の方法を提案したのです。そしてあの偉大なロシアの先駆者ツィオルコルスキーなどは、もっと以前から、それと多少なりとも似かよったアイディアを発表しております。

ある恒星系からほかの恒星系へ行きたいと思うならば、方法はいろいろあります。光の速度を絶対限度と仮定しますと――もっともこの問題も、依然として完全にはカタがついておりません、その逆の主張をお聞きおよびの向きもあるかもしれないが」――ここでデヴィッドソン教授が腹だたしげに鼻を鳴らしたが、正式の異議は申し立てなかった――「小さな船で迅速な旅をすることも、巨大な船でゆっくりとした旅をすることもできます。

宇宙船が光速の九十パーセント、あるいはそれ以上に達することはできない、という技術的な理由は、まったくないように思われます。ということは、となりあわせの恒星まで行くのに、五年から十年かかることを意味するでしょう――おそらく退屈な旅ではありましょうが、さほど非実際的でもありません。とりわけ、その寿命を世紀の単位で測れるような生物にとっては。この程度の期間の旅なら、われわれのものとさほど大きさのちがわぬ船で遂行することも、夢ではありません。

もっとも、おそらくそのような速度をだすことは、実際には不可能でしょう。かなりの荷重がかかっていますからね。忘れてはならんのは、旅の終わりで減速をおこなうための燃料を、運んでいかねばならぬということです。たとえそれが片道旅行であっても。ですから、時間はゆっくりとったほうが賢明かもしれません——一万年から十万年ぐらい……。

バーナルやほかの連中は、さしわたしが数キロもある移動可能の小世界に、何千人もの乗客を乗せ、何世代にもわたって旅を続けていくことで、これが可能だと考えました。当然、この世界は厳重に閉じられて、食料、空気、その他の消耗品をすべてリサイクルしなければならんでしょう。だが、むろん、地球とて、まさしくそれと同じ仕組みで生きているのです——少々大きなスケールで。

ある作家は、そうした〝宇宙の方舟〟は同中心的な地形に建造すべきだと提案し、べつの作家は、遠心力が人工重力になるから、中空の回転円筒形がいいと主張しました——まさしく、われわれがラーマで発見したような——」

デヴィッドソン教授は、このしまりのない饒舌にとうとう我慢がならなくなった。

「遠心力などというものはありはせん。あれは技術屋の妄想じゃ。あるのは慣性だけですわい」

「お説のとおりですとも、もちろん」と、ペレラは認めた。「もっとも、回転木馬から振り落とされたばかりの男を、その説明で納得させるのは難儀かもしれませんがね。でも、このさい数学的な厳密さは必要ないようですし——」

「あいや、しばらく」ボース博士がいささかつむじを曲げて、口ばしを入れた。「おっしゃることは、わかっております。わかっておるつもりです。どうかわれわれの幻想をぶち壊さんでいただきたい」

「まあその、わたしとしてはただ、概念的に見れば、ラーマにはさほど目新しいものはないということを指摘したかっただけでして。もっとも、その大きさは驚くべきものですが。とにかく人類はそのような物体を、すでに二百年前から想像していたのです。

ここでわたしは、もうひとつの疑問にとり組んでみたいと思います。正確にどのくらいの期間、ラーマは宇宙空間を旅してきたか？

いまわれわれの手もとには、その軌道と速度に関するきわめて正確な測定値があります。かりにラーマが、まったく進路上の変更をおこなっていないと仮定しますと、その位置を何百万年も以前までさかのぼることが可能です。われわれはラーマが、どれか近くの恒星の方角からきたのではないか、と予想しておりますが――それはまったく的はずれでした。

ラーマが最後に恒星の近くを通過してから、二十万年以上はたっており、しかも問題の恒星は、不規則変光量であることが判明したのです――生命の存在する太陽系としては、もっとも不適切な太陽ともいえる星です。光度の変化幅が、一から五十倍以上にも達するのです。これではいかなる惑星でも、数年ごとに丸焼けと氷漬けをくり返すことになってしまいます」

「思いつきだけど」と、プライス博士が割って入った。「たぶんそれですべての説明がつくわ。きっとラーマ人の星は、昔は普通の太陽だったのに、不安定になってしまったのでしょう。それで、ラーマ人は新しい太陽を見つけなければならなくなったのよ」

ペレラ博士は、この年老いた女流考古学者の頭脳に感心して、相手を傷つけぬように優しく、そのまちがいを正してやることにした。でも、もし博士のほうがこの女性学者自身の専門分野では明々白々なまちがいを指摘したとすれば、どんな反応をするだろう、とも思ってみた……。

「それはわれわれも考えました」博士は穏やかにいった。「しかし、恒星の進化に関する現在の理論が正しければ、この星は過去も安定だったはずはけっしてない──生命をはぐくむ惑星をもつことは、けっしてできなかったはずなのです。ですからラーマは、すくなくとも二十万年、おそらくは百万年以上も、宇宙空間を旅してきたものと思われます。

現在それは、冷たく、暗く、死んでいるように見えますが、原因はほぼ見当がつきます。ラーマ人としては、ほかに選択の余地がなかったのかもしれません──おそらくかれらは、ほんとうになにかの災厄からのがれてきたのでしょうが、とんだ誤算をおかしてしまったのです。

いかなる閉じた生態系でも、百パーセント有効ということはありえません。つねにかならずむだなロスが出てきます──環境の劣悪化とか、汚染物質の蓄積とか。ひとつの惑星を汚染し枯渇させるには、何十億年もかかるかもしれません——だが、けっきょくいつかはそうなるのです。海洋は干あがり、大気は飛散してしまうのです……。

われわれの標準からすれば、ラーマはじつに巨大ですが、それでも惑星としてはひどくちっぽけなものです。船体からの気体の漏出と、生物学的な世代交代率にかんする筋の通った推量とにもとづいて、試算してみたところでは、その生態系はほぼ一千年しか生き延びられぬ、という結果が出ました。せいぜい大きく見積もっても、一万年というところでしょう……。

太陽が密集している銀河系の中心部でなら、恒星間を渡るのに要する時間としては、ラーマ程度の速度でも、一万年までならじゅうぶんでしょう。でも、星のまばらなこの付近の渦状《スパイラル・》腕《アーム》内では、じゅうぶんではないのです。ラーマは目的地に着く前に、たくわえが尽きてしまった船です。星々のあいだをさまよい流れる漂流船なのです。

ただしこの臆説には、ひとつだけ重大な欠点がありますので、他人から指摘される前に、自分で申しあげておきます。ラーマの軌道は、あまりにもぴたりと太陽系に狙いが定まっているので、偶然にそうなったのだという可能性は、除外できそうに見えることです。事実、ラーマはいまや、不安になるほど太陽すれすれめがけて突進しており、そのためエンデヴァー号は、過熱を避けるために、近日点のかなり手前で離脱しなければならない、と断言できます。

わたしとしては、その意味がわかっているふりをするつもりはありません。おそらく、一種の自動的な終着点誘導装置《ターミナル・ガイダンス》がまだ作動していて、建造者たちが死に絶えたあともずっと、ラーマを最寄りの適当な恒星へと導いているのでしょう。

そう、かれらは死に絶えているのです。わたしは名誉にかけてそう断言します。内部から採取したサンプルはおしなべて、完全無菌の状態で――ただの一個たりとも、微生物が発見されておりません。みなさんは生体仮死保存《サスペンデッド・アニメーション》について、いろいろご存じでしょうが、この仮定は無視してよろしい。なぜ仮眠技術はほんの数世紀間しか有効でないか、根本的な理由があるからです――そして、われわれがいま扱っているのは、その何千倍も長期にわたる時間距離《タイム・スパン》なのですから。

したがって、パンドラ主義者やそのシンパたちは、くよくよ心配する必要がありません。わたしとしては、じつに遺憾です。ほかの知的種族にめぐり会えたなら、どんなにすばらしいことでしょう。

しかし、すくなくともわれわれは、昔ながらのひとつの疑問の解答をえたわけです。われわれは孤独ではない。われわれにとって、星々は二度とふたたび同じものではなくなったのです」

10　暗黒への降下

ノートン中佐は痛いほどの誘惑にかられた——だが、中佐にはまず、艦長として自分の船に対する責任があった。もしこの初動探索でなにかひどい手ちがいが生じたら、その埋めあわせをしなければならないのは自分なのだ。

となれば当然の帰結として、二等航宙士マーサー少佐ということになる。ノートンは、カールならこの任務に自分より向いていると、喜んで認めた。

生命維持システムの大権威でもあるマーサーは、この問題について何度か、スタンダードな教科書を書いたこともある。みずから無数のタイプの装置をテストし、それがときには命がけのときもあった。マーサーの〝生体《バイオ》フィードバックコントロール〟というのも有名だ。あっというまに、自分の脈搏を半分に切りさげ、発汗を十分間ぐらいまでは、ほとんどゼロに減らすことができる。このようなちょいとした有用な芸当のおかげて、一度ならず命拾いをしているのだ。

だが、それほど立派な才能と知性に恵まれていたにもかかわらず、マーサーには想像力というものが、ほとんどまるきり欠けていた。この男にとっては、危険きわまる実験や任務も、ただの片づけねばならぬ仕事なのだ。けっして不必要な危険をおかさないし、普通一般に勇気と見なされるものの価値をまったく認めないのだ。

机上に置いてある二つの座右銘が、その生活哲学をずばり要約してくれる。ひとつは「おまえの忘れ物はなんだ?」で、もうひとつは「勇気の撲滅に手をかせ」だ。マーサーが腹を立てることといったら、自分が〈艦隊〉きっての勇者だ、と広く認められている事実ぐらいのものなのだ。

マーサーが決まれば、つぎの男は自動的に選べる——少佐と一心同体のジョー・キャルヴァート中尉だ。この二人に共通点を見いだすのはいささか難しい。華奢《きやしや》な体つきで、かなり神経の繊細なこの航宙士官は、無神経でものに動じない親友より十歳も若かったし、少佐は少佐で、中尉が原始的な映画芸術に示す情熱的な関心を、明らかにとんと解さなかった。

だが、雷がどこへ落ちるか予測はつかぬとはよくいったもの。マーサーとキャルヴァートはもうだいぶ前から、親密な関係を結んでいるらしい。だが、そこまでは世間にもざらにある。それより異常なのは、かれらが地球で一人の妻を共有し、その女性がかれらの子供を、それぞれ一人ずつ生んでいる事実だ。ノートン中佐は、いつか彼女に会ってみたいと願っていた。きっとこのうえなく非凡な女性にちがいない。この三角関係は、すくなくとも五年間続いており、いまでも等辺三角形を保っているらしい。
二人では、探検隊としてまだ不充分だ。だいぶ昔から、チームは三人で組むのが最適、ということがわかっていた——というのは、もし一人が遭難した場合、生き残りが一人だと運命を共にしかねないところを、二人ならまだ脱出の望みがあるからだ。ノートンはあれこれ考えたすえ、技術軍曹のウィラード・マイロンを選んだ。この男はどんな機械でも動かしてしまう——それがだめなら、もっと秀れたやつをひねりだす——機械の天才で、異星の機械装置を見わけるにはうってつけの人物だ。宇宙工科大《アストロテツク》の助教授という本職から、長い研究休暇《サバティカル・イヤー》をもらっているこの軍曹は、自分より資格のある職業軍人たちの昇進を邪魔したくない、という口実で、士官任命辞令をことわったことがある。だれもこの説明を本気で受けとめず、ウィルには野心がないのだ、というのがみなの一致した意見だった。宇宙軍でも軍曹までならいいが、けっして正教授にはなろうとしない人間なのだ。昔からそうした考えかたをする下士官は無数にいたが、マイロンもまた、権力と責任の理想的な妥協点を見い出していた。

かれらが最後のエアロックを漂い抜け、ラーマの無重力の軸線に沿って流れ出たとき、キャルヴァート中尉はいつもの癖でまた、自分が映画のフラッシュバックのさなかにいるのを発見した。ときには、こんなへんな癖は治したほうがいいのではないかと思うこともあるが、かといってべつに不都合なところもない。そうすることで、退屈そのものの状況がおもしろくなりさえしたし――いつか、それがおのれの命を救わないとも限らないのだ。つまり中尉は、似たような場面に置かれたフェアバンクスやコネリーやヒロシら映画のヒーローたちが、どんな行動に出たか、それをつい思い浮かべてしまうのだ……。

今度の場合、中尉は二十世紀初頭の戦争のひとつに参加していて、いましも塹壕から打って出ようとするところだ。マーサー少佐は、三人編成の偵察隊を率いて、中間対峙地帯《ノーマンズ・ランド》へ夜討ちをかける軍曹といったような役どころだ。自分たちがいま、巨大な弾孔《シェル・クレーター》の底に身をひそめていると想像するのも、それほど難しくはない。ただしこの弾孔ときたら、どういうわけか内側が段丘《テラス》状にきちんと整頓されたしろものだが。クレーターには、広い間隔をおいて並べた三個のプラズマアーク灯の光があふれかえり、その内部はすみずみまで、ほとんど影もなくあかあかと照らしだされていた。だが、そのかなた――最外部のテラスの縁を越えた向こう側――は、暗黒と謎そのものに支配されている。

だが、心の目では、キャルヴァートはそこのどこになにがあるかを、はっきり見透していた。まずは一キロ幅にわたる平坦な環状の平面が横たわり、それを三つの部分に均等分割して、見かけは広い鉄道線路にそっくりな、三本の幅広の〈梯子〉が延びている。その段のひとつひとつは、その上をなにが滑ってもつかえないように、表面からなかへ窪んでいる。〈梯子〉の配置は完全に対称的だから、どれを選んだほうがよいという理由はなかった。〈エアロック・アルファ〉にいちばん近い〈梯子〉が選ばれたのは、ただたんに便宜上の問題だった。

〈梯子〉の段と段の間隔は、不愉快なほど離れているが、だからといって問題はない。〈軸端部〉から半キロ離れたクレーターの縁のところでさえ、重力はいまだに地球の三十分の一ほどもないのだ。かれらはほとんど百キロに達する重量の機械と生命維持装置を運ぶのだが、それでもかるがると移動できるだろう。

ノートン中佐とバックアップチームは、〈エアロック・アルファ〉からクレーターの縁まで懸けわたされたガイドロープ伝いに、かれらと同行した。投光照明器の射程外に出ると、眼前にはラーマの闇が横たわっていた。ヘルメット灯の踊りはねる光のなかで見えるものはただ、〈梯子〉の最初の数百メートルの部分だけで、それは平坦であるほかはこれといって特徴のない平面をよぎって、しだいに小さく遠ざかっていた。

（さて、ここで）と、カール・マーサー少佐は考えた（最初の決断を下さなけりゃならん。おれはこれからこの〈梯子〉を、登るのだろうか、降りるのだろうか？）。

これは些細な問題ではなかった。かれらは実質的にまだ無重力の状態にいるから、脳は好きなように参照システムを選べるのだ。そう思いたいという意思を働かすだけで、マーサーはいま自分が、水平面を見わたしているのだとも、垂直の壁面を見あげているのだとも、険しい崖っぷちから見おろしているのだとも、どのようにでも思いこむことができる。

複雑な仕事にとりかかるさいに、あやまった座標系を選んだため、深刻な心理学的問題を抱えこんでしまった宇宙飛行士の実例が、すくなからずあるのだ。

マーサーは頭から先に進むことにした。ほかの移動方法ではなんともぎこちないし、そのうえこの方法なら、前方にあるものを見やすい利点がある。したがって、最初の数百メートルは、上へ上へ登っていくように想像するわけだ。重力がしだいに増大して、もはやその幻想を保てなくなったら、初めて心理的方向感覚を百八十度切りかえればよい。

マーサーは最初の一段をつかむと、〈梯子〉の上にそろそろと体をもち上げた。移動は、海底をつたって泳ぐように、らくらくとできた——いや、事実は、水の抵抗がなかったから、それ以上にらくちんだった。あんまり造作もないので、もっと早く行きたい誘惑に駆られたが、このような新事態のもとではけっして急いではならぬことを、マーサーは経験的に知っていた。

イアフォンを通して、二人の仲間の規則正しい息づかいが聞こえてくる。異常はないという証拠だったので、マーサーは会話にむだな時間をついやさなかった。ふりむいてみたい気もしたが、〈梯子〉の終着点にある台地にたどりつくまでは、危険をおかさないことに決めた。

段と段との間隔は一貫して半メートルで、登り始めた最初のうち、マーサーはほかに代わりの手段はないものかと思った。しかし、段の数を注意深く数えていき、二百段に達したところで、初めて明らかな重量感を覚えた。ラーマの自転がようやく感じられ始めたのだ。

　四百段目で、マーサーは見かけの体重を、約五キロと測定した。そのことにはなんの問題もなかったが、いよいよ体が上方へ強く引っぱられだしたので、それ以上は登っているふりをするのが困難になってきた。

　五百段目は、休息によさそうな場所だった。腕の筋肉が、不慣れな運動で硬ばっているのを感じる。たとえ、いまや移動の面倒を見てくれるのはすべてラーマで、自分はただ方向を定めさえすればよかったにしてもだ。

「すべて順調だよ、艦長《スキッパー》」マーサーは報告した。「ただいま中間点をすぎるところだ。ジョー、ウィル——問題はあるか？」

「こっちは快調——なんで止まってるんです？」ジョー・キャルヴァートが答えた。

「こっちも同じ」と、マイロン軍曹がつけたした。「でも、コリオリ力《フォース》に気をつけてください。だんだん強くなっています」（発見者の十九世紀フランスの数学者G・G・コリオリにちなむ。回転のため水平運動をそらす偏向力のこと）

　それはすでに、マーサーも気づいていた。つかんだ段から手を離すと、漂う体がはっきりと右へ右へ縒《よ》れようとする。ラーマの自転による当然の効果にすぎないことは百も承知だが、見た目にはいかにも、なにか神秘的な力が、そっとマーサーを〈梯子〉から遠ざけようとしているようだ。

〝下〟という方向がはっきり物理的な意味をもちだしたからには、どうやら以後の道中は、足を先にして進んだほうがよさそうだった。マーサーは一時的に方向感覚を喪失する危険をおかすことにした。

「気をつけろ――体の向きを変えるから」

その段をしっかりとつかむと、マーサーは腕を使って、体をぐるりと百八十度回転させ、仲間の照明灯の光に一瞬、目がくらむのを覚えた。はるか上方の――いまやまぎれもなく上だった――険しい断崖の縁に沿って、弱々しい輝きが見てとれる。その光を背に、シルエットになって見える人影は、じっとこちらを注視しているノートン中佐とバックアップチームの連中だ。かれらの姿はきわめて小さく、遠方に見え、マーサーは安心させるように手を振ってみせた。

マーサーは段から手を離して、ラーマのまだ弱々しい疑似重力の作用に、身をあずけた。つぎの段までの落下には、二秒以上もかかった。地球上なら、同じ時間内で三十メートルは落ちてしまうところだ。

落下の速度がじれったくなるほど遅いので、マーサーは事態の進展をちょっぴり早めるため、両手でぐいと押しやっては、一時に十数段ほどの距離を滑り降りることにし、途中、これは速すぎると思うたびに、足でもって降下にブレーキをかける。

七百段目で、またもや停止すると、ヘルメット灯の光を下方に振りむけた。期待どおり、

〈階段〉の降り口がわずか五十メートル下にあった。

数分後、かれらは最後の段の上にいた。宇宙に何カ月もいたあとで、堅い表面の上に立ち、その堅さを足の下に踏みしめるというのは、奇妙な感じだ。体重はまだ十キロにも満たないが、それだけあれば、安定感を感じるにはじゅうぶんだ。目を閉じても、マーサーは自分がいま、ふたたび現実世界を踏みしめているのだということを、信じることができた。

〈階段〉がスタートするテラスというか踊り場は、幅が約十メートルあり、両側が上むきにそりあがって、闇のなかへ溶けこんでいる。それが完全な環状をなしていて、その上を五キロも歩けば、ラーマを一周して、ふたたびもとの出発点に戻れることを、マーサーは知っていた。

とはいえ、ここに存在する微弱な重力の下では、実際に歩くことは不可能だ。たいへんな大股で跳ねていくのがやっとで、それはなにかと危険なのだ。

〈階段〉はヘルメット灯の到達範囲のはるか下、暗黒のなかへながながと延びており、見たところいかにも降りやすそうだった。だが、両側に走っている高い手すりにつかまって降りるほうが、無難だろう。あまり不注意に足を運ぶと、空中へ弧を描いて飛び出してしまわないともかぎらない。その結果は、おそらく数百メートル下の表面に、ふたたび着地することになる。その衝撃そのものには、さほど危険はないだろうが、とどのつまりは危険にさらされる恐れがある——ラーマの自転が、〈階段〉の位置を左へずらしてしまうからだ。そうなると、落下した身体は、およそ七キロ近く下の、〈平原〉まで切れ目なく弧を描いて続いている、滑らかな湾曲面にぶつかってしまう。

その結果は、トボガン橇《そり》も顔負けの猛烈な急滑降の始まりだ、とマーサーは考えた。となると、この弱い重力下でさえ、最終的な獲得速度は、時速数百キロにも達しそうだ。おそらく、そのような無鉄砲な落下には、摩擦の力でブレーキをかけることも可能だろう。それができるなら、これはラーマの内部表面に到達する、いちばん簡便な手段になるかもしれない。だが、まず必要なのは、念には念をいれた用心深い実験からとりかかることだった。

「艦長《スキッパー》」マーサーは報告した。「〈梯子〉の降下には、問題がなかった。あんたが賛成なら、これからつぎのテラスに向かって降りてみるよ。〈階段〉での降下速度を測ってみたいんだ」

ノートンはためらわず答えた。

「やってくれ」蛇足だったが、つけ加えた。「くれぐれも慎重にな」

マーサーがひとつの重大発見をするのに、さほど時間はかからなかった。すくなくともこの二十分の一Gのレベルでは、普通の足運びで〈階段〉を降りることが不可能だったのだ。歩いて降りようとすると、じれったいほど退屈な、夢のなかを泳ぐようなスローモーションになってしまう。唯一の実際的な方法は、〈階段〉を無視して、手すりをこぎながら体を降ろしていくことだ。

キャルヴァートも同じ結論に到達していた。

「この〈階段〉は、降りるためじゃなく、登るために作られたんだ！」と、キャルヴァートは叫んだ。「重力にさからって動くときは、段《ステップ》を利用できるが、下りのときは邪魔になるだけです。あんまり格好はよくないかもしれないが、いちばんいい降りかたは、手すりを滑り降りる方法らしい」

「そいつはばかげてますよ」マイロン軍曹は異論を唱えた。「ラーマ人が、そんなことをしたなんて信じられない」

「そもそも連中が、この〈階段〉を使ったかどうかも疑わしいぜ――これは明らかに非常用だよ。なにかの機械的な輸送システムを使って、ここへあがったにちがいない。ケーブル鉄道じゃないかな、たぶん。〈軸端部〉から走り下っているあの長い溝は、それで説明がつくよ」

「自分はあれを排水溝じゃないかと考えてましたが――どちらともいえませんな。もっとも、ここじゃ雨が降ったことがあるのかどうか、疑問ですがね」

「降ったかもしれんぞ」マーサーはいった。「だが、おれはジョーの意見が正しいと思う。さあ、格好なんてくそ食らえだ。行くぞ」

手すり——たぶん手に似たなにかに合わせて、設計されたものだ——は、すべすべした平らな金属の棒で、高さ一メートルの広い間隔で並んだ支柱に支えられていた。マーサー少佐はその上にまたがると、両手でブレーキの強さを慎重に測りながら滑り始めた。落ちつきはらった態度で、ゆっくりと速度をあげながら、ヘルメット灯の光の広がりのなかを移動しつつ、暗闇のなかへ降下していった。五十メートルほど行ったところで、マーサーはあとに続くよう部下に呼びかけた。

だれも口には出さなかったが、全員が童心に帰ったような気持で、嬉々として手すりを滑り降りていた。二分たらずで、つつがなく、気分よく一キロほど降下した。ちょっと速すぎるな、と感じたら、手すりをきつく握りしめるだけで、必要なだけブレーキをかけることができた。

「楽しんだようだな」かれらが二つ目のテラスに降り立ったとき、ノートン中佐が呼びかけた。「帰りの登りは、そうやすやすとはいかんだろうがね」

「こっちが知りたいのも、そこなんだ」マーサーは答えた。試すように行ったり来たりしながら、増大した重力の感触を確かめていた。「ここではもう十分の一Gぐらいある——違いがはっきりわかるよ」

マーサーはテラスの端まで歩みよって——もっと正確には滑りよって、ヘルメット灯の光をつぎに控える〈階段〉の上へ投げおろした。光束のとどくかぎりでは、いま降りてきた〈階段〉と寸分たがわぬように見える——もっとも、画像を綿密に検討してみた結果、重力の漸増につれて、各段の高さがすこしずつ減っていることはわかっていた。この〈階段〉は、登りに要する努力が、長い登りカーヴのどの一点にあっても、ほぼ一定であるように設計されているらしい。

マーサーは、いまやほとんど二キロ上方になったラーマの〈軸端部〉のほうを見あげた。淡い光の輝きと、シルエットになった小さな人影が、おそろしく遠くに見える。そのとき初めて、このとてつもなく巨大な〈階段〉の全長を見通せなかったことが、急にありがたくなった。想像力の欠如と冷静な判断力に恵まれてはいても、もしかりに、垂直に倒立した円盤の内側の表面を——しかも、上半分が頭上にのしかかるように見えている状態で——こそこそと昆虫さながら、這いまわっているおのれの姿を見ることができたとしたら、はたして自分がどんな反応をおこすか、はなはだ心もとなかった。つい先刻まで、暗闇を厄介なもののように思っていたのだが、いまや逆に、それを歓迎したいくらいの気分だった。

「温度の変化はない」マーサーはノートン中佐に報告した。「依然、氷点下だ。だが、気圧は予想どおり上昇している——ほぼ三百ヘクトパスカルだ。この程度の低い酸素量でも、なんとか呼吸はできる。もっと下れば、まったく問題がなくなるだろう。おかげで、探検が非常にやりやすくなるよ。こりゃ大発見だ——呼吸装置なしで歩きまわれる初めての世界ってわけだよ！　実際は、これからひと嗅ぎ試してみるところだ」

〈軸端部〉にいるノートン中佐は、やや不安げに身じろぎした。だが、マーサーは、自分がやることをつねにわきまえている点では、人後に落ちない。すでに、納得のいくまでじゅうぶん試験ずみなのだ。

　マーサーは内外を等圧にすると、ヘルメットの留め金具をはずして、すこし隙間を作った。用心深くひと息吸い、つぎにちょっと深く吸ってみた。

　ラーマの空気は死んでいて、かび臭かった。まるで、物質的な腐敗の最後の痕跡さえとうの昔に消滅してしまった太古の墓から、漂ってくるような空気だった。生命維持システムのテストに長年命をはり続けるうちに鍛えあげた、マーサーの過敏すぎるほど鋭い嗅覚さえも、これといって特別の匂いを嗅ぎつけることはできなかった。かすかに金属的な感じの香りがあり、マーサーは不意に、月に降り立った最初の人間たちが、月着陸船《ルナー・モジュール》を再加圧したときに、火薬の焦げるような匂いがした、と報告していたことを思い出した。月塵に汚染されたイーグル号のキャビン内は、むしろラーマのような匂いがしたにちがいない、とマーサーは想像した。

　少佐はヘルメットを閉じなおして、肺の中から異星の空気を吐き出した。生命の維持に必要なものは、なにひとつそこから検出できなかった。これでは、エヴェレスト頂上の空気に順化訓練を受けた登山家でも、たちまち死んでしまうだろう。だが、もう数キロも降りれば、問題はまたべつだ。

ほかにここでしなければならぬことは？　マーサーはまだ不慣れな弱々しい重力を楽しむ以外に、なにも思いつかなかった。しかし、いまわざわざそれに体を慣らしたところで、どうせすぐまた、無重力の〈軸端部〉へ帰るのだから、なんにもならない。

「これより帰還する、艦長《スキッパー》」マーサーは報告した。「もっと先に進まなきゃならん理由もないし——ずっと下まで降りる準備が整うまではね」

「いいとも、帰りの時間を測ってみるが、気楽にやってくれ」

三、四段をひとまたぎに跳びあがりながら、マーサーはキャルヴァートが完全に正しかったことを認めた。これらの〈階段〉は降りるためではなく、登るために作られたのだ。うしろをふり返らず、また登りカーヴの眩暈がしそうな険しさを気にせぬかぎり、この登攀は楽しい経験になった。だが、二百段ほどすぎると、ふくらはぎに痛みを感じ始めたので、スピードを落とすことにした。ほかの二人も同じだった。ちらりと肩ごしに見やると、坂のかなり下のほうにいた。

登りはまったく平穏無事な旅だった——ただもう〈階段〉が無限に続いているように見えるだけだ。ふたたび〈梯子〉のすぐ下にある最上階のテラスに立ったとき、かれらはほとんど息切れもしていなかったし、ここまで来るのに、十分しかかからなかった。十分間の休憩をとると、かれらは最後の垂直の一キロを登りだした。

ぴょんと跳んで――段をつかみ――跳んで――つかみ――跳んで――つかみ……簡単だが、うっかりすると注意が散漫になる危険があるほど、退屈なくり返しだった。〈梯子〉をなかばまで登ったところで、五分間休息した。このころになると、脚はもちろん、腕も痛み始めていた。もう一度、マーサーは自分たちのしがみついている垂直な表面が、ほとんど見えないことを感謝した。この〈梯子〉が、光の輪の向こう、ほんの数メートルのところまでしかなく、もうすぐ登り終わるだろうというふりをするのは、さして難しくなかったからだ。

跳んで――段をつかみ――跳んで――それから、まったく突然、〈梯子〉はほんとうに、終わった。かれらは〈軸端部〉の無重力世界に戻り、気づかわしげな友人たちにとり囲まれていた。この旅の往復は一時間以内ですみ、かれらはそこはかとなく、ひかえめな使命の達成感を覚えた。

だが、それで満足してしまうにはすこし早すぎた。あれだけ全力を投入したにもかかわらず、かれらはまだ、あのとほうもない〈階段〉のほんの八分の一足らずを征服したにすぎなかったからだ。

11　男と女と猿と

ある種の女性たちには——と、ノートン中佐はとうの昔に決心していた——乗船許可をあたえるべきでない。いまいましくも悩ましい乳房に、無重力状態が妙な作用を及ぼすからだ。立派な乳房というものは、動かないときでもはなはだよろしくないが、いったん動きだして、共鳴運動が始まると、血の気の多い男性諸君にはとうてい耐えられぬしろものと化す。すくなくともある重大な宇宙事故は、ふくらみのたっぷりとした一婦人士官がコントロールキャビンを通過した直後、乗組員たちが急性の乱心状態におちいったのが原因だ、と中佐はかたく信じていた。

一度この仮説を、その一連の論理を組み立てさせるきっかけを作った人間の名は明かさずに、ローラ・アーンスト軍医中佐に話してみたことがある。そんな心づかいは不要だった。たがいによく知りすぎているほどの仲だったからだ。もう何年も前だが、地球上で、つかのま二人そろって孤独と憂鬱に悩んでいたとき、一度だけ情を通じ合ったことがある。その後は二人とも大きく事情が変わったから、おそらくあのような経験を二度とくり返すことはなさそうだった（むろん、だれにも保証できるわけではないが）。けれども、この豊満な軍医が艦長室にゆらゆら入ってくるたび、ノートンの胸には、去りにし昔の情熱が、谺《こだま》のようにはかなくよみがえった。ローラもまたそれに気づいていた。楽しきかな人生、というわけだ。

「ビル」ローラは切りだした。「登山屋さんたちを健診したけど、診断はこうよ。カールとジョーは上々の健康だわ——やった仕事に対しても、反応は正常よ。でも、ウィルは疲労と体力低下の徴候を示してるわね——細かいことはいいでしょう。ウィルは規定の訓練を、ちゃんと実行してないようね。ウィルばかりじゃないわ。遠心訓練機をだいぶさぼってる人がいるようね。これ以上さぼるようだと、出欠を厳しく調べるわよ。そうお触《ふ》れをまわしてちょうだい」

「わかりました、軍医殿。でも、弁解はあるんだよ。連中、ずっと働きづめだからね」

「頭と指だけはね、たしかに。でも、体のほうはそうじゃないわ——キログラムやメートルで測れるほんものの労働はしてないわ。ところが、これから必要になるのはそれなのよ、もしラーマを探検しようというのならね」

「では、探検許可をもらえるのかね？」

「ええ、慎重にことを運ぶなら。カールと二人で、ごく内輪に見積もったプランを作ってみたのよ——レベル2以下なら、呼吸装置なしで行動できる、という前提で。もちろん、これは信じられないくらい予想外な幸運で、兵站《へいたん》計画全体をすっかり変えてしまうほどだわ。わたしとしては、酸素のある世界という考えに、まだどうしても慣れることができないの……だから必要な補給品は、食料と水と保温服だけですむし、商売繁盛、いうことなしだわ。下へ降りるのはらくそうね。道中ほとんど、滑っていけばいいんだから。あのとても便利な手すりの上をね」

「いまチップスに、パラシュートブレーキつきの橇を作らせてるよ。人間を乗せるのは危険としても、荷物や機械の運搬には使えるだろう」

「すてき。それがあれば、下りの旅は十分ですむわね。さもないと、一時間ぐらいかかるわよ。登りの時間のほうは割りだすのが難しいわ。途中、一時間の休憩を二回入れて、六時間ぐらい見ておきたいんだけど。でも、これは経験を積むにつれて――さらに筋力がつくにつれて――かなり短縮できるようになるでしょう」

「心理的要素はどうかね？」

「評価が難しいわ、こんなまるっきり新しい環境ではね。暗闇がいちばん問題かもしれない」

「サーチライトを〈軸端部〉にとりつけるよ。下界の探検隊は自前の照明をもつほかに、いつも上から光を浴びているようにする」

「いいわね――それはとても助けになるでしょう」

「もうひとつ。われわれは安全策をとって、探検隊を〈階段〉の途中まで行かせてから、戻すべきか――それとも、最初からいっぺんに下まで行かせてしまっていいか？」

「時間がたっぷりあれば、慎重にいきたいところね。でも、時間は限られてるし、ぜんぶ降りても、べつに危険はないでしょう――降りてから、あたりを探るのもオーケーよ」

「ありがとう、ローラ――わたしが知りたかったのは、それだけだ。あとの細かいところは副長《エクゼック》に任せよう。それから、全艦員に遠心訓練機行きを命じるよ――一日二十分、半G下の訓練だ。これで満足かね？」

「いいえ、ラーマの下界はコンマ六Gよ。安全なゆとりを見こんでおきたいわ。それをさらに四分の三に下げて――」

「あいた！」

「――それぞれ十分間――」

「それを決めるのはわたしだ――」

「――毎日二回よ」

「ローラ、きみという女《ひと》は残酷で、血も涙もないな。でも、おっしゃるとおりにするよ。夕食の前に発表しよう。連中、だいぶ食欲をなくすだろうがね」

ノートン中佐としては、カール・マーサーがそわそわと落ちつかないのを見るのは、これが初めてだった。いつものようにてきぱきと十五分のあいだ、兵站面の問題を検討していたのだが、明らかになにかを思い悩んでいる様子なのだ。艦長はその悩みがなんなのかをすばやく見抜いて、相手がその話をもちだすまで辛抱強く待っていた。

「艦長《スキッパー》」とうとうカールはいいだした。「この探検隊の指揮は、ほんとにあんたがとる気かい？　もし手違いがあったとき、おれのほうが犠牲としてはずっと軽いんだがなあ。それにおれは、だれよりもラーマの奥に入ってるし——たとえ、五十メートルぽっちにしてもだ」

「認めるよ。だが、そろそろ指揮官がみずから指揮をとる潮時だし、今度の旅には前回以上の危険はない、と判断したばかりじゃないか。もし厄介な徴候が見えたら、〈月面オリンピック〉に出られるぐらいの早さで、さっさとあの〈階段〉を逃げ帰ってくるよ」

ノートンは反論の続きを待ちうけたが、それはなかった。それでもカールは、まだ鬱々と楽しまぬ風だった。ノートンは気の毒になって、やんわりと補足した。「もっとも早さでは、ジョーにかないっこないだろうがね」

大男の緊張がほどけ、苦笑がゆっくりとその顔に広がった。「それなら、ビル、だれかほかのやつを連れていけばいいさ」

「下に行った人間が、一人は欲しかったんだが、われわれ二人はいっしょに行けんしね。マイロン軍曹教授先生殿《ヘル・ドクトール》は、ローラの話だと、体重がまだ二キロもオーバーだそうだ。あの口ひげを剃り落としても間に合わなかった」

「三人目はだれだい?」

「まだ決めてない。ローラしだいさ」

「彼女自身が行きたがってるね」

「そりゃだれだってそうさ。でも、わたしとしては八百長を疑うね」

マーサー少佐が書類を集めて、艦長室から出ていくとき、ローラの名が自分の作った適任者リストのトップに挙がっていたら、わたしとしては八百長を疑うね」


マーサー少佐が書類を集めて、艦長室から出ていくとき、ノートンはつかのま羨望の痛みを感じた。艦内のほとんど全員が——最低限に見積もっても、約八十五パーセントが——なんらかの形で感情的な調節を工夫していた。艦長みずからがよろしくやっている船もあることは知っていたが、それはノートンの流儀ではなかった。エンデヴァー号の規律は、高度の訓練を受けた知性の高い男女間の、相互の尊敬の念にきわめて大きく依存していたが、指揮官が自分の地位を支えるためには、それ以上のものが必要なのだ。その責任たるや独特のもので、もっとも親密な友人たちからでさえ、ある程度の隔絶を必要とする。どのような関係であろうと、乗組員の士気を沮喪《そそう》させる恐れがある。そうなれば、どうしても依怙贔屓《えこひいき》をしているという非難を、避けることは不可能に近い。この理由から、二階級以上離れた者同士の情事は、かたく戒められているが、それ以外に艦内でのセックスを規制する唯一のルールは、「通路で実行したり、シーン《スーパーチンパンジー》プたちを驚かさないかぎり」ぐらいなものだった。

エンデヴァー号には、スーパーチンプが四頭いる。ただし、厳密にいえば、この呼称は不正確で、この艦の非人間乗組員は、じつはチンパンジー種ではない。ゼロ重力下では、把握力のある尻尾はきわめて重宝だが、これを人間にとりつける試みは、残念ながらすべて失敗に終わっていた。巨大類人猿に対しても、同じように不満足な結果に終わったあと、〈スーパーチンパンジー社〉はその目を猿の王国に向けたのだ。

ブラッキー、ブロンディー、ゴールディー、ブラウニーの家系をさかのぼると、その分家には、旧・新両世界のもっとも賢い猿たちが含まれており、それに、自然には存在せぬ合成遺伝子がプラスされていた。シンプの養育と教育には、おそらく平均的なスペースマンのそれに匹敵するほどの費用がかかるが、それだけの価値はあった。いずれも体重は三十キロに満たず、食料と酸素は人間一人の半分の量しかいらない。それでいて、家事、初歩的な料理、道具の運搬そのほか、十指にあまる日常的な仕事の面では、一頭が二・七五人分もの働きをするのだ。

この二・七五人分というのは、〈スーパーチンパンジー社〉の主張で、無数の時間＝運動研究にもとづいた数字だ。この数字はあまりに驚くべきものだったので、なにかにつけて批判はあったものの、実際にも正確なように見えた。というのも、シンプたちはじつに嬉々として、日に十五時間働いてくれ、どんなくだらぬ反復的な仕事でも、けっして倦きることがないからだ。というわけで、シンプたちは人類を雑事から解放してくれた。それは宇宙船のなかでは、すこぶる重大な問題だった。

最近縁種の猿たちとは逆に、エンデヴァー号のシンプたちはすなおで、従順で、御しやすかった。クローン化されていたから、性もなく、おかげで厄介な習性上の問題もとり除かれていた。注意深く菜食主義者に仕込まれているので、非常に清潔で、臭気も発さないし、ペットとしても完璧だ。ただ個人用にはちょっと高価すぎて、買う余裕のある人間はいなかったが。

こうした利点の反面、シンプたちの乗船勤務には、問題もいろいろあった。かれらには個室をあたえなければならないのだ――当然、そこは〝モンキーハウス〟と名づけられた。かれらの小さな食堂はしみひとつなく、テレビ、ゲーム設備、プログラムされた教育マシンなど、なんでも備えられている。また、事故を避けるために、かれらは艦内の技術区域に入ることを厳禁されている。これらの区域の入口には、赤のカラーコードがほどこされていて、シンプたちはそうした視覚的な障壁を心理的に通過できぬよう、あらかじめ条件反射訓練を受けていた。

また、コミュニケーションの問題もある。シンプの知能指数《IQ》は平均六十程度で、英語は数百語ぐらい理解できるが、話すのはむりだった。類人猿や猿には、便利な声帯をとりつけることが不可能とわかったので、シンプたちはやむなく、手話《サイン・ランゲージ》で意思を表現しなければならなかった。

基本的な手話は、明快ですぐ覚えられるようなもので、艦内のだれもが、日常的な通信ぐらいなら理解できるようになっていた。だが、流暢なシンプ語を話せる人間は、かれらの調教師、主計主任のマカンドルーズだけだ。

このラヴィー・マカンドルーズ軍曹自身、シンプにそっくり、というのがお定まりのジョークで、これはべつに侮辱でもなんでもなかった。毛足の短い、ほのかな色合いの毛皮と優雅な身のこなしをもつシンプは、きわめて美しい動物なのだ。また、とても愛らしいので、乗組員のみんながそれぞれ、自分のお気に入りをもっていた。ノートン中佐のお気に入りは、その名もぴったりなゴールディーだ。

しかし、シンプたちとそうもたやすく心が通いあえるという事実は、新たな問題をおこす因《もと》にもなり、しばしば、宇宙空間でシンプを使役することに反対する強力な論拠に利用された。シンプは日常的な低次元の職務をこなすよう訓練できるだけなので、非常事態にさいしては、役に立つどころか、かえって足手まといになる。そのため、シンプ自身にも人間の友人にも、よけいな危険を招く恐れがあったのだ。とりわけ、宇宙服の使いかたを教えこむのはむりとわかっていた。宇宙服の概念は、シンプにとって、遠く理解のおよばぬものだったのだ。

だれもそのことについては語りたがらなかったが、もし船体が破れたり、退船命令が出された場合には、どう処置しなければならないかは、だれもが承知していた。一度だけ、それが現実におこったことがある。そのときそのジンプ調教師は、受けた指令を必要以上に遂行してしまった。預りものとともに、同じ毒を仰いで死んだのだ。以後、安楽死させる任務は、軍医長に委ねられることになった。医師なら、感情を殺して遂行できるだろうと考えられたからだ。

この責任が、すくなくとも艦長の肩にかからなかったことを、ノートンは深く感謝していた。ゴールディーを殺すより、はるかに気のとがめを感じないで殺せそうな人間を、ノートンは何人も知っていたからだ。

12　神々の階段

ラーマの澄みきった冷たい大気のなかでは、サーチライトビームはまったく見えなかった。中央の〈軸端部〉から三キロ下で、百メートル幅の楕円形の光が、巨大な〈階段〉の一部分を照らしだしていた。闇に囲まれたなかに浮かぶ輝かしい光のオアシスは、さらに五キロ下の湾曲平面の方角へ、ゆっくりと移動していく。その中央には、三人の蟻のように小さな人間が、前方に長い影を投げながら動いていた。

かれらがそう望み、予期したとおり、完全になんの波乱もない下降の旅だった。最初のテラスで、暫時停止し、ノートンは狭くてカーヴしたその出っ張りの上を数百メートル歩いてみてから、第二階へと滑降を開始した。そこでかれらは、酸素装置を捨て、機械の助けなしに呼吸するという、えがたい贅沢を満喫した。これからは、宇宙で人間が直面する最大の危険から解放され、衣服の気密性や酸素保有量などをいちいち心配せずに、楽な気分で探検がおこなえるのだ。

第五階に到達して、残すはあと一区画だけとなったころには、重力も地球上での半分近くに達していた。ラーマの遠心回転がついに、その実力を発揮し始めたのだ。かれらはあらゆる惑星を支配している、ほんのすこしのスリップにも情け容赦なく代償を求める、あの無慈悲な力に屈服しつつあった。下りの旅はそれでもまだ容易だが、いずれこの何千段もの〈階段〉を登って帰らなければならないのだ、という考えが、早くもかれらの心を蝕み始めていた。

〈階段〉はもうだいぶ以前から、その目もくらむような急勾配をやめて、いまはしだいになだらかに、水平面へ近づきつつあった。その傾斜度は、もう一対五ほどしかない。それが最初は五対一だったのだ。いまや肉体的にも心理的にも、普通の歩行が可能になっていた。ただ弱い重力だけが、いま降りているのが地球上の大階段ではないことを教えてくれた。一度ノートンは、アステカ文明の神殿遺跡を訪ねたことがあるが、そのとき受けた印象が谺《こだま》のように甦ってきた――ただし、百倍も強く増幅されて。ここでも同じ畏怖と神秘感に打たれ、呼べども還らぬ往昔《いにしえ》への哀惜の念を味わった。それにしても、ここのスケールは時間的にも空間的にも、ケタはずれに大きかったので、心はそれをすなおに受けとめることができなかった。しばらくすると、反応すらやめてしまった。遅かれ早かれ、このラーマさえもあたりまえのものとして、受けいれてしまいそうな気がしてきた。

地球上の遺跡とはとても比較できない側面が、もうひとつあった。ラーマは地球上に残っているどんな遺跡よりも――エジプトの大ピラミッドに比べてすら、何百倍も古い。それいなのに、なにもかもが真新しく見えるのだ。磨滅とか破損の形跡がすこしもないのだ。

　ノートンはこの謎をさんざんいじくりまわしたすえ、やっとひとつの臆説にたどりついた。これまで調査してきたものは、すべて緊急用のバックアップシステムの一部で、実際にはめったに使用されなかったのではないのか。ラーマ人が――地球上ではそれほど珍しくもない肉体美崇拝論者でなければだが――この信じられぬような長い〈階段〉や、頭上はるか高くで見えないY字型を形成している、ほかの二つの同類の上を登り降りしている姿を、どうしても想像することができなかった。おそらくこれらの〈階段〉は、ラーマの建設のさいにだけ必要だったので、遠いその日以来、なんの役割も果たしていないのだろう。当座は、そんな仮説でごまかせそうだったが、それでもしっくりこない感じだった。なにか、どこかが変だった……。

　かれらは、最後の一キロメートルを滑降せず、長い、ゆるやかな足どりで一度に二段ずつ跳びながら下っていった。これなら、もうじき使わねばならぬ筋肉の鍛練になるだろうと、ノートンは判断したのだ。そんなわけで、ほとんど気のつかぬうちに、〈階段〉の終点まできていた。だしぬけに、それ以上の段がなくなった――ただ、いまはだいぶ弱まったサーチライトの光のなかに、鈍い灰色の、平坦な表面が横たわって、数百メートル先の暗黒のなかへと溶けこんでいた。

　ノートンはその光を放っている、八キロ以上もかなたの〈軸端部〉の光源をふり返った。

マーサーが望遠鏡で注視しているのを知っていたので、陽気に手を振ってみせた。

「こちら隊長」ノートンは無線で報告した。「全員、元気だ――問題はない。計画どおり、先へ進むよ」

「結構」と、マーサーは応答した。「お手並み拝見といこう」

短い沈黙があってから、べつの声が飛びこんできた。「こちら、艦上の副長《エクゼック》。ほんとのところは、艦長《スキッパー》、こっちはあんまり結構じゃありませんよ。知ってのとおり通信社の連中が、この一週間、ぎゃーぎゃーわめきっぱなしなんです。不滅の名講釈は期待してませんが、もうちょっとなんとかなりませんかね？」

「やってみよう」ノートンは含み笑いをした。「でも、まだなにも見えないんだ。まるで――そうだな、照明を暗くして、スポットライトをただ一個つけただけの巨大な舞台、といった感じだ。〈階段〉の登り口の数百段が、そこから上へ延びていて、頭上の暗闇のなかへ消えている。目の前にある〈平原〉は、完全に真っ平らに見える――湾曲率が非常に小さいので、この限られた範囲では、曲がり具合が見えないんだ。そんなところかな」

「受けた印象をいってくれますか？」

「そうだな、ここはまだきわめて寒い――氷点下だから、保温服がたいへんありがたい。それと、むろん静かだ。地球や宇宙でわたしの知っているどんなものよりも、静かそのものだ。どこでも、なんらかの背景音といったものがつねにあるものだが、ここでは、あらゆる音が吸収されてしまう。周囲の空間がとほうもなく大きいので、谺《こだま》も響かない。うす気味が悪いが、そのうち慣れたいものだ」

「どうも、艦長《スキッパー》。ほかにだれでも――ジョー、ボリス？」

話に窮したことのないジョー・キャルヴァート中尉が、喜んで応じた。

「ぼくがどうしても思いを致さざるをえないのは、われわれが別世界の上を、そこの天然大気を吸いながら歩けたのは、今回が初めて――かつてなかったことだ、ということです――もっとも、このような場所に〝天然〟という言葉を使うのは適当でない、とは思いませんが。それでも、ラーマはきっと、その建設者たちの世界とよく似ているにちがいありません。われわれ自身の宇宙船もみな、ミニチュアの地球なのですから。たった二例ではあまりにも貧弱な統計ですが、これは知的な生命形態というものが、みな酸素呼吸者である、ということを意味してはいないでしょうか？　かれらの仕事から判断しますと、ラーマ人はどうやらヒューマノイドだったようです。ただおそらく、われわれよりは五割がた背が高そうですが。きみはそうは思わないか、ボリス？」

ジョーはボリスをからかっているのかな？　とノートンは考えた。ボリスはどんな反応に出るだろうか？……

艦の全員にとって、ボリス・ロドリゴ中尉はいわば謎の人物だった。この物静かで威厳のある通信士官は、仲間うちの人気はあるが、けっしてかれらの活動に完全には溶けこまず、いつもすこし距離を置いているように見えた――まるで、べつのドラマーが叩くリズムに乗って行進しているように。

実際にもロドリゴは、〈宇宙飛行士《コズモノート》キリスト第五教会〉派の敬虔な信者だった。それ以前の四つの教会がどうなったのか、ノートンはいまだに知らないし、この教派の儀式や式典にも暗かったが、ただ、その信仰の中心教義はつとに知られている。かれらはイエス・キリストが宇宙からの訪問者だと信じ、その前提にもとづいて、神学体系を構築していたのだ。

異常なほど高い割合にのぼるこの教派の信徒たちが、さまざまな資格をもって宇宙で仕事をしていることは、おそらくそれほど驚くにもあたらない。かれらは例外なく、有能で、誠実で、無条件に頼りにできた。とりわけ他人に改宗を勧めようとしないので、どこへ行っても尊敬され、好かれさえした。それでもかれらには、どことなくかすかに不気味なところがあった。ノートンには、高等な科学技術教育を受けた人間がどうして、この派の信者たちがよく口にする、論議の余地ない事実なるものを、いくらかなりとも信じこめるのか、そのへんのところがどうしても理解できなかった。

ロドリゴ中尉がジョーの、たぶんからかいをこめた質問にどう答えるかと待ちうけるうちに、ノートンは不意に、おのれ自身の隠された動機にはっと気がついた。ノートンはボリスを、肉体的に壮健で、技術的に有能で、全幅の信頼をおけるという理由で選抜したのだが、同時に、心のどこか片隅では、かなり意地のわるい好奇心からこの中尉を選んだのではないか、と思いあたったのだ。あのような信仰心を抱く人間は、ラーマという畏怖すべき現実にどう反応するだろう？　おのれの神学理念を混乱させるようなものに出会ったのだとしたら、どういうことになるか……それをいうなら、ボリスの神学理念を裏づける、というべきだろうか？

だが、ボリス・ロドリゴは、いつもの慎重さを失わず、その手には乗ってこなかった。

「かれらはたしかに酸素呼吸生物だろうし、ヒューマノイドという可能性もある。でも、いましばらく、様子を見ようじゃないか。運がよければ、どんな生物だったのか発見できるだろう。画像か、彫像があるかもしれないし——向こうのあの町々には、死体さえ転がってるかもしれない。あれがもし町だとしたならだがね」

「いちばん近いのは、たった八キロ先だな」と、ジョー・キャルヴァートは期待をこめていった。

そうだな——と、艦長は考えた——だが、それは八キロ戻ることでもある——それから、あの気の遠くなるような〈階段〉を、ふたたび登らなければならないのだ。この危険はおかしていいのだろうか？

〝パリ〟と命名したその〝町〟への出撃は、行動予定表のトップに挙げられていたので、ノートンはいま、決断をくださなければならなかった。食料と水は、たっぷり二十四時間の滞在分だけある。〈軸端部〉のバックアップチームからは、四六時中見守られているし、この滑らかな、ゆるいカーヴをもつ金属平面の上では、どんな種類の事故もおこりそうには見えない。ただひとつ、予想される危険は疲労だけだ。〈パリ〉に行くこと自体はすこぶる簡単だが、いざ着いたときに、画像を数枚うつし、たぶんなにか小さな人工物を収集してから引き揚げること以上に、いったいなにができるだろう？

だが、そんな短時間の侵入行動でも、やってみる価値はありそうだった。時間はごくわずかしかない。ラーマは刻々と、エンデヴァー号が同行するには危険すぎる近日点に向かって、太陽の方向に突進しているからだ。

いずれにせよ、決定の一部はノートンがくだすのではなかった。艦内で、アーンスト軍医が、艦長の体にとりつけた生体テレメーター感知装置から送られてくるデータを注視しているのだ。もしもローラが不満の意を表明したら、それで終わりということになる。

「ローラ、きみの意見は？」

「三十分の休憩と、五百カロリーのエネルギーモジュールを摂りなさい。それからなら、出発していいわ」

「ありがとう、先生《ドク》」と、ジョー・キャルヴァートが言葉をさしはさんだ。「いま、ぼくは死にたいほど幸福だ。ぜひパリを見たいと、いつも思ってたんです。モンマルトルよ、いま行くぞ」

13 ラーマ平原

いつ果てるとも知れぬ〈階段〉をやっと下り終えて、ふたたび水平面の上を歩くことには、妙に贅沢な感じがあった。眼前の広がりは、実際、完全に平坦だ。右を見ても左を見ても、フラッドライトに照らしだされた範囲ぎりぎりのところで、ようやく上反り気味のカーヴが感じとれるぐらいだ。いってみれば、幅のきわめて広い、底の浅い峡谷を歩いているような感じだった。ほんとのところは、巨大な円筒の内面の上を這っているのであって、あの小さな光のオアシスの向こうでは、大地が高々とせりあがって、空に接して——いや、空へと変化しているのだが、そんなことはとうてい信じられなかった。

一行はみな、自信にあふれ、控えめな興奮に酔ってはいたが、しばらくすると、ほとんど肌で感じられるほどのラーマの静寂が、重苦しくかれらの上に覆いかぶさり始めた。歩くそばから、しゃべるそばから、音は谺《こだま》もおこさず闇のなかに吸いこまれてしまうのだ。一キロの半分も行かぬうちに、キャルヴァート中尉は我慢しきれなくなった。

中尉のささやかなたしなみのひとつに、最近には珍しい——そう珍しいとは思わぬ人も多いが——芸があった。口笛だ。過去二百年間の映画の主題歌なら、伴奏の有無にかかわらず、ほとんどなんでも再生することができた。この場にふさわしく、まず、《ハイ・ホー、ハイ・ホー、声をそろえ》から始めたが、行進するディズニーの小人たちの低音がどうもしっくりと決まらないので、あわてて《クワイ河マーチ》に切りかえた。それから、だいたい年代順を追って、半ダースほどの雄壮な主題曲を吹き通し、きわめつけに、二十世紀後半の有名なシド・クラスマンの名画《ナポレオン》のテーマをもってきた。

なかなかの名演だったが、けっきょく、ちっとも士気を盛りあげる役にはたたなかった。ラーマが必要としていたのは、バッハかベートーベンかシベリウスかチュアン・スンの荘厳さであって、軽快なポピュラー音楽ではなかったのだ。ノートンがジョーに、あとあとのために力をセーブしておけと忠告しかけたとき、この若い士官も自分の努力がこの場にはふさわしくない、ということにようやく気がついた。それ以後かれらは、ときおり艦と交信するときをのぞいて、ただ黙々と前進した。この勝負は、ひとまずラーマに軍配があがった。

この初めての横断旅行の途中、ノートンは一カ所でまわり道をすることに決めていた。〈パリ〉は前方まっすぐ、〈階段〉の登り口と〈円筒海〉の岸のちょうど中間点にあるのだが、その進路から右へ、わずか一キロはずれたところに、〈直線渓谷〉と命名したきわめて人目を惹く、なんとなく謎めいた地形がある。深さ四十メートル、幅百メートルほどの、長い溝渠《こうきょ》というか掘割《ほりわり》で、両側が急な斜面になっており、いちおう用水路か運河ということにされていた。〈階段〉同様、これもまたラーマの湾曲面沿いに等間隔に置かれた、同じような二本の仲間をもっている。

三本の谷はおよそ十キロ近い長さに延び、〈円筒海〉に到達する直前で、だしぬけにとぎれていた――もしこのなかをほんとうに水が流れるのだとすると、これは奇妙なことだ。しかも、〈海〉の向こう側でもやはり、このパターンがくり返されていた。もう三本の十キロ長の掘割が〈南極〉地帯まで延びているのだ。

気楽な徒歩を十五分も続けると、かれらはもう〈直線渓谷〉のへりに到達し、しばらくその深みを見おろしながら、物思いにふけった。完全に滑らかな壁が、六十度の勾配で傾斜している。〈階段〉も足場もない。掘割の底は、氷に酷似した一枚の白い平坦な物質で埋められている。サンプルを採取すれば、まちまちな議論に決着がつくだろう。ノートンはそれを入手することに決めた。

キャルヴァートとロドリゴを錨代《いかり》わりにして、救命ロープをくり出させながら、ノートンは険しい斜面を懸垂降下していった。底に降り立ったとき、てっきり足の下に、あのよく知っている氷のつるつるした感触を味わうものと決めこんでいたが、その期待はみごとにはずれた。摩擦度がずっと大きく、足をしっかりと踏んばれるのだ。この物質は、ガラスか透明な結晶の種類だった。指でさわってみると、冷たく、堅く、硬質な感じがした。

ノートンはサーチライトに背を向け、その輝光から目を隠しながら、凍結した湖の氷の下を見ようとでもするように、結晶物の底をのぞきこんだ。だが、見えるものはなかった。ヘルメット灯の光を集中してみたが、やはりだめだった。この物質は、透き通ってはいるが、透明ではないのだ。もしこれが凍りついた液体だとすると、その融点は水よりはるかに高そうだった。

ノートンは採鉱箱のなかからとりだしたハンマーで、そっと叩いてみた。ハンマーは、〝がちん〟と鈍い、味気ない音をたててはね返った。もっと強く叩いてみたが、結果は同じ。そこで今度は、渾身の力をこめて叩こうとしかけて、はたと思いとどまった。

この堅い物質を割ることは、とてもできそうには見えなかったが、かりに割ったとしても、どうなるというのだ？　ノートンは自分が、なにかとほうもなく巨大な板ガラスのはまった窓を壊しにかかっている、心ない野蛮人のような気がしてきた。もっといい機会があとでもあるだろうし、すくなくともすでに、貴重な情報は発見したのだ。いまやこの掘割は、ますます運河には見えなくなっていた。なにしろ、唐突に始まり、唐突に終わって、どこにも通じていない風変わりな掘割なのだ。それに、ここにいつか液体が流れていたときがあったとすると、どこかにその跡が、乾ききった沈澱物のかすみたいなものが、見つかってもよさそうなものではないか？　ところが、まるで建設者たちがほんのきのう立ち去ったばかりのように、どこもかしこもぴかぴかに磨きあげられている……。

またもやノートンは、ラーマにまつわる根元的な謎に対峙させられていた。今度ばかりは、避けて通るのは不可能だった。ノートン中佐は、筋の通った想像力ならもちあわせている男だが、もしもやたら突拍子もない空想に耽る性向《たち》だったら、現在の地位を得ることはなかっただろう。だがいまは、生まれて初めて、虫の知らせ――とはいわぬまでも、一種の期待感にとらわれていた。ここではいっさいが、見かけとちがう。真新しい――と同時に、百万年の古さをもつこの場所には、なにかこう、いうにいわれぬ奇妙なところがある。

深いもの想いに沈みながら、ノートンは小さな谷の長さに沿ってゆっくり歩きだした。それを見て、部下たちもノートンの腰につけた救命ロープを持ったまま、へりに沿ってあとを追った。これ以上なにかを発見しようという期待はなかったが、ノートンはその奇妙な感情のおもむくままにしたがってみたかった。というのは、なにかべつの、心に引っかかるものがあったからだ。ラーマの説明のつかぬ真新しさとは、関わりのないなにかが。

ものの十メートルと歩かぬうちに、突然ノートンは、雷に打たれたように悟った。

この場所には、見覚えがある。以前ここにきたことがあるのだ。地球や、暮らし慣れたほかの惑星の上でも、そのような経験は、とくに珍しいことではないにしろ、人を不安に陥れる。たいていの人間は、一度や二度は体験したことがあるだろうが、普通は、以前見て忘れてしまった写真を思い出しただけとか、完全な偶然の一致とかの説明でかたづけてしまう——あるいは、神秘好きの人間なら、ある種のテレパシーを他人から受け取ったのだとか、自分自身の未来からのフラッシュバックだとか考える。

しかし、人類がかつて一人たりとも足を踏み入れたはずのない場所に、見覚えがある——という感じは、じつにショッキングだった。数秒間、ノートン中佐はいままで歩いていた結晶質の滑らかな表面に、根を生やしたように突っ立ったまま、自分の感情をはらいのけようとした。おのれのきちんと秩序立っていた宇宙がすっかりひっくり返り、ノートンはいま、これまでほとんどつねに無視し続けてこられた、現実のはずれにひそむ神秘の存在を、ついにかいま見せられて目が眩んでしまったのだ。

そのとき、おおいに安堵したことには、常識が救援に駈けつけてくれた。既視感《デジャヴュ》の不安な感じは溶けるように消え去って、若いころのリアルな、確認の可能な記憶がとって代わったのだ。

見覚えがあるのは事実だった——ノートンは以前、このように険しく傾斜した壁のあいだに立って、その壁がはるか無限の前方で一点に融合しているように見えるほど、遠方まで続いている光景を、たしかに見たことがあった。ただしそれは、きれいに刈りこまれた芝草に埋もれている壁で、足もとは、滑らかな結晶物質ではなく、砕けた石で覆われていた。

あれは三十年前、イギリスで夏休みをすごしたときのことだっけ。ある学友に感化されて（顔は覚えていたが、彼女の名は忘れてしまった）、ノートンは当時、理工系の学生にたいへん人気のあった産業考古学の課目をとっていた。かれらは打ち捨てられた炭鉱や紡績工場を探検したり、破壊された熔鉱炉や蒸気機関車によじ登ったり、原始的な（そしてまだ危険な）核反応炉に驚きの目を見はったり、タービン推進する値打ちものの骨董品を、復元された自動車道路の上に走らせたりした。

もっとも、かれらの見たものぜんぶがぜんぶ、ほんものというわけにはいかない。長い歳月がたつあいだに、失われたものは多かった。人間はめったなことで、日常生活に用いるありふれた物品をわざわざ保存などはしないからだ。しかし、いざ複製が必要とあれば、いつでも丹誠こめて復元がおこなわれた。

というわけで、青年ビル・ノートンは時速百キロというご機嫌なスピードで突っ走りながら、見かけは二百歳だが、実際は自分より若い機関車の火室のなかへ、貴重な石炭を放りこむべく、シャベルを手に大奮戦したことがあった。とはいえ、グレートウェスタン鉄道の三十キロに及ぶ線路のほうは、発掘して実際に使用できる状態にまで戻すのには、たいへんな手間がかかったにせよ、まぎれもないほんものだった。

汽笛を吹き鳴らしながら、かれらは山腹のなかへ突進し、煙に渦巻き、炎に照らされた闇のなかを走った。驚くほど長い時間がたってから、かれらはトンネルの中から、急勾配の草土手に挟まれた、一直線に延びる深い切通しへと飛び出したのだった。すっかり忘れていたその光景が、いま眼前にあるそれとほとんどそっくりなのだ。

「どうしたんです、艦長《スキッパー》？」ロドリゴ中尉が呼んだ。「なにか見つけたんですか？」

自分をむりやり現実に引きずり戻すと、強迫感がいくらか、ノートンの心からとり除かれた。たしかにこの場所には、謎がある。だが、それは人間の理解を超えたものではないかもしれない。ひとつ、学んだ教訓があった。とはいえ、それは他人にやすやすと伝えることのできないたぐいの教訓だった。なんとしてでも、ラーマに圧倒されてはならないのだ。その先には、失敗が待ちうけている――たぶん、狂気さえも。

「いや」ノートンは応答した。「ここにはなにもないよ。わたしを引き揚げてくれ――これからまっすぐ〈パリ〉に直行しよう」

14　暴風警報

「この〈委員会〉会議を招集しました理由は」と、惑連《UP》火星大使閣下は告げた。「ペレラ博士のほうから、重大なお話があるからです。博士は、われわれがただちにノートン中佐と連絡をとるべきだ、それには、幾多の難問を解決してようやく獲得した優先チャンネルを使ったらよい、とおっしゃっておられます。ペレラ博士のステートメントはやや専門的になるかと存じますので、その前に、現在の状況を総括してみることが順序かと存じます。プライス博士がそのほうの用意をしてくれました。ああ、そうそう――欠席者に代わって、ひと言お詫びを。ルイス・サンズ卿は、ただいまある会合の議長をつとめておられますので、ご参加いただけません。それと、テイラー博士が辞退を申し出ておられます」

後者の欠席については、火星大使はむしろ喜んでいた。ラーマには自分の首を突っこめる部分がなさそうだとはっきりしたとたん、この人類学者はにわかに興味を失ってしまっていた。多くの人がそうだったが、この動く小世界が死の世界であることに、テイラーもいたく失望したのだ。ラーマ人の儀式や習性について、センセーショナルな本やビデオを作るチャンスは、おそらくあるまい。骸骨の発掘や工芸品の分類に精をだす連中もいるだろうが、その種のことは、とんとコンラッド・テイラーにはお呼びでなかった。テイラーが大あわてで駈け戻るとすれば、たぶん、かのサントリーニ島やポンペイのつとに名高いフレスコ壁画のような、すこぶる意味深長な芸術作品が発見されたときぐらいなものだろう。

考古学者のセルマ・プライスは、それとはまったく正反対の観点に立っていた。住民にばたばた走りまわられて、冷静であるべき科学研究を邪魔されるよりは、無人の遺跡発掘のほうがお気に召していた。その点、地中海の海底は理想的だった——すくなくとも、都市計画者や風景画家たちが割りこみ始めるまでは。そして、ラーマも完璧といってよかった。ただし、それが一億キロのかなたにあって、セルマがじきじきに訪れることはこんりんざい不可能、という憤懣やるかたない一点を除けばだが。

「みなさんもすでにご存じのとおり」セルマ・プライスは説明を始めた。「ノートン中佐は、まったくなにごともなくほぼ三十キロの横断を完了しました。中佐はみなさんの地図に〈直線渓谷〉の名で示されている、奇妙な掘割を探検しました。この掘割の目的はまだ皆目不明ですが、それがラーマの全長にわたって——〈円筒海〉の部分だけとぎれておりますが——走っている点からみて、また、この世界の円筒に沿って、百二十度間隔で同一の構造物が、ほかにも二本存在する点からみて、明らかに重要な目的をもつものと思われます。

その後、一行は左へ――〈北極〉での申し合わせにしたがえば、東へ――進路を変え、〈パリ〉に到達しました。〈軸端部〉の望遠カメラがとらえたこの画像からおわかりのように、そこは数百の建物の集まりで、あいだを広い通りが走っています。

さて、これらの画像は、ノートン中佐の一行がその場所にたどりついたさいに、撮影したものです。もし〈パリ〉が都市だとしたら、非常に風変わりな都市です。建物のどれひとつとして、窓もなければドアもないことにご注意ください！　建物はすべて単純な長方形構造で、どれも高さは一様に三十五メートルです。それに、地面からにょきにょき生え出たように見えます――合わせ目も接ぎ目もありません――壁の基部のところを大写しにしたこの画像をごらんください――壁から地上にそのまま変わっております。

わたくしの思いますに、ここは居住区ではなく、貯蔵所か補給倉庫でしょう。この仮説の裏づけとして、この画像を見てください……。

約五センチ幅の、このような狭い横穴、といいますか溝が、あらゆる通りに沿って走っており、どの建物にもそれが続いていて――壁のなかへまっすぐ入っています。これは二十世紀初頭の市街電車の線路と、驚くほどそっくりで、明らかに輸送システムの一部にちがいありません。

公共の輸送機関を、各家庭へじかに接続させる必然性は考えられません。経済的に見てもばかげています——人間は数百メートルぐらい、いつだって歩けるのですから。でも、もしこれらの建物が、重機材の貯蔵所に使われるのだったら、筋がとおります」

「質問してもよろしいですか？」と、地球大使がいった。

「どうぞどうぞ、ロバート卿」

「ノートン中佐はただの一度も、建物の内部には入れなかったのですか？」

「ええ。中佐の報告をお聞きになれば、企てがすべて失敗したことがわかりますわ。はじめ中佐は、地下からしか建物のなかへ入れないのではないか、と考えていましたが、その後、輸送システムの溝が発見されたので、考えを変えました」

「なかへ押し入ろうとはしたのですか？」

「方法が見つからなかったのです、爆薬か重い道具を使う以外には。中佐としては、ほかの手段がすべて失敗に終わらぬうちは、そうしたくないと考えています」

「わかったぞ！」デニス・ソロモンズが突然、口をはさんだ。「〝蚕《かいこ》の繭《まゆ》〟式だ！」

「なんとおっしゃいました？」

「二、三百年前に開発された技術です」科学史家は続けた。「またの名を〝虫よけ玉《モス・ボール》〟式という。なにか保存しておきたいものがあるとき、それをプラスティック容器のなかへ封じこんでから、不活性気体を注入するのです。最初は、つぎの戦争に備えて、軍事設備を保管しておく目的に使われました。昔は船をまるごと、この方式で保存しておいたものです。現在でも、保管空間のたりない博物館などで、幅広く活用されています。スミソニアン博物館の地下室に眠っている、何世紀も前の〝繭〟のうちには、だれも内部になにが入っているのか知らないものさえあります」

忍耐は、カーライル・ペレラの長所のひとつではなかった。博士は自分の爆弾を早く投下したくてうずうずしていたので、とうとうこれ以上自分を抑えきれなくなった。

「お願いです、大使殿！　まことにおもしろい話題ではありますが、わたしのほうの話は、いささか火急を要するように思いますので」

「ほかに問題点がありませんでしたら――では、どうぞ、ペレラ博士」

コンラッド・テイラーと違って、この宇宙生物学者はラーマに失望していなかった。もはや生命の発見を期待していないことは事実だ――だが、遅かれ早かれ、このすばらしい世界を建設した生物のなんらかの遺物が発見されるだろうということを、ペレラ博士は強く確信していた。探検はまだ始まったばかりなのだ。もっとも、エンデヴァー号が現在の太陽擦過軌道から余儀なく脱出するまでに利用できる時間は、おそろしく短かったが。

しかもいまや、博士の計算が正しいとしたら、人類のラーマとの接触は予想以上に短くなりそうなのだ。というのも、ラーマがあまりにも大きいため、これまでだれも気づかなかったのだが、ある些細なことが見すごされていたからだ。

「いちばん最近の情報によりますと」ペレラは説明し始めた。「いま一隊が〈円筒海〉に向かっているところで、いっぽう、ノートン中佐はべつの一隊を指揮して、〈階段アルファ〉の登り口のところに、補給基地を設置させています。それが完成したら、中佐はすくなくとも二つの探検チームを、常時活動させておく肚《はら》づもりです。このようにして、限られた人的パワーを最高効率で使いたいと望んでいるわけです。

これはいいプランではありますが、実行に移すだけの時間的余裕はないかもしれません。実際、わたしとしましては、非常警戒態勢と十二時間以内の全面撤退を勧告したいところです。理由を説明しましょう……。

ラーマにおこっている、むしろだれの目にも明らかなある変則事態を指摘する者がほとんどいないとは、驚くべきことであります。ラーマはいまや、金星の軌道の内側へ深く入りこんでいます——にもかかわらず、その内部はまだ凍りついたままです。しかし、この地点で太陽の直射にさらされる物体の温度は、約五百度にもなるはずなのです！

もちろん、その理由は、まだラーマがじゅうぶん温まる時間がないからです。ラーマは恒星間宇宙を渡っているあいだに、絶対零度近く——零下二百七十度まで冷えきっていたに相違ありません。現在、太陽に接近するにつれて、その外壁はすでに、鉛も熔けるぐらいに熱くなっていますが、内部は、その熱が厚さ一キロの外壁をしみ通るまで、依然冷たいままでいるでしょう。

たしか、皮が熱くて、中身はアイスクリームとかいう、奇抜なデザートがありましたな

──なんという名だったか、覚えておりませんが──」

「アラスカ焼き、ですよ。惑連《UP》の宴会では、人気のある菓子でしてな、あいにく」

「これはどうも、ロバート卿。それがラーマの現在の状況なのですが、それも長くは続きますまい。ここ数週間で、太陽熱は内部まで滲透し、あと数時間で、急激な温度上昇が始まると思われます。だが、問題はそのことではありません。どのみちラーマを離脱するころまでは、快適な熱帯性気候以上にはならないでしょうから」

「じゃあ、なにが問題なのです？」

「一語でお答えできます、大使殿。ハリケーンです」

15 〈円筒海〉の岸辺

いまやラーマのなかには、男女あわせて二十人以上いた——六人は〈平原〉に、残りはエアロックシステムと〈階段〉を往復して、機械や消耗品を運んでいた。宇宙船のほうはほとんど人が出はらって、必要最小限の当直人員だけが残っていた。事実上エンデヴァー号を動かしているのは、四頭のシンプで、ゴールティーは艦長代理に任命された、などという冗談がもてはやされるほどだった。

探検の開始にあたって、ノートン艦長が確立しておいた基本原則はたくさんある。もっとも重要な原則は、人類の宇宙進出開始当初にまでさかのぼるものだ。どのチームもかならず、既体験者を一人含めなければならぬ、とノートンは決めていたのだ。ただし、二人以上ではない。こうすれば、だれもが可能なかぎり早く経験を積む機会をもてるからだ。

というわけで、〈円筒海〉に向かった最初の探検隊は、隊長こそローラ・アーンスト軍医中佐だが、既体験者として、〈パリ〉から戻ったばかりのボリス・ロドリゴ中尉を隊員に加えていた。三人目のピーター・ルソー軍曹は、〈軸端部〉のバックアップチームに入っていた一人だ。ルソーは宇宙空間偵察機器の専門家だが、今度の旅では、おのれの目と小さな携帯用望遠鏡に頼らなければならなかった。

〈階段アルファ〉の登り口から〈円筒海〉の岸までは、十五キロそこそこ——ラーマの低重力下では、地球の八キロに相当する。アーンスト軍医は、日ごろの主張に恥じぬ行動をとらねばならぬ手前、きびきびとした足どりを崩さなかった。かれらはちょうど中間地点で、三十分の休憩をとり、三時間のあいだ、まったく波乱のない旅を続けた。

ラーマの谺《こだま》のない闇をつらぬいて照射するサーチライトの光のなかで、歩を運んでいくのもまた、単調このうえなかった。一行とともに前進するにつれて、その光の輪はしだいに、細長い楕円形に引き伸ばされていく。この光の短縮現象だけが、前進しているという目に見える唯一の証《あか》しだった。〈軸端部〉の観測者からたえず距離確認の連絡がこなかったら、かれらは自分たちが一キロ踏破したのか、それとも五キロか十キロか、推量するすべもなかっただろう。一行はただとぼとぼと、百万年昔から続いている夜の闇を、接ぎ目も見えぬ金属の表面を踏みしめて歩いていった。

だが、ようやく、はるか前方の、いまはかなり弱まった光の輪の限界付近に、なにか新しい変化が見えだした。普通の世界なら、さしずめ地平線というところだが、一行が接近するにつれ、いままで歩いてきた〈平原〉が、そこで唐突に終わっていることが見てとれた。かれらは〈円筒海〉の縁に近づいているのだった。

「あと十ずか百メートルだ」〈軸端司令部《ハブ・コントロール》〉が告げた。「ペースを落としたほうがいい」

その必要はほとんどなかったが、すでに一行はそうしていた。〈平原〉の高さから〈海〉──もしこれがほんとうに海で、例の謎めいた結晶物質の一枚板でなければだが──の表面までは、まっすぐ切り立った五十メートルの絶壁だ。ラーマではなにごとも既定の事実とみなすのは危険だということは、全員がノートンから叩きこまれていたが、〈海〉がほんものの氷からできているということを疑う者は、いまやほとんどいなかった。それにしても、こちら側が五十メートルの高さなのに、いったいどうして南岸の断崖は五百メートルもあるのだろうか?

一行はまるで、世界の果てに近づいているような感じを抱かせられた。かれらの楕円形の光円は、前方でぷっつり断ち切られ、どんどん短くなってくる。その代わり、湾曲した〈海〉の表面をスクリーンにして、はるか向こうに、怪物的に遠方短縮された人影が出現し、あらゆる動きをいちいち拡大し誇張してみせた。これらの影は、かれらが光のなかを行進するあいだ、片時もそばから離れぬ道連れだったが、いまは断崖のへりのところでぷっつり断ち切られて、もはやかれらの一部とはとうてい見えなかった。さながらそれは、縄張りへの侵入者をかたづけようと待ち受ける、〈円筒海〉の生きもののようだった。

五十メートルの断崖の上に立ったおかげで、いまかれらは初めて、ラーマの曲線を賞味することができた。とはいえ、凍った湖が上向きに反りあがって円筒形を呈している光景などを、見たことのある人間はいなかった。それは見るからに不安定な光景だったので、視覚のほうがほかの解釈を見出そうと躍起になった。アーンスト軍医はかつて錯覚の研究をしたこともあるが、その軍医さえつかのま、自分の見ているものはじつは水平線のカーヴした湾であって、空中にせりあがっている海面なのではない、と思いこまされかかったほどだ。とほうもない現実を受け入れるには、そうとうに意志的な努力が必要だった。

まっすぐ前方、ラーマの中心軸に平行な方向にだけしか、正常さは存在していなかった。この方角にだけ、視覚と論理感覚とはむりなく一致した。こちらでは――すくなくとももつぎの数キロに関しては――ラーマは平坦に見え、事実平坦なのだ……そしてその向こう、かれらの歪んだ影と光の外縁のかなたに、〈円筒海〉を支配する孤島が横たわっていた。

「〈軸端司令部〉へ」アーンスト軍医は連絡した。「光を〈ニューヨーク〉に当ててください」

長円形の光が沖のほうへ滑りだしたとたん、ラーマの夜のとばりが、かれらの上に落ちた。見えなくなった足もとの断崖を意識して、全員が数メートルあとずさった。そのとき、魔法じみた早変わりの舞台さながら、〈ニューヨーク〉の摩天楼が忽然と現われ出た。

昔のマンハッタンに似ているのは、表面だけだった。この地球の過去の天上版そっくりさんは、それ自身ユニークなところがあった。仔細に眺めれば眺めるほど、アーンスト軍医はそれが都市などではないことを確信した。

ほんもののニューヨークは、人類の居住地ならどこもそうであるように、けっして完成するということがなかった。それどころか、ちゃんとした設計さえされていなかった。だが、こちらのニューヨークは、あまりに錯綜を極めているためややもすると見のがされやすいが、全体に終始一貫した調和とパターンが感じられる。これは管理能力にたけた知性によって考案され、設計され――そして完成されたものだった。ちょうどなにか特別の目的に合わせて考案された機械のように。だから、完成してしまったあとでは、もう成長や変化を遂げる可能性など残されていないのだ。

　サーチライトの光は、遠方の塔やドームや、連結した球体や交差したチューブなどを、のろのろと探りまわった。ときおり、平たい表面がぎらりと燦めいて、反射光を送り返してくる。最初にこの現象がおこったとき、一同はどきりとした。まるでその不思議な島の上から、だれかが信号をかれらに送っているように見えたからだ……。

　しかし、かれらがここから見てとれるものは、すでに〈軸端部〉から撮影した画像で、もっと細かい点までわかっているものばかりだった。数分後、かれらは光を戻してもらい、断崖の縁に沿って、東へと歩き始めた。きっとどこかに、〈海〉へと降りる階段か坂のようなものがあるはずだ、といちおうもっともな理屈が考えられていた。それに、腕ききの船乗りである乗組員の一人が、おもしろい憶測を立てたということもある。

「海のあるところ」ルビー・バーンズ軍曹は予言したものだ。「かならずや港や波止場ありだわ――それに船もよ。船の作りかたで、その文明のすべてがわかるものなのよ」ルビーの同僚たちはこの意見を、いささか狭い物の見方ではあるにしろ、すくなくとも、刺激的な見方にはちがいないと思った。

アーンスト軍医がほとんど捜索を諦めて、ロープによる降下を用意しかけていたとき、ようやくロドリゴ中尉が狭い階段を見つけ出した。崖っぷちの下の暗い蔭に隠れていて、ガードレールはおろか、その存在を示すものがなにひとつなかったので、ついうっかり見すごしかねない階段だった。それに、それはどこにも通じていないように見えた。五十メートルの垂直な壁を、急勾配で下って、そのまま〈海〉の水面下に没していた。

かれらはその階段をヘルメット灯で検査して、危険の可能性なしと見てとったので、アーンスト軍医がノートン中佐から降下の許可をとりつけた。一分後、ローラは用心深く、〈海〉の表面をテストしていた。

ローラの足は、ほとんど摩擦もなく、前後につるつる滑った。まぎれもなくその物質は、氷のように感じられた。事実、それは氷だった。

ハンマーで叩いてみると、その衝撃点からおなじみの形をした割れ目が、ぴぴっと四方に広がり、ローラはなんの苦もなく、欲しいだけの破片を採集できた。サンプル容器を明かりにかざしたときには、もういくらか溶け始めていた。その液体はすこし濁って見えたので、慎重にひと嗅ぎしてみた。

「大丈夫ですか?」ロドリゴが、ちょっぴり気づかわしげに、上から声をかけた。

「大丈夫よ、ボリス」ローラは答えた。「もしわたしの探知器をごまかした病原菌が、ここらへんにうようよしているとしたら、わたしたちの保険証券は、一週間も前に権利が消滅してるわ」

だが、ボリスのいうことにも、一理はある。あらゆるテストを完了したにもせよ、この物質が有毒であるか、あるいは未知の病気をかかえこんでいるという危険は、ごくわずかながら存在するのだ。普通の状況下だったら、アーンスト軍医はけっして、そんなわずかな危険さえおかさなかっただろう。だがいまは、時間が切迫し、かけられた賞金は莫大なものだった。もしエンデヴァー号を検疫隔離しなければならぬはめになったとしても、そんなことは同船が積みこむ知識の船荷に比べれば、ごくごく小さな代償にすぎない。

「たしかに水だけど、とても飲む気はおきないわね——腐った海草の培養液みたいな匂いがする。研究室にもっていくのが、まだるっこしいわね」

「氷は歩いても大丈夫ですか？」

「ええ、岩みたいに堅いわ」

「じゃあ、〈ニューヨーク〉へ渡れますね」

「渡るですって、ピーター？　あなた、氷の上を四キロも歩いたことがあって？」

「ああ、そうか——おっしゃるとおりです。スケートをよこせといったら、保管部のやつ、なんていうだろうなあ！　たとえあったとしても、使いかたを知ってるやつは、あまりいないだろうし」

「ほかにも問題があるぞ」と、ボリス・ロドリゴが口ばしを入れた。「すでに気温が氷点を越えているのに気がつかないかい？　もうじき、あの氷は溶け始めるぜ。四キロメートルも泳げるスペースマンが、どれくらいいるかな？　とてもじゃないが、この〈海〉はむりだよ……」

アーンスト軍医は、断崖の縁のところでかれらに合流すると、サンプルの入った小瓶を得意そうにかざしてみせた。

「たった数CCの濁った水のために、ずいぶん歩かされたけど、これはこれまでに発見したどんな物より、ラーマについていろんなことを教えてくれそうだわ。さあ、お家に帰りましょう」

かれらは、この低い重力下ではいちばん快適な歩行手段だと判明した、例の緩やかな大股の跳躍で、一路、〈軸端部〉の遠い光めざして引き返していった。ときおりかれらは、凍りついた海の中央に鎮座する孤島に秘め隠された謎に、うしろ髪を引かれるように、あとをふり返った。

一度だけ、アーンスト軍医は、そよ風にそっと頬をなでられたような気がした。

だが、それは二度と感じられなかったので、すぐにそのことを忘れてしまった。

16　ケアラケクア

「あなたもよくご存じのとおりですな、ペレラ博士」ボース大使の声音《こわね》は、辛抱強い諦めを含んでいた。「われわれはほとんどだれも、あなたほど数学気象学の知識を持ち合わせてはおらんのです。ですから、どうかわれわれの無知を憐れんでいただきたい」

「喜んで」宇宙生物学者は赤面もせずにいってのけた。「これから——もうすぐにです——ラーマの内部でおころうとしていることを申しあげれば、わたしの説明がよくおわかりいただけるでしょう。

太陽熱が内部に到達したために、いまやラーマの気温は、上昇寸前の状態にあります。わたしの受けとった最新情報によれば、すでに氷点を越えたといいます。〈円筒海〉はまもなく溶解を開始するでしょう。地球上の氷塊と違い、この海は底のほうから上に向かって溶け始めます。その結果、なにかおかしな影響が現われるかもしれませんが、わたしがもっと気がかりなのは、大気のほうなんです。

熱せられるにつれて、ラーマ内の空気は膨張し——中心軸に向かって上昇しようとし始めます。これが問題なのです。地上レベルでは、見かけは静止状態でも、実際には空気はラーマの自転と行動を共にしている——時速八百キロ以上で動いているのです。そして、軸に向かって上昇するときも、そのスピードを保とうとしますが——むろん、そういうわけにはまいりません。その結果生じるのは、暴風と乱気流です。わたしの見積もりでは、風速は時速二百キロと三百キロのあいだぐらいになるでしょう。

ついでながら、これと非常によく似た事態は、地球上でもおこります。赤道部分で加熱された空気——これは地球の時速千六百キロという自転にしたがっています——が、上昇して南北に流れるとき、同じ問題にぶつかるのです」

「ああ、貿易風ね！　地理学の講義で聞いた覚えがありますよ」

「そのとおりです、ロバート卿。ラーマにも貿易風が吹くのです、それもいやというほどの。もっとも、数時間も吹けば、あとはまた一種の平衡状態が復活するでしょう。そのあいだ、わたしはノートン中佐に、緊急避難——それもできるだけ早く——を勧告したいと思います。わたしとしては、こんな電文を送ったらいかがと存じます」

ちょっぴり想像力を働かせるだけで——と、ノートン中佐は思った——ここは、アジアかアメリカの辺鄙《へんぴ》な山裾《やますそ》に張った、応急的な夜営地だというふりをすることもできそうだ。ごたごたと散らかった寝袋だの、折りたたみ式の椅子とテーブルだの、携帯用発電機だの、照明器具だの、電子処理トイレだの、雑多な科学機器だのは、地球の上でもべつに場ちがいな物品ではない——とりわけ、生命維持装置もつけずに、男女が立ち働いているとあっては、なおさらそうだ。

〈キャンプ・アルファ〉の設営には、たいへんな手間がかかった。なにしろ荷物という荷物を、一連のエアロック内は人手で運び、〈軸端部〉からは斜面を橇で滑降させ、それからやっと回収して開包しなければならなかったからだ。ときにはブレーキ用のパラシュートが開かずに、託送物が〈平原〉上を一キロも先まで行ってしまうことさえあった。それでも、二、三の乗組員は橇の便乗許可を願い出たが、ノートンはそれを固く禁じた。とはいうものの、いざという場合には、この禁令を再考しなければならぬかもしれない。

こうした機材はほとんどぜんぶ、このまま放置していくことになりそうだ。いちいち運びあげるとなると、想像もつかぬほどの労力を食うだろう——実際問題として、とても不可能な相談だ。ときおりノートン中佐は、この奇妙なまでに清浄な場所を、ごみだらけにしたまま立ち去ることに、わけもなく恥ずかしさを感じた。最後に立ち去るときには、貴重な時間をいくらか犠牲にしてでも、きちんと後片づけをしていこう、とひそかに思い定めていた。まずありえないことではあるにしても、万一、何百万年かのちに、ラーマがどこかの太陽系内を飛び抜けるとき、ふたたび訪問客を迎えないともかぎらない。ノートンはその連中に、地球についていい印象をあたえたいような気がしたのだ。

いっぽうで、ノートンはもうすこし切実な問題を抱えていた。この二十四時間のあいだに、火星と地球の両方から、ほとんどそっくり同じ電報を受けとっていたのだ。それは奇妙な偶然の暗合に見えた。おそらく、おたがいに同情を感じているのだろう。それぞれ異なる惑星の上で安穏に暮らしていれば、どんな妻でもたいていはじりじりしたあげく、そうするものなのだ。かれらは多少あてつけがましく、たとえいまや夫がどんなに偉大な英雄であるにしても、家族に対する責任からは逃がれられないのだということを指摘した。

中佐は折りたたみ式の椅子を拾いあげると、光の輪から歩み出て、キャンプをとりかこむ暗闇のなかへ入っていった。プライヴァシーを得るには、これしか方法がなかったし、それに喧騒から離れたほうが考えがまとまるというものだ。ノートンは背後の組織立った混乱に、わざわざ背を向けると、首からぶらさげたレコーダーに吹きこみ始めた。

「原文は個人用ファイルに、コピーは火星と地球に送信。ヘロー、ダーリン――たしかにわたしは不精な通信者だが、なにしろもう一週間も、船には帰ってないのでね。基幹要員以外には、全員、ラーマ内の〈アルファ〉と命名した〈階段〉の下で、キャンプ生活をしているんだ。

目下のところ、三チームに〈平原〉を偵察させているが、なにぶん万事足だけが頼りなので、がっかりするほどはかがいかない。なにかいい輸送手段でもあればいいんだがね！電動自転車が数台でもあれば、こんな嬉しいことはないんだが……この仕事には、ぴったりな機械だから。

きみは医学士官のアーンスト軍医中佐に会ったことがあるよね——」ノートンは不安そうにためらった。たしかにローラは、妻たちの一人に会ったことはあるが、どっちの妻だったっけ？　これはカットしたほうがいいな——

その文章を消去して、ノートンはいいなおした。

「軍医官のアーンスト中佐は、ここから十五キロ離れた〈円筒海〉へ、第一隊を率いて出かけた。予想どおり、そこは凍りついた水だということがわかったよ——もっとも、あの水はだれも飲みたいとは思わんだろうが。アーンスト軍医の意見だと、あれはむしろ水っぽい有機物の流動体で、ほとんどあらゆる炭素化合物や、燐酸塩、硝酸塩、何十種類もの金属塩を微量ずつ含有しているそうだ。生命の気配は、毛ほどもない——死んだ微生物すら見つからない。だから、われわれはまだ、ラーマ人の生化学的特性については、なにもわからない……といっても、われわれとそうめちゃくちゃに異なる生物じゃあないだろうがね」

なにかが、ノートンの髪を軽くなでた。多忙にまぎれて、つい刈るのを忘れていたが、このつぎ宇宙帽をかぶる前には、なんとかしなければなるまい……。

「きみは〈パリ〉やそのほかすでに探検ずみの〈海〉のこっち側の町……〈ロンドン〉、〈ローマ〉、〈モスクワ〉などのビデオを見ただろう。あれらの町が、住居の目的で建てられたとは、とうてい考えられない。〈パリ〉は、ばかでかい貯蔵倉庫といった感じだ。〈ロンドン〉は、明らかにポンプステーションに接続しているパイプで連絡された、円筒物体の集団だ。あらゆるものが密封されていて、内部になにがあるのか、爆薬かレーザーでも使わぬかぎり、確かめるすべがない。ほかに方法がない、とはっきりするまでは、そんな手段には訴えたくないがね。

〈ローマ〉と〈モスクワ〉に関しては――」

「失礼ですが、艦長《スキッパー》。地球から最優先連絡です」

いまごろなんだろう？　ノートンはいぶかしんだ。たった数分、夫が家族に話しかけることさえ許されないのか？

ノートンは通信軍曹から、通信文を受けとると、緊急かどうかの確認に、すばやく目を走らせた。それから、もっとゆっくり読みなおした。

一体全体、〈ラーマ委員会〉とはなんなのだ？　どうしてこれまで聞いたことがなかったのだ？　千差万別の会社、協会、職業団体――まじめなのもあれば、まるきり狂気じみたものもある――が、自分に連絡を取ろうと躍起になっていることを知っていた。その攻勢に対しては、〈作戦司令部〉が懸命に防いでくれていたから、もしこの連絡が重大と見なされぬかぎりは、こっちへまわしてこないはずだ。

〝二百キロメートルの風――突発の恐れあり〟――なるほど、これは一考の要がありそうだ。とはいえ、この静まり返った夜に、それをまともに受けとれ、というのはどだいむりな相談だ。それに、いよいよ実のある探検に乗りだした矢先に、怯えた鼠《ねずみ》みたいにこそこそ逃げだすのも、しゃくな話じゃないか。

ノートン中佐は髪をはらいのけようと、片手をあげた。どういうわけか、また目の前に垂れかかったからだ。そのとき、ポーズなかばで、ぎくりと凍りついた。

この一時間のうちに、ノートンは数度、かすかな風の動きを感じていた。あまりにかすかだったので、気にもとめないでいたが。けっきょく、ノートンはあくまで宇宙船の指揮官であって、海上船の船長ではなかった。いまのいままで空気の動きなどには、これっぽっちも職業的な関心を呼びさまされたことなどなかった。このような状況に置かれた場合、とうの昔に死んだあの初代のエンデヴァー号船長だったら、どうするだろうか？

ここ数年というもの、ノートンは危地におちいるたびに、その質問を自分にぶつけてきた。それはけっしてだれにも明かしたことのない、胸のうちの秘密だった。しかも、人生における重要事がたいていいつもそうであるように、この習慣は、まったくの偶然から始まったのだ。

エンデヴァー号の艦長になってから最初の数カ月間、ノートンは艦の名が歴史上もっとも有名な船のひとつにあやかってつけられたものだとは、まったく気づかなかった。過去四世紀のあいだに、エンデヴァーの名をもつ船は、海で十数隻、宇宙でも二隻はいたが、その栄えある初代は、大英帝国海軍のジェームズ・クック船長が一七六八年から一七七一年にかけて世界を乗りまわした、あの三百七十トンのホイットビー型給炭船《コリヤー》なのだ。

最初の軽い興味が、たちまち熱狂的な好奇心――ほとんど強迫観念といっていいような――に変貌して、ノートンはクックに関する文献を、手あたりしだい読み漁りだした。おそらくいまや、この史上最大の探検家に関する世界有数の権威となり、その『航海記』を隅から隅までぜんぶ、暗誦《そら》んじてしまったほどだ。

たった一人の男があんな原始的な装備で、あれほどのことができたとは、いま考えても信じがたいように思える。だが、クックはたぐいまれな航海者であっただけではなく、科学者であり――野蛮な風潮の時代に生きたにもかかわらず――ヒューマニストだった。クックは部下たちに慈愛をもって接したが、これは当時としては、異例のことだ。前代未聞だったのは、自分の発見した新天地の、ときとして敵意を見せる野蛮人に対しても、まったく同じように振る舞ったことだ。

けっしてかなわぬ夢とは知りながら、せめてクックのやった世界一周航海のひとつでもいいから、あとをたどってみたいというのが、ノートンのひそかな夢だった。すでに局所的ではあったが、クック船長が知ったらさだめし目を丸くしそうな劇的な旅立ちを体験していた。かつて一度〈グレート・バリアー・リーフ〉の真上を通る極軌道を飛んだときのことだ。ある晴れた日の未明、ノートンは四百キロの上空から、クイーンズランド海岸に平行して、白い泡を噛む汀《みぎわ》にくっきり縁どられた、あの恐るべき珊瑚の壁の絶景を見おろしたのだ。

全長二千メートルの〈リーフ〉を旅するのには、五分たらずしかかからなかった。あの初代エンデヴァー号が何週間も費やした危険な航海の道筋を、一望のもとに見渡すことができた。さらに望遠鏡を通してクックタウンと、同船が〈リーフ〉の虎口をあやうく逃れたあと、修復のため浜辺に引き揚げられた入江を一瞥した。

一年後、ハワイの〈遠宇宙追跡ステーション〉を訪れたさいに、ノートンはさらに忘れえぬ経験にめぐりあった。ケアラケクア湾に向かう水中翼船に乗って、荒涼とした火口壁のそばを迅速に走りすぎながら、胸の奥底が感動に揺さぶられるのを感じて、驚きもし、狼狽もした。ガイドが、科学者や技師や宇宙飛行士からなる一行を、一九六八年の〝大津波〟で破壊された以前の記念塔に代えて建立された、光り輝く金属の記念塔のところへ案内してくれたのだ。かれらは真っ黒な滑りやすい熔岩の上を、数メートルほど歩き渡って、渚《なぎさ》に立っている小さな飾り板の前に立った。小さな波が打ち寄せてしぶきを散らしていたが、かがみこんで板面の文字を読むノートンの眼中には、ほとんど入らなかった。


一七七九年二月十四日、ジェームズ・クック船長、この付近にて殺される。

一九二八年八月二十八日、クック百五十年記念訪問団が最初の記念碑を献納。

二〇七九年二月十四日、三百年記念訪問団により再建さる。

あれはもう何年も前のことだし、一億キロも離れた場所の出来事だった。しかし、このような瞬間には、クックの頼もしい存在が、すぐ身近に感じられた。心の奥深くで、いつものようにノートンはこうたずねた。「では、船長――あなたのお考えは？」健全な判断をくだすにたるだけの事実がなく、もっぱら直感に頼るほかない場合に、それはノートンが楽しむ軽いゲームなのだ。それはクックの才能の一部でもあった。クックはいつも正しい選択をやってのけた――ケアラケクア湾で最期を遂げるまでは。

通信軍曹は、指揮官が黙然とラーマの夜をみつめているあいだ、辛抱強く待っていた。夜はもはや完全な闇ではなかった。なぜなら、四キロほど離れた二地点に、探検隊のほのかな光点がはっきりと見てとれるからだ。

いざというときは、一時間以内でかれらを呼び戻せる。それなら、たしかに問題はあるまい。

ノートンは軍曹のほうに向きなおった。「こう返電してくれ。〈惑星通信社〉気付〈ラーマ委員会〉宛。ご忠告を謝す。万全の警戒をとる。〝突発〟の文意、ご教示乞う。エンデヴァー号艦長ノートン」

ノートンは軍曹が、キャンプのこうこうと輝く照明のなかへ消え去るまで待ってから、ふたたびレコーダーのスイッチを入れた。だが、思考の連鎖が断ち切られたいまとなっては、もう前の気分に戻ることはできなかった。手紙をしたためるのは、またのときにするほかない。

ノートンが当然の義務を怠けているときに、クック船長が救けの手を差しのべてくれることは、めったになかった。だが、十六年間の結婚生活中にエリザベス・クックが夫といっしょにいられたのは、気の毒にもごくときたましかなく、それもごく短い期間だけだった、ということをだしぬけに思い出した。それでも、クック夫人は六人も子供を産み——その全員に先立たれてしまったのだ。

だから、光速度で十分以上かからぬところにいるノートンの妻たちだって、不平をいう理由などさらさらないはずではないか……。

17　春来たる

ラーマにきて最初の何〝夜〟かは、なかなか寝つかれなかった。暗闇に隠されたあまたの謎も重くのしかかってきたが、それ以上に不安にさせたのは静寂だった。音の欠落というのは、自然な状態ではないのだ。人間の五感は、つねにインプットを要求する。それを奪いとられると、心はみずからその代用品を作りだしてしまう。

というわけで、眠りにつこうとすると、奇妙な騒音――それどころか人声が聞こえる、という苦情がさかんに出された――おきている者にはなにも聞こえないのだから、これは明らかに幻聴だった。アーンスト軍医中佐は、そこでじつに単純で効果的な治療法を処方してやった。睡眠時間中はいつも、優しい静かなBGMがキャンプ中に流れるようにしたのだ。

だが、今夜はその治療法が、ノートン中佐には邪魔だった。中佐は暗闇に向かって耳をそばだて続けた。自分がなにを聞きとろうとしているのかもちゃんとわかっていた。しかし、かすかな微風がときおり顔をなぶることはあっても、遠方に風の立つ音ではないかと疑えるような物音は、まったく聞こえてこなかった。それに、どちらの探検隊も、異常な気配ありという報告は寄こさなかった。

とうとう艦内時間で真夜中ごろ、ノートンは眠りについた。緊急連絡に備えて、通信コンソールには常時、当直員が張りついていた。それ以上の警戒措置は、必要ないように思われた。

ノートンはもちろんキャンプ中の人間を、たった一瞬で叩きおこしたその音は、たとえハリケーンであろうと出せなかっただろう。まるで天が落ちたかと、あるいは、ラーマがまっぷたつに裂けたかと思えるほどの轟音だった。まず、グワーンというつんざくような破裂音が轟き、ついで、百万個の温室が砕けるような、ガシャンガシャンという崩壊音が、長い尾を引いて連続的に発生した。それは数分間続いたが、感じでは何時間にも思えた。怪音が遠方へ遠ざかるように薄れながらも、まだ続いているうちに、ノートンは通信センターに駆けつけていた。

「〈軸端司令部〉！　なにがおこったんだ？」

「ちょっと待って、艦長《スキッパー》。〈海〉ぎわの上空だ。ライトを当ててみる」

八キロ頭上のラーマの〈軸端部〉から、サーチライトが光を〈平原〉に投げて前進させ始めた。光は〈海〉べりに到着すると、今度はそれに沿って進みだし、この世界の内側を走査していった。円筒形の表面を四分の一ほど行ったところで、光はぴたりと停止した。

空中——あるいは、心がいまだにしつこく空と呼びたがっているもの——高く、なにか異常なことがおこりつつあった。はじめノートンには、〈海〉が沸騰しているように見えた。もはやそれは、永遠の冬に抱きこまれて静止も凍結もしてはいなかった。さしわたし何キロメートルにもわたる広大な海域が、荒れ狂っていた。それは刻々、色を変えていた。幅の広い白帯が、氷の上を押し進んでいくのだ。

突然、一辺が四分の一キロほどありそうな氷の板が、さながら扉が開くように、上むきに傾き始めた。ゆっくり堂々と、それは空中にそそり立つと、サーチライトを浴びて、きらりきらりと輝いた。それから、滑るように水面下へ没していき、その水没点から八方へと、泡立つ高波がどんどん広がっていった。

そのときになってようやく、ノートン中佐はなにがいまおこりつつあるのかを、完全に悟った。氷が割れ始めているのだ。この何日か何週間かを通して、〈海〉ははるか底のほうから溶け始めていたのだ。破壊音がまだラーマ中に轟き、空中に谺《こだま》しあっているので、なかなか精神集中をはかるのは難しかったが、ノートンは懸命に、これほど劇的な異変を生じさせた原因を考えだそうとした。地球上で凍った湖や河が溶けだす場合とは、まったく様子がちがう……。

だが、それも当然だ！　現実におこったからには、もうまぎれもない。〈海〉は、ラーマの外壁を太陽熱が滲透するにつれて、下から溶けているのだった。そして、氷が水に変わると、その体積は減少する……。

　そこで〈海〉は、上方の氷層より下に沈んで、氷の支えを取っぱらうことになる。日一日と、その緊張は増大し、ついにいま、ラーマの赤道を一周している氷の帯が崩壊を始めたというわけだ、ちょうど中央の橋げたを失った橋のように。氷は何百という浮かぶ小島に分解し、それがたがいに押し合いへし合いしているうちに、これまた溶けていく。橇《そり》を使って〈ニューヨーク〉へ行こうと、計画を練っていたことを思い出したとたん、ノートンの血はさっと冷たくなった……。

　激動は急速におさまりつつあった。氷と水の攻防が、ひとまず膠着状態に到達したのだ。あと数時間たって、温度がもっと上がれば、水が勝利を収め、氷は跡かたもなく消滅してしまうだろう。しかし、最後の最後には、やはり氷が勝利者になるのだ。ラーマは太陽をめぐったあと、ふたたび恒星間の夜へと旅立つのだから。

　ノートンはやっと息をつくことを思い出した。それから〈海〉に近いほうの探検隊を呼んだ。安心したことに、ロドリゴ中尉は即座に応答してきた。大丈夫、水はかれらのところまでは来なかったのだ。高波は断崖のふちを越えることはなかったのだ。「これでわかりましたよ」と、ロドリゴは落ち着きはらって補足した。「なぜ断崖が必要かってことがね」ノートンは黙ってうなずいた。だが、それでもなぜ南岸の断崖は十倍も高いのか、ということの説明はつかないな、とノートンは考えた……。

〈軸端部〉のサーチライトは、走査を続けながら世界をぐるりと一周した。目覚めた〈海〉は、確実に鎮まっていき、もはや転覆した浮氷から、沸きかえる白い泡が八方に広がることもなくなった。さらに十五分たち、波乱はだいたいおさまった。

だが、ラーマはもはや静かではなかった。それは眠りから醒めて、氷塊同士がたえず衝突しては、ぎりぎりときしむ音が聞こえた。

春の訪れはまだちょっと先だが——と、ノートンは考えた——ともかく冬は終わったのだ。

そして、またもやそよ風が、以前よりも強く吹いていた。ラーマはもうじゅうぶんに警告を発していた。いまこそ去るべき潮時《とき》だった。

中間点を示す標識に近づきながら、ノートン中佐は今度も、上方の——下方もだが——眺めを隠している暗黒に感謝したかった。前途にはまだ、一万以上も段が続いていることがわかっていたし、それが急勾配で上昇カーヴを描いているさまも思い浮かべることができたが、それでも目に見えるのはそのほんの一部だけという事実は、心理的負担をだいぶ軽くしてくれた。

ノートンにとっては、これが二度目の登攀で、一度目の失敗からすでにいろいろ学んでいた。これほどの低重力下だとつい、もっと早足で登りたいという誘惑に強くかられる。

足運びがじつに楽なので、ゆっくりと一歩一歩を踏みしめながら行くのが、ひどく苦痛になるのだ。だが、それを怠ると、ものの数千段と登らぬうちに、不思議な痛みが太腿やふくらはぎにおこってくる。存在すら知らなかったような筋肉が、抗議の声をあげ始め、休憩時間を休むたびに、だんだん長くとっていかなければならなくなるのだ。終点に近づくころには、登る時間よりも休む時間のほうが長くなり、それでもまだたりなくなる。おかげでつぎの二日間、こむらがえりの痛さに悩まされとおしたものだ。もしあのとき艦内の無重力環境に戻らなかったとしたら、仕事など手につかなかったにちがいない。

そこで今回の旅では、苦痛に感じるほどの緩慢さで進み始め、まるで老人のように登っていくことにした。いちばん最後に〈平原〉を去ったので、ほかの者たちは頭上半キロぐらいの〈階段〉上に、数珠つなぎに並んでいた。かれらのヘルメット灯が、前方の見えない勾配を登っていくのが見えた。

ノートンは自分の使命が失敗に帰したことが、心中腹立たしく、いまでも、これが一時《いっとき》だけの退却であることを願っていた。〈軸端部〉に着いたら、大気の混乱がやむまで待てばいい。おそらくあそこなら、台風の目のように静まり返っているだろうから、予想される嵐を安全に切り抜けることができるだろう。

またもやノートンは、地球上の現象から危険な類推をやってのけて、結論に飛びつきかけていた。一世界全体の気象というものは、たとえ定常的な状態にあっても、とほうもなく複雑な問題だ。数世紀にわたる研究をへても、地球上の天気予報にはまだ、絶対的な信頼が置けないぐらいなのだ。しかも、ラーマはまるっきり新しい世界であるばかりか、もっか、急速な変化を遂げている最中ときている。気温も、ここ数時間で数度も上昇を示しているのだ。それでもなお、見かけはまちまちな方角から、二、三回、弱々しい突風が吹いてきたにもかかわらず、依然として予測されたハリケーンの徴候は現われていなかった。

かれらはいま、五キロ登ったところだった。この低い、着実に減少していく重力下では、これは地球上の二キロそこそこに相当する。中央軸から三キロ離れた第三レベルで、かれらは一時間休憩し、軽い飲物を摂ったり、脚の筋肉をマッサージしたりした。呼吸を楽におこなえる地点としては、ここが最後だった。昔のヒマラヤ登山隊のように、あらかじめここに酸素供給装置を残しておいたので、いよいよ最後の登攀のために、かれらはそれを身につけた。

一時間後、一行は〈階段〉の頂上に——そして〈梯子〉の登り口に——たどりついた。これから先は、いよいよ残り一キロの直登だが、幸い、重力は地球のわずか数パーセントという弱さだ。さらに三十分の休息をとり、酸素の慎重な点検をおこなって、最後の登攀への準備を整えた。

ここでもまた、ノートンは部下の安全をはかって、二十メートル間隔で全員先に登らせた。ここからは、ゆっくりと着実な、おそろしく退屈な道中となる。いちばんいい方法は、すべての思考を頭のなかから追いはらい、段を数えながら漂い登っていくことだ——百、二百、三百、四百と……。

千二百五十段目に到達したとき、だしぬけにノートンは、なにかへんな気配に気がついた。すぐ目の前の垂直な表面に輝いている光が、おかしな色を帯びている——しかも、いやに眩しすぎるのだ。

ノートン中佐には、登りのぐあいを確かめ、また、部下に警告する時間的余裕さえなかった。すべては一瞬のうちにおこった。

光が音もなく炸裂して、ラーマに夜明けが訪れた。

18　夜明け

その光はあまりにも眩《まぶ》しかったので、ノートンはたっぷり一分間、目をかたく閉じていなければならなかった。それから、そっと薄目を開け、まぶたの隙間から、鼻の先数センチにある壁面をみつめた。二度三度まばたきをして、ひとりでに滲み出てきた涙が洗い流されるまで待ってから、のろのろと頭《こうべ》をめぐらせて、夜明けを拝むことにした。

その光景には、ほんの数秒ほどしか耐えられなかった。ノートンはしかたなくまた目をつぶった。耐えられないのは、光の輝きではなく——光ならいずれは目も慣れるだろう——いま初めて全貌を現わしたラーマの恐るべき景観だった。

なにが見えるはずか、正確に予期していたつもりだが、それでもその光景には、肝をつぶしてしまった。ノートンは抑えのきかぬ震えの発作に襲われた。溺れる者が浮袋にひしとしがみつくように、〈梯子〉の横棒を両手で握りしめた。前膊部の筋肉が、固くしこり始め、同時に両脚——長時間登りづめですでに疲れきっていた——が、いまにも滑りそうになった。もし重力が弱くなかったら、墜落してしまったかもしれない。

そのときになってやっと、日ごろの鍛練がものをいい始め、ノートンはパニックを鎮める最初の手あてにとりかかった。目のほうは依然閉じたまま、周囲の恐るべき眺望を忘れようと努めながら、深く、長く息を吸いこんで肺を酸素で満たし、疲労の毒素を体内の組織から洗い流し始めたのだ。

まもなく気分はだいぶよくなったが、ノートンはまだ目を開かずに、もうひとつの行動を完了するまで待った。右手を開くのには、かなりの意志力を必要とした――まるでいうことをきかぬ子供に対するように、いいきかせなければならなかった――が、どうやらそれを腰のところまで降ろすと、宇宙服から安全ベルトをはずして、最寄りの段にバックルを引っかけた。もはや、なにがおころうが、落ちる気づかいはない。

ノートンはさらに二度三度、深呼吸をしてから――目はまだ閉じたままで――無線のスイッチを入れた。自分の声が冷静に威厳をもって聞こえるように念じながら、呼びかけた。

「こちら艦長《キャプテン》。みんな大丈夫か？」

部下の名を一人一人チェックし、全員から――たとえ、多少震えを帯びた声だったにしろ――応答を受けとるにつれて、もちまえの自信と自制心が急速に戻ってきた。部下は全員無事で、艦長の指示を心待ちにしている。ノートンはふたたび指揮官だった。

「耐えられる自信ができるまで、目を閉じたままでいろ。こいつは――肝をつぶすような眺めだからな。それでも圧倒される者は、下を見ずに登り続けるんだ。いいか、もうすぐ重力ゼロ地帯に達して、落ちたくても落ちられなくなることを忘れるな」

　訓練をつんだスペースマンに向かって、そんな初歩的事実を指摘してやる必要はほとんどなかったが、ノートンにしてみれば、ひっきりなしにそれを自分にいい聞かせておかなければならなかったのだ。重力ゼロという考えは、いわば、おのれの身を害から護ってくれる一種のお守り札に相当した。目がなにを訴えようと、ラーマは自分を八キロ下の〈平原〉まで引きずり降ろして、叩き潰すことはできないのだ。

　ノートンにとってはいまや、もう一度両目を開けて周囲を見まわすことが、急を要するプライドと自尊心の問題となった。だが、まずなによりも先に、自分の体を支配下におさめねばならない。

　ノートンは〈梯子〉をつかんだ手を両方とも離して、左腕を横棒の一本に引っかけた。両手を握りしめたり開いたりしながら、筋肉のしこりがほぐれるまで待った。それから、じゅうぶん気分がよくなったところを見はからって、目を開き、おずおずとラーマに顔を向けた。

　青一色、というのが最初の印象だった。天にあふれる輝きは、陽光と見まごうおそれはなかった。むしろ、電弧《アーク》のそれといえた。とするとラーマの太陽は、地球のそれよりもっと熱いにちがいない、とノートンは思った。この事実は、きっと天文学者の興味を惹くだろう……。

そしていまこそ、あの謎めいた物体の目的が理解できた。〈直線峡谷〉とその五本の同類は、巨大な照明装置以外のなにものでもなかった。ラーマは、その内壁表面に等分に配置された六つの〝帯状太陽〟をもっているのだ。そのそれぞれから中心軸方向に、扇型の光が放たれて、この世界を隅々まで照らしだしている。ノートンは、それらの光がスイッチで明滅し、光と闇を交互に生みだすことができるのか、それとも、ここは永遠の昼の星なのかといぶかしんだ。

目もくらむような光の棒をみつめすぎたおかげで、両目がまたもや痛み始めた。ノートンはしばらく目をつぶるいい口実が見つかったことを喜んだ。この最初の視覚的ショックから、どうやら立ち直りかけたときになって、ようやくノートンは、もっとずっと重大な問題に思いあたった。

いったいだれが、あるいはなにが、ラーマの照明スイッチを入れたのだ？

人類が使用できる最高度に敏感な探知装置によれば、この世界は死んでいるはずだった。だがいまや、自然力の作用では説明のつかぬなにごとかがおこりつつあった。ここには生命は存在しないかもしれないが、意識とか知覚なら存在している可能性があった。ロボットが久遠《くおん》の眠りから目覚めたのかもしれないのだ。おそらくこの光の爆発は、プログラムされていない、気まぐれな発作——新しい太陽の熱にでたらめの反応をおこした機械の断末魔のあえぎで、いずれまもなく沈黙をとり戻し、今度こそ永遠の眠りにつくだろう。

それでもノートンは、そのような単純な説明をすなおに信じられなかった。ジグソーパズルのピースが、すこしずつまとまり始めてはいたが、まだまだたくさんのピースが欠けている。たとえば、磨滅を示すいかなる徴候もないことだ――なにもかもがピッカピカの新品といった感じなのだ、まるでラーマがたったいま、創造されたばかりであるかのように……。

本来なら、そんな考えかたには不安や、それどころか恐怖がつきもののはずだが、どういうわけか、そんな感情はすこしも湧いてこなかった。逆に、ノートンは気分がわれ知らず浮き立って――ほとんど歓喜さえ感じた。ここには、考えていたよりはるかに多くの発見が期待できそうだ。（待った）と、ノートンは自分にいいきかせた。〈ラーマ委員会〉にまずこの件を知らせてからだ！）

それから、沈着な決意とともに、ふたたび目を開けると、視界内にあるものをひとつひとつ丹念に、脳裏に刻みつけ始めた。

まず、なんらかの基準体系を確立しなければならない。ノートンがいま見ているのは、人類がかつて見たなかでもっとも巨大な閉鎖空間であり、そこを歩きまわるためには、心理的な地図が必要だ。

微弱な重力は、ほとんどなんの役にも立たなかった。というのも、ちょっと意志を働かせれば、〝上下〟の方向を好きなように切り替えることができるからだ。ただ、方角によっては心理的な危険があり、その方角に捉われそうになるたびに、ノートンは大急ぎで方向転換をおこなわなければならなかった。

いちばん安全なイメージは、さしわたし十六キロ、深さ五十キロの巨大な井戸のお椀型をした底にいる、と考えることだ。このイメージの長所は、これ以上墜落する危険のないことだが、反面、重大な欠点もいくつかあった。

散在する町や都市——色と構造のちがう地帯については、それらぜんぶが聳え立つ壁面にしっかり固定されているのだ、と見なすことができた。頭上の円蓋《ドーム》天井から垂れ下がっているようにも見える複雑に錯綜した構造物は、地球上の巨大な音楽室によく見られる懸垂式の枝付燭台《キャンデラブラ》と同様、おそらく気にもとめずにすますことができるだろう。しかし、どうしても受け入れがたいしろものは、あの〈円筒海〉だ……。

それは井戸内壁のなかばまで登ったあたりにあり——水の帯がその内壁を完全に一周し、見たところなんの支えもなく張りついている。それが水であることには、疑問の余地がない。まだらに残ったわずかな数の浮氷がきらきらときらめく、鮮烈なブルーの帯だ。しかし、空中二十キロの高さに完全な環を形成している垂直な海、というのはあまりにも不安定な現象だったので、しばらくするとノートンは、代わりの考えかたを探し始めた。

ノートンの心が場面を九十度切り替えたのは、そのときだった。たちまち深い井戸は、両端の塞がった長いトンネルに変わった。〝下〟は明らかに、いましがた登ってきた〈梯子〉と〈階段〉の方向になった。この見方を採用したおかげで、ようやくノートンは、この場所を建設した設計家たちの抱いていた真のヴィジョンを理解できるようになった。

ノートンは高さ十六キロの湾曲した絶壁の表面にしがみついていた。絶壁の上半分は、完全にせり出し、いまは空の役をつとめているアーチ天井へと溶けこんでいる。足もとでは、〈梯子〉が五百メートル以上にわたって下降し、最後に、一段目の岩棚というかテラスで終わっている。そこから今度は、〈階段〉が始まり、最初はほとんど垂直にこの低重力地帯を突っ切るが、そのあとは徐々に勾配を和らげていき、途中五カ所のテラスを通過してから、遠くはるかな〈平原〉に到達している。はじめの二、三キロあたりまでは、個々の段を見わけられるが、それから先は、一本の連続的な帯と化していた。

その巨大な〈階段〉がえんえんと下降している光景は、圧倒的すぎてその真のスケールを正しく認識するのは不可能だった。昔ノートンは、エヴェレスト山の付近を飛んで、その大きさに圧倒されたことがある。この〈階段〉の高さがヒマラヤ山脈ぐらいもあることを思い出したが、実際のところ、この比較は無意味だった。

そして、ほかの二つの大階段、〈階段ベータ〉と〈階段ガンマ〉にいたっては、そもそもなにかと比較すること自体が不可能なのだ。なにしろ空中へ斜めにせりあがっていったあげく、頭上はるかな高みへとカーヴしているのだから。どうやらもうノートンも、うしろに背をそらせてふり仰ぐだけの自信は回復した――ほんのちょっとのあいだだけだが。

それから、そんな場所に自分たちがいることを忘れようと努めた……。

というのも、そのようなことをいつまでもくよくよ考えていると、そのうちラーマに関する第三のイメージが浮かびあがってきそうで、そればかりは、なにがなんでも避けたいと願っていたからだ。それもやはり、ラーマを垂直のシリンダーないし井戸と見なす考えかただった——ただし今度は、自分がその底ではなく、てっぺんにいて、ちょうどドーム天井をさかさまになって這っている蠅さながら、五十キロメートルの垂直空間を背にしているというわけだ。このイメージに捉われそうになるたびに、激しいパニックに駆られてもう一度〈梯子〉にかじりつきたくなるのを、ノートンはあらんかぎりの意志力をふり絞ってこらえなければならなかった。

でも、時がたてば、このようなやみくもな恐怖は消え去るだろう、ともノートンは確信していた。ラーマのもつ驚異と神秘が、恐怖を追いはらってくれるだろう。すくなくとも、宇宙の真実に面と向かう訓練を受けている者たちにとっては。おそらく、地球を離れたことがなく、四方八方、満天の星々を見たことがない者には、こうした眺望は耐えられまい。だが、その眺めを受け入れられる人間がいるとしたならば、それはほかならぬエンデヴァー号の艦長と乗組員たちだ、と断固とした決意とともに自分にいいきかせた。

ノートンは自分の精密時計《クロノメーター》を見た。この休息《イナーシャ》はたった二分続いただけなのに、まるで一生涯をついやしたかのように思えた。体の慣性と減衰する重力場との克服には、ほとんど意を用いる必要もなく、ノートンは自分の体をゆっくり引きずり上げながら、残り百メートルの〈梯子〉登りを開始した。エアロックに入る直前、背後のラーマをふり返り、すばやい一瞥で最後の調査をおこなった。

ラーマはこの数分のうちにさえ、変貌をとげていた。いまは〈海〉から霧が湧きあがっていた。影のように立ち昇るその白い柱は、最初の数百メートルのあいだ、ラーマの自転方向に鋭く傾斜しているが、上方へ殺到する空気が超過速度を捨て去ろうとするにつれ、気流の渦となって消えていく。いまや、この円筒世界の〈貿易風〉が、空中に模様を描きだし始めていた。測り知れぬほどの長い歳月のうちに、いま初めて、熱帯性暴風雨が発生しようとしていた。

19　水星からの警告

〈ラーマ委員会〉のメンバーが全員そろったのは、発足後数週間で、今回が初めてだった。ソロモンズ教授は、中央海溝沿いの採鉱計画を研究していた太平洋の深淵から、姿を現わした。それから、だれも驚きはしなかったが、テイラー博士がふたたび登場した。ラーマにも、無生命の人工物よりはネタになるものがありそうだという、すくなくとも可能性だけはあることがわかったからだ。

議長としては、ラーマのハリケーンに関するカーライル・ペレラ博士の予言が的中したとあって、てっきり今日は、ペレラがふだんにも増して独断的主張をおこなうだろうと予想していた。ところが、大使閣下がおおいに驚いたことに、ペレラはひどく控え目で、同僚たちの祝福も、精いっぱいの当惑ぶりを示しながら受けとったのだ。

この宇宙生物学者は、事実、深い屈辱にさいなまれていた。〈円筒海〉の劇的な解氷は、ハリケーンなどよりずっと明白な現象だった――なのに、ペレラとしたことがそれをすっかり見落していたのだ。熱い空気が上昇することは覚えていながら、熱い氷が収縮することをころり忘れていたとは、博士にしてみればけっして自慢できる話ではない。とはいうものの、博士のことだから、そんな不面目はじきに克服して、いつもの尊大ぶった自信の塊に戻ることだろう。

議長がペレラ博士を発言者に指名して、今後の気候の変化をどう予測するかと問いただしたとき、博士は用心深く即答を避けた。

「ぜひご理解いただきたいが」と、ペレラは説明した。「ラーマのような未知の世界の気象となると、ほかにもどんな驚きを秘めているかわかりません。しかしながら、わたしの計算がもし正しければ、これ以上嵐は発生せず、天候はまもなく安定するでありましょう。近日点までは――そして、それを越えてからも――温度はゆっくり上昇を続けますが、エンデヴァー号はそれよりずっと手前で離脱しなければなりませんから、このさい心配はありません」

「では、もうすぐ、なかに戻っても安全になるわけですかな？」

「ええと――そのようですね。はっきりするのは四十八時間後ですが」

「なんとしてでも戻ってもらわねばなりません」と、水星大使は主張した。「ラーマについては、可能なかぎり多くのことを学ばねばならんのです。いまや、状況は完全に一変しましたからな」

「おっしゃる意味はわかっているつもりですが、念のためご説明願えますか？」

「もちろんですとも。これまでわれわれは、ラーマには生命が存在しない――というか、とにかく知的な制御は受けていない、と仮定してきた。しかし、こうなったからにはもはや、あれを遺棄船などと見なすわけにはいきませんな。たとえ生命体は乗っていなくとも、なんらかの使命を果たすようにプログラムされた、ロボットメカニズムによって操縦されておるのかもしれない――おそらくそれは、われわれにとっていちじるしく不利益な目的でありましょう。いかに不愉快であろうとも、われわれは自衛の問題を考慮しなければならんのです」

たちまち異議を申し立てるざわめきがおこり、議長は手をあげて静粛をとり戻さなければならなかった。

「大使のお話を最後まで聞いていただきたい！」議長は懇願した。「好むと好まざるとにかかわらず、わたしたちはこの考えを真剣に検討すべきです」

「大使殿のご意見には心から感服いたしますが」コンラッド・テイラー博士が、慇懃《いんぎん》無礼な口調でいった。「悪意の侵略に対するさように素朴な恐怖は、このさい除外してよろしいかと存じます。ラーマ人ほどに進歩した生物であれば、道徳心のほうもそれ相応のレベルに達しているはずです。さもなければ、かれら自身が自滅してしまっているでありましょう――わたしたちが二十世紀であやうくやりかけたように。そのことについては、わたしの新著『エトスとコスモス』のなかでも明らかにしておきました。みなさんのお手元にも、すでに一部ずつおとどけしたと思いますがね」

「ええ、いただきましたとも。もっとも、多忙にまぎれて、まだ序文しか拝見しておりませんが。それでも、全体のご趣旨はよくわかっております。たしかにわれわれは、蟻塚に対してなんら邪悪な意図はもっていないでしょう。しかし、もしわれわれがその場所に家を建てたいとなったら……」

「これはまた、あのパンドラ党とやらに負けず始末が悪い！　そんなのは宇宙的異人恐怖《インターステラー・ゼノフォ》症《ビア》以外のなにものでもない！」

「ご静粛に、紳士諸君！　そのような議論からは、得るものはなにもありません。大使殿、発言をお続けください」

議長は三十八万キロの空間を隔てて、コンラッド・テイラーを睨みつけた。テイラーは潜伏期を迎えた火山よろしく、しぶしぶ沈黙した。

「ありがとうございます」と、水星大使は続けた。「危険の可能性はそれほどないかもしれませんが、人類の未来にかかわる場合には、用心の上にも用心が肝要です。それに、もしこんないいかたを許していただくなら、とりわけ憂慮しているのは、われわれ水星人であるかもしれません。われわれはほかのだれよりも、警戒すべき立派な理由がありそうだからです」

テイラー博士がわざとらしく鼻を鳴らしたが、またもや月からひと睨みくらって静かになった。

「なぜ水星には、ほかの惑星よりも理由があるのです？」と、議長がたずねた。

「状況の力学的側面に目を向けていただきたい。ラーマはすでにわれわれの軌道内に入っております。それが太陽をめぐって、ふたたび宇宙空間へ突進していくだろうというのは、単なる仮定に過ぎません。かりにラーマが減速行動をおこしたとしたら？　現実にそうなるとした場合、それがおこるのは近日点付近、いまから約三十日後でしょう。当方の科学者の話によりますと、もしそこでじゅうぶんな速度変化があった場合、ラーマは太陽からわずか二千五百万キロの円軌道をとることになるでありましょう。その軌道から、ラーマは太陽系を支配することができるのです」

長い時間、だれ一人――コンラッド・テイラーでさえも――一語も言葉を発さなかった。委員会のメンバー全員が、この大使にみごとに代表されるような、気難しい水星人という民族について、さまざまな想いにふけっていた。

大多数の人びとにとって、水星はいわば、〝地獄〟に近いイメージをもたされていた。すくなくとも、そこ以上にひどい場所が発見されるまでは、そうだった。しかし、水星人たちは、日が年より長く、日の出と日没が日に二回あり、熔融金属の川が流れる不気味な自分たちの惑星を、誇りに思っていた。水星に比べれば、月や火星はほとんどとるにたらぬ挑戦者だ。金星に着陸するまで（着陸といえるならばだが）、人類は水星の環境以上に敵意に満ちたそれに出くわしたことがなかったのだ。

それでもなお、この世界はいろいろな意味で、太陽系の鍵を握る存在であることがわかってきた。あとから考えれば、これは当然のことのように思えたが、その事実がはっきり認識されたのは、〝宇宙時代〟後一世紀もたってからだ。そしていまや水星人は、そのことをだれにもけっして忘れさせせなかった。

人類が到達するずっと以前から、水星の異常な比重が、重い元素の含有を暗示してはいた。それでも、その豊かな埋蔵量は驚異の的となり、人類文明を支える不可欠の金属が底をついてしまうのではないか、という恐怖を千年も先延ばしにしてくれたのだ。しかも、こうした宝は、太陽エネルギーが寒さの厳しい地球よりも十倍も大きい、願ってもない絶好の場所にあったのだ。

無限のエネルギー――無尽蔵の金属。それがいい水星なのだ。その巨大な磁力発射台《ランチャー》は、産出物を太陽系内のいかなる地点にも送りとどけることができる。また、エネルギーをトランスウラニウムの合成同位体か純粋の輻射線の形で、輸出することもできる。そのうち水星のレーザー装置で、巨大な木星を温めようという計画さえ提案されたが、このアイディアはあいにく、ほかの惑星たちからは快く受けとめられなかった。木星を料理できるほどの技術は、惑星間の脅迫手段に悪用される可能性があまりにも大きかったからだ。

そのような危惧があえて表明されたという事実は、水星人に対する一般的な姿勢を、あますところなく物語っている。かれらはそのタフさと優秀な技術力の点で尊敬され、あれほどの恐るべき世界を征服した実力を讃嘆されてもいた。だが、かれらは好意をもたれず、それにもまして全幅の信頼を置かれてはいないのだ。

それと同時に、かれらの物の見かたはよく理解することもできる。水星人はときどき、まるで太陽が私有物であるかのように振る舞うことがある、というのはよくいわれる冗談だ。かれらは太陽と親密な愛憎関係で結ばれていた――ちょうど、昔のヴァイキングたちが海と、ネパール人たちがヒマラヤと、エスキモーたちがツンドラと、密接なつながりをもっていたように。かれらは自分たちとその生活を支配し、左右している自然力とのあいだに、なにかが割りこんでくることを、いちばん忌み嫌うのだ。

とうとう、議長が長い沈黙を破った。議長はいまだに、インドの太陽が忘れられなかったので、水星の太陽を考えると身震いした。だから、水星人のことを内心、野蛮な技術的野蛮人と考えていたにもかかわらず、かれらの考えをすこぶる真剣に受けとった。

「あなたのご意見には、一理あると思いますよ、大使」議長はゆっくりといった。「なにか提案がおありですかな？」

「ええ、ありますとも。いかなる行動に出るにせよ、その前にわれわれは事実を知らなければなりません。われわれはラーマの地理――そのような言葉を使ってよければだが――についてはすでに知っている。だが、その能力ということになると、皆目わからんのが現状です。問題全体を解く鍵はこうです。ラーマには推進システムがあるのか？　軌道を変更できるのか？　わたしとしましては、ペレラ博士のお考えに非常な関心をもっております」

「その問題については、ずいぶん考えてみましたよ」宇宙生物学者も応じた。「もちろん、ラーマも最初は、なにかの発射装置によってはずみをつけてもらったにちがいないが、それは外部のブースターだったとも考えられます。もし推進装置を乗せているとしても、まだそれらしきものは発見されておりません。ロケット噴射管とか、それに似たようなものは、外壁のどこにも見あたらないことはたしかです」

「内部に隠されているとも考えられるね」

「たしかに。でも、そうする必然性がちょっとありませんな。それに、推進燃料のタンク、エネルギー源はどこにあるんです？　船体の壁は内部まで詰まっている——それは地震波調査で確認ずみです。北端ドームの空洞は、すべてエアロック機構で説明がつきます。

残るはラーマの南端部だが、ここは例の幅十キロという水の帯にはばまれて、ノートン中佐はまだ到達できないでいます。この〈南極〉には、奇妙なメカニズムやら構造やらがごちゃごちゃ集まっていることは、画像でごらんのとおりです。それがいったいなんなのかは、皆目見当もつきません。

とはいえ、理屈からいって、これだけはわたしも断言できます。ラーマがほんとうに推進システムをもっているとしたら、それはわれわれの現在の知識の、完全に埒外《らち》にあるものです。実際、もう二百年も前からあれこれいわれている、あの奇想天外な〝宇宙駆動《スペースドライヴ》〟とやらなのかもしれません」

「その可能性を除外しないのですか？」

「むろん除外しません。もしラーマがスペースドライヴをもっていることが立証できたら――たとえ、原理に関してはなにひとつわからなくとも――それは大発見になるでしょうね。すくなくとも、そのようなしろものがありうることだけは判明するわけです」

「スペースドライヴとは、いったいなんです？」地球大使がやや哀願口調でたずねた。

「ロケットの原理では飛ばない、あらゆる種類の推進システムのことですよ、ロバート卿。反重力――そんなものが可能ならばだが――なら、まさに打ってつけですな。目下のところ、そのような推進法は暗中模索の状態で、ほとんどの科学者は、その存在さえ疑っていますがね」

「存在などせんさ」デヴィッドソン教授が口ばしを入れた。「ニュートンがすでに決着をつけておる。反作用のない作用はありえない。スペースドライヴなぞというのは、まったくナンセンスじゃ。わしのいうことにまちがいはない」

「おっしゃるとおりかもしれません」意外にもの柔らかな口調で、ペレラは応じた。「でも、もしもラーマがスペースドライヴをもっていないとすると、推進装置はまったくないということになりますな。在来型の推進システムが、その巨大な燃料タンクといっしょに納まるような空間は、まるきりありませんからね」

「ひとつの世界がまるごと推進される、というのはちょっと想像できませんね」と、デニス・ソロモンズがいった。「なかの物体はどうなります？　あらゆる物をネジ止めしなけりゃならんでしょう。あまりにも不便すぎる」

「まあ、加速度はたぶん非常に低いのでしょう。最大の問題は、〈円筒海〉の水です。あれをどうやって防ぎ止めたら……」

だしぬけに、ペレラ博士の声は小さくなり、目の表情がぼんやり虚ろになった。初期のてんかん発作か、心臓発作にでも襲われたように見えた。同僚たちは驚いたように博士を見た。そのときペレラは急にわれに返って、テーブルをこぶしで叩くと、叫んだ。「もちろんだとも！　それでなにもかも説明がつく！　あの南側の絶壁は――これでちゃんと筋が通るぞ！」

「わたしには通らんよ」と、出席中の外交官全員を代表して、月面大使《ルナー》が不平を鳴らした。

「ラーマを経線に沿って割った、この断面図を見てください」ペレラは地図を拡げながら、興奮口調で続けた。「お手もとにコピーがありますか？　〈円筒海〉は二つの絶壁に挟まれたまま、ラーマの内側を完全に一周していますね。北側の絶壁は、高さが五十メートルしかありません。それに比べて、南側の壁は高さがほぼ半キロ近くに達しています。なぜ、こんな大きな差があるのか？　これまでだれも、筋の通った理由を考えつくことができませんでした。

しかし、もしかりにラーマが自力推進できるとしたなら——北端が先頭になるように加速されるとしたなら、どうでしょう。当然、海の水は後退することになり、南側の水面が上昇する——おそらく数百メートルに達するでしょう。そこで、この絶壁が役立つことになる。待ってください——」

ペレラは猛然となぐり書きを始めた。びっくりするほどの短時間で——二十秒以上はかからなかっただろう——勝ち誇ったように顔をあげた。

「これらの絶壁の高さから、ラーマが出せる加速の最大量《マキシマム》が割り出せます。もしそれが一Gの二パーセントを超えると、〈海〉は南側の大陸になだれこんでしまうでしょう」

「一Gの五十分の一で？　たいした大きさじゃありませんな」

「たいした大きさですよ——一千万メガトンの質量にとってはね。天文学的な操船運動からすれば、これだけでじゅうぶんなのです」

「まったくかたじけない、ペレラ博士」水星大使はうなずいた。「おかげで考える材料がたくさん出てきました。議長——ノートン中佐に〈南極〉地方の調査の重要性を認識させることはできますか？」

「中佐は最善を尽していますよ。もちろん〈海〉が障害になっていますが、いまかれらは一種のいかだを作りにかかっています――せめて〈ニューヨーク〉までは行けるようにね」

「〈南極〉はそれより重要かもしれませんぞ。とにかく、わたしはこの事案を〈惑連総会〉にかけようと思っております。ご賛同いただけますかな?」

べつに異議は出なかった。ティラー博士からさえなかった。だが、委員たちがそれぞれ回路のスイッチを切ろうとしたとたん、ルイス卿が手をあげた。

この老歴史学者は、非常に寡黙な人だったから、いざ口を開いたときには、だれもが耳を傾けた。

「かりにラーマが――生きていて、いろいろな可能性を秘めていることが確実になった、としましてですな。軍事関係では、古くからこんな格言がある。可能性、必ずしも意図ありということにはならぬ、とな」

「意図をつきとめるまで、どれくらい待たなけりゃならんのです?」と、水星人が聞いた。

「意図を発見したときには、もうあとの祭りということになるかもしれませんぞ」

「すでにもうあとの祭りですわい。われわれはもはや、手も足も出んのです。実際、これまでだって、出せたかどうか疑わしい」

「わたしはそうは思いませんな、ルイス卿。やれることはいろいろあります――必要とあらばね。しかし、時間は絶望的なほど切迫しています。ラーマは、太陽の火に温められている〝宇宙の卵《コズミック・エッグ》〟です。いまにも孵《かえ》るかもしれない」

〈ラーマ委員会〉の議長は、率直な驚きの目で水星大使をみつめた。長い外交官経歴のうちで、これほど驚いたことはめったになかった。

水星人がこれほど詩的な想像力の飛躍を見せることができるとは、夢にも思っていなかったのだ。

20　黙示録

部下のだれかがノートンのことを〝中佐殿〟とか、もっと悪く〝ミスタ・ノートン〟と呼ぶときは、いつも重大事が突発したときと決まっている。それに、ボリス・ロドリゴからそんな呼びかたをされた覚えは、これまで一度もなかったから、これは輪をかけて重大事にちがいない。ふだんでも、ロドリゴ中尉はくそまじめな人物で通っているのだ。

「どうしたんだね、ボリス？」艦長室のドアが閉まると、ノートンはたずねた。

「対地球直接通信の艦内最優先使用許可をいただきたいのです、中佐殿」

前例のないことではなかったが、これはたしかに異例だった。定時通信は最寄りの惑星の中継で送られる――このときは水星経由で通信していた――ため、たとえ経由時間は数分程度にすぎなくとも、宛先当人のデスクまで通信文がとどくまでには、五、六時間かかることがよくある。九十九パーセントまでは、それでもじゅうぶんだが、緊急の場合は、艦長の裁量で、もっと直接的だがずっと費用のかかるチャンネルを利用することができるのだ。

「むろん、きみも知ってのとおり、それなりにじゅうぶんな理由を聞かせてもらわなけりゃならんぞ。なにしろ使える周波数は、みんなもうデータ送信でふさがっているからね。きみの私的な緊急通信かね？」

「いえ、中佐殿。そんなことよりはるかに重要なことです。自分は〈母なる教会《マザー・チャーチ》〉へ通信を送りたいのであります」

なるほど、とノートンは思った。こいつはどう扱ったものかな？

「わけを説明してくれたら、嬉しいんだが」

ノートンの要求を後押ししたのは、たんに好奇心だけではない――もっとも、それもたしかにあるが。ボリスに優先権をあたえるためには、その許可を正当化するだけの理由がいるからだ。

落ちついた青い瞳が、艦長の目をひたとみつめた。ボリスが自制を失ったり、自若とした態度から遠ざかったりしたところを、見たためしがない。〈宇宙《コズモ》キリスト〉教徒たちは、みなこうなのだ。それがかれらの信仰の特徴のひとつで、かれらが優秀なスペースマンになる一助ともなっている。しかし、そのみじんも揺るがぬ確信ぶりが、不幸にしてそのような〝黙示〟をあたえられなかった者にとっては、ちょっぴりわずらわしくもあった。

「それはラーマの目的に関わることであります、中佐殿。自分はそれを発見したと信じます」

「続けたまえ」

「状況をごらんください。ここに完全にからっぽの、生命のない世界があります——ところが、それは人類の生存にぴったり適合しています。水が存在し、呼吸のできる大気があります。それは遠い宇宙の深淵から、正確に太陽系めざしてやって来ました——これがたんなる偶然の一致であるとは、とうてい信じがたいことです。しかも、それは真新しいだけではありません。まるでまだ一度も使われたことがないかのように見えます」

ここまではわれわれも、何十回となくおさらいをしたものだ、とノートンは考えた。そのうえにボリスは、なにをつけ加えられるかな？

「われわれの信仰はそのような訪問を、どのような形をとるかは正確にわからぬにしろ、期待するようにと教えてくれています。聖書にも暗示されています。もしこれが〈第二の来臨〉でないなら、〈第二の審判〉であるのかもしれません。ノアの物語は最初の審判を描いています。自分はラーマを宇宙の〝方舟《はこぶね》〟であると信じます——救済に値する者を救うために送られてきたのです」

艦長室のなかを、かなりのあいだ沈黙が支配した。ノートンは言葉に窮したのではなかった。むしろその胸中には、たくさんすぎるほどの質問が渦巻いていた。だが、そのうちのどれをぶつけたら、駈け引きのうえで有利か、確信をもてなかったのだ。

とうとうノートンは、精いっぱい穏やかな、なにげない口調で切り出した。「じつにおもしろい考えかただね。わたしの信仰はきみのとは違うが、じれったいほどもっともな考えかただ」

ノートンはべつに偽善を働いているのでもなければ、世辞をいっているのでもなかった。宗教的な衣をとり去ってみれば、ロドリゴの仮説は、すくなくともほかの半ダースほどの仮説と同じ程度には、説得性に富んでいる。かりに、なんらかの災厄がまさに人類に降りかかろうとしていて、慈悲深い高等知性がそれについてすべてを知っていると仮定したら？　そう考えれば、すべてがすこぶるきれいに説明できる。だが、それでもまだ、いくつか問題はあった……。

「二つ三つ質問があるんだがね、ボリス。ラーマはあと三週間で、近日点に達するだろう。それから、太陽をまわって、やってきたときと同じ速さで、太陽系から飛び去ることになる。〈審判の日〉としては、あるいは、ええとその、選ばれし者を運びこむには、あんまり時間的余裕がない――それでも、その大仕事はなんとかやり遂げなければならんことになるね」

「おっしゃるとおりです。ですから、近日点に到達したとき、ラーマは減速して、待機軌道に入らなければなりません――おそらく地球の軌道上に、遠日点がくることになるでしょう。そこでもう一度、速度変更をおこなって、地球とランデヴーするかもしれません」

これは不安になるほど説得的だった。もし太陽系内にとどまりたいのであれば、ラーマは正しい道筋をたどっていることになる。減速するのにいちばん効果的な方法は、できるかぎり太陽に接近して、ブレーキをかけることなのだ。もしロドリゴの理論——または、その修正説——に一理あるとすれば、それはもうじき証明されるだろう。

「もうひとつあるよ、ボリス。いま現在、なにがラーマをコントロールしているんだね？」

「その点については、べつに参考になりそうな教義がありません。完全な自動操縦《ロボット》という可能性もあります。あるいは——心霊操作《スピリット》とも考えられます。生物学的な生命体の存在する徴候がないのは、それで説明がつくでしょう」

幽霊小惑星ってわけか。どうしてそんな言葉が、記憶の底から飛び出してきたんだ？そのときノートンは、何年も前に読んだばかばかしい小説のことを思い出した。その話を読んだかどうか、ボリスに聞くのはやめたほうがいいなと思った。その種の読書がこの相手の趣味に合うかどうかは、疑わしいものだったからだ。

「こうしたらどうだろう、ボリス」突然、心を決めていった。ノートンとしては、あまり難しくならないうちに、この会見を切りあげたかったし、いい妥協点を見い出したと思ったのだ。

「きみの考えを——ええと、千字以内にまとめることができるかね？」

「はい、できると思います」

「じゃあ、ストレートな科学的仮説に聞こえる形にまとめてくれれば、すぐわたしから〈ラーマ委員会〉に、最優先で送りつけよう。同時にその写しが、きみの教会にとどくようにすれば、八方丸くおさまるというわけだ」

「ありがとうございます、中佐殿、心から感謝いたします」

「おっと、これはわたしの良心を満足させるためにやるわけじゃないんだ。ただ、〈委員会〉がどんな反応を示すか、それを見たいと思ってね。きみの意見に一から十まで賛成というわけじゃないが、ひょっとしたらきみは、なにか重大なことを探りあてたのかもしれないからな」

「いずれにしろ、すべては近日点ではっきりするわけですね？」

「そうだ。近日点ではっきりするだろう」

ボリス・ロドリゴが立ち去ると、ノートンは艦橋《ブリッジ》を呼んで、必要な許可指令を出した。自分としては、この問題をスマートに解決したつもりだった。そのうえ、ボリスの考えが正しいという可能性もある。

それにノートンは、救済を受ける人数のなかに自分を入れてもらうチャンスを、ひょっとしたらふやしたことになるかもしれないのだ。

21　嵐去りぬ

　すっかりおなじみになった〈エアロック・アルファ〉の通路を漂っていきながら、ノートンは、自分たちが性急《せっかち》なあまりに、用心を忘れたのではあるまいか、と恐れていた。かれらはエンデヴァー号内で、まるまる四十八時間――貴重な二日間だ――万一、事態が急変したら即刻、離脱できるように待機していた。だが、なにごともおこらなかった。ラーマに残してきた装置類は、異常な活動をまったく探知しなかったのだ。がっかりしたことに、〈軸端部〉のテレビカメラは、視界を数メートルに縮めた霧のおかげで、まるで盲目同然にされてしまった。その霧はいま、やっと晴れ始めたところだった。

　かれらが最後のエアロックの扉を操作して、〈軸端部〉周辺にあやとりのように張りめぐらしたガイドロープのなかへ漂い出たとき、ノートンはまず、光の色あいの変化に驚かされた。もはやそれは目ざわりなブルーではなく、もっと柔らかで優しく、地球上の明るい靄《もや》がかかった日中を思い出させる色だった。

　ノートンはこの世界の中心軸沿いに視線を走らせた――が、〈南極〉のあの不思議な峰々までずっとつながっている、輝きを帯びたなんの奇もない白一色のトンネルのほかには、なにひとつ見えなかった。ラーマの内部は、完全に雲で覆われ、雲海のどこにも、切れ目ひとつ見えない。雲層の表面は、くっきりと輪郭がつけられていた。それはこの回転する世界の巨大な円筒形のなかに、数片のちぎれた巻雲が浮かんでいるほかは、からりと晴れたさしわたし五、六キロの中心核を残して、もうひとつ、それより小さい円筒を作りだしていた。

このとほうもない雲のチューブは、ラーマの六本の人工太陽によって、下から照らしだされていた。こちらの〈北方大陸〉の三本は、拡散する光の帯が、その位置をはっきり示しているが、〈円筒海〉の向こう側の二本はひとつに融けあって、ひと続きの輝く帯を形づくっている。

この雲の下では、いまなにがおこっているのだろうか？　ノートンは自問した。だがすくなくとも、遠心力の作用でラーマの中心軸沿いに、これほど完璧に対称的な雲形を作りだした嵐は、いまやおさまりつつあった。ほかの突発的事態が生じないかぎり、もう下へ降りても安全のようだ。

この再度の訪問では、ラーマに最初に深く入りこんだチームの起用が、適当であるように思われた。マイロン軍曹は——ほかの全エンデヴァー号乗組員と同じように——いまや、アーンスト軍医の要求する肉体条件に、完全に合格だった。マイロンは説得力のある率直さで、もう二度と古い制服を着るつもりはないと、宣言さえしたほどだ。

マーサー、キャルヴァート、マイロンの三人が、すばやく大胆に〈梯子〉を〝泳ぎ〟降りていくのを見守りながら、ノートンは、なんとたいした変わりようかと気がついた。最初のときは、寒さと暗黒のなかへ降下したのに、いまは光と熱のなかに向かっている。そのうえ、これまでの訪問ではつねに、ラーマが死んでいるとばかり思いこんでいた。現在でも、生物学的な意味からすれば、それは正しいかもしれない。だが、たしかになにかがうごめいている。ボリス・ロドリゴの表現を使っても、けっして的はずれではないだろう。ラーマの〝霊〟は、いまや目を覚ましていた。


〈梯子〉の下のテラスへ到達して、〈階段〉を降りる準備をしているあいだに、マーサーは例によってルーティンの大気テストをおこなった。ある種の事柄に関しては、けっして妥協を許さない男だった。まわりの連中が補助装置も使わず、すっかり気楽に呼吸しているときでも、宇宙帽を開ける前に、かならず空気チェックをすることで知られていた。そのような度のすぎた用心ぶりの理由を聞かれたとき、こう答えたものだ。「人間の感覚ってのは、当てにならんからね。それが理由さ。きみは大丈夫と思ってるかもしれないが、つぎに深呼吸したとたん、ひっくり返ってしまわないとかぎらん」

マーサーはメーターを見るや、「ちくしょう」と叫んだ。

「どうかしましたか？」キャルヴァートが聞いた。

「壊れてるんだ——目盛が高すぎる。でも妙だな。これまでこんなことはなかったのに。呼吸回路で検査してみよう」

マーサーはコンパクトな小型分析器を酸素補給装置のテストポイントにさしこむと、しばらく黙って物思いにふけりながら立っていた。二人の仲間は、気づかわしげに見守った。カールを動揺させたとなれば、これは真剣に受けとらなければならない。

マーサーは分析器を引き抜くと、もう一度ラーマ大気のサンプル検査に使ってから、〈軸端司令部〉を呼び出した。

「艦長《スキッパー》！　酸素分子の目盛を読んでくれ」

その要求に必要な時間より、ずっと長い中断が続いたあと、ノートンが応答してきた。

「どうもこっちのメーターは狂ってるらしい」

マーサーの顔に、ゆっくりと笑いが広がった。

「五十パーセント以上じゃないか？」

「ああ、これはどういう意味だね？」

「われわれは全員、マスクをとれるということさ。こいつは便利じゃないかね？」

「さあ、わからんぞ」マーサーの音声にこめられた皮肉に、ノートンはお返しをした。

「あんまり結構すぎて、ほんとうとは思えんな」それ以上、なにもいう必要はなかった。

スペースマンはだれでもそうだが、ノートン中佐も、あまりに結構ずくめな事柄に対しては、根強い疑心を抱くほうなのだ。

マーサーはマスクをほんのすこし開くと、おそるおそるひと嗅ぎした。この高度では初めて、完全に呼吸可能な空気だ。かび臭い、死んだような匂いは消え去っている。以前は何人かが呼吸に支障を来たしていた過度の乾燥も消えている。湿度はいまや、驚くなかれ八十パーセントもあった。まぎれもなく、〈海〉の解氷現象のおかげだ。空気中には、不快でない程度の蒸し暑さが感じられた。ちょうどどこか熱帯地方の海岸の、夏の晩を思わせるような感じだな、とマーサーは思った。ラーマ内部の気候は、この数日間で劇的な進展を遂げたのだ……。

だが、なぜだ？　湿気の増大は問題ないが、酸素量の驚くべき増加のほうは、はるかに説明が難しい。

ふたたび下降を開始しながら、マーサーは心のなかで一連の計算をやり始めた。雲層のなかへ入るころになっても、まだ満足できるような結論に到達できないでいた。

それは劇的な経験だった。というのも、状況の推移がすこぶる唐突だったからだ。ついいまのいままで、マーサーはこの四分の一G地帯ではあまりスピードを出さぬように、滑らかな金属手すりを握る力を加減しながら、澄んだ空気中を下へ下へと滑っていた。それがだしぬけに、なにも見えない白霧のなかへ突入し、視界が一挙に数メートルに落ちたのだ。マーサーがあわててブレーキをかけたので、あぶなくキャルヴァートが衝突するところだった——実際、マイロンはキャルヴァートにぶつかって、すんでのことに、相手を手すりから叩き落としそうになった。

「心配はない」と、マーサーがいった。「たがいに姿を見失わぬ程度に、間隔をあけるんだ。スピードはつけないように注意しろ。おれが突然止まらなけりゃならんかもしれんからな」

不気味に静まりかえった霧のなかを、一行は滑降し続けた。キャルヴァートは、十メートル先の薄ぼんやりとしたマーサーの影を、やっと見ることができた。振りむくと、マイロンも同じくらいの距離でついてくる。考えようによっては、ラーマの漆黒の暗夜のなかを降りていったときよりも、これは気味が悪かった。あのときは、すくなくともサーチライトの光が、前方に横たわるものを教えてくれた。だが今回は、公海上で視界を妨げられたまま、ダイヴィングするのに似ていた。

どのくらい降りたかを知る方法はなかったが、キャルヴァートがそろそろ第四レベルだなと推定したとき、突然マーサーがまたもやブレーキをかけた。一行がそろうと、こうささやいた。「耳をすませろ！　なにか聞こえないか？」

「ええ」一分後にマイロンが答えた。「風の音に似てますね」

キャルヴァートは自信がなかった。頭を前後左右に向けると、霧のなかをかれらのところまでとどいた、ほんのかすかなざわめきの方角を突き止めようとしたが、やがてむだと知って、その試みを諦めた。

一行は滑降を再開し、第四レベルに着くと、さらに第五レベルへ向かってスタートした。そのうちにも、くだんの音はだんだん大きくなり――しつこいほど耳慣れたものになってきた。四つ目の〈階段〉をなかばまで降りたころ、マイロンが呼びかけた。「さあ、もうなんの音かわかりますか？」

本来ならとうの昔に確認できていただろうが、それは地球以外の惑星では、とうてい連想が働きそうもない物音だった。霧を通して、距離の見当がつかない発生源から聞こえてくるその音は、落下する水流の絶えまない轟きだったのだ。

数分後、雲層はそれが始まったときと同じように、突然とぎれた。かれらは、低く垂れこめた雲海に光が反射してますます明るい、目も眩むようなラーマの昼の輝きのなかへと飛び出していった。眼下には、おなじみの湾曲平面が広がっていた――いまではその全周が見えないので、前よりもずっと心や五感に受け入れやすくなっている。かれらが見下ろしているのは広大な渓谷であり、〈海〉の上反りのカーヴは、ほんとうに外へと向かっているのだ、というふりをすることも難しくはない。

一行は最下レベルのひとつ前の第五レベルで停止すると、雲層を通り抜けたことを報告し、注意深く調査をおこなった。かれらにわかったかぎりでは、眼下の〈平原〉の上にはなんの変化もおきていなかった。だが、ラーマはこの北端のドーム部分に、またまたとんでもない驚異を隠していたのだ。

一行が耳にした騒音の発生源は、そこにあった。三、四キロ離れた雲中の隠れた水源から、瀑布《ばくふ》がなだれ落ちているのだ。かれらはほとんどわが目が信じられぬ思いで、長いこと黙りこくったまま、それを凝視していた。理屈のうえでは、この回転世界の落下物体は、けっして直線的に落ちることができないとはわかっていたが、それでも、はすかいにカーヴしつつ、水源の真下から何キロも離れた場所へと落ちている湾曲した瀑布には、おそろしく不自然なところがあった……。

「もしガリレオがこの世界に生まれていたとしたら」マーサーがやっと口を開いた。「力学の法則をひねりだそうとして、さぞかし気が狂っただろうな」

「自分ではわかってるつもりだったが」と、キャルヴァートは答えた。「どのみち、ぼくは気が狂いかけてますよ。おたくはなんともないの、教授《せんせい》?」

「もちろん、なんともないですよ」と、マイロン軍曹は答えた。「あれはコリオリ効果のそのものずばり、完璧な見本です。あれを教え子たちに見せてやりたいものですな」

マーサーはこの世界をまわっている〈円筒海〉の帯をみつめながら、考えにふけっていた。

「あの水になにがおこったか、気がついたかい?」とうとうたずねた。

「そう——もう青くないですね。浅緑色といったらいいかな。あれはなにを意味するんです？」

「おそらく、地球の海と同じ働きをするんだろうな。ローラはあの〈海〉を、生命が産み出されるのを待っている有機物のスープと呼んでたよ。ひょっとすると、そんなことがおこったのかもしれんぞ」

「たった二、三日でですか！　地球じゃ何百万年もかかったというのに」

「三億七千五百万年さ、いちばん最近の測定によるとね。酸素の出どころは、あそこ、あそこなんだ。ラーマは無酸素《アネロビック》時代を飛びすぎて、光合成植物時代に到達したんだ——約四十八時間でね。明日になったら、いったいなにが生まれてくるんだろう？」

22 〈円筒海〉横断

〈階段〉の下に着いたとき、一行はまたショックを受けた。一見したところ、何者かがキャンプのなかを通り抜けながら、機械類をひっくり返していき、こまかい物品などはひとまとめにして持ち去ったようだった。しかし、ちょっと調べてみた結果、いささかばつの悪い困惑が驚きにとって代わったのだ。

犯人は風にすぎなかった。出発前、ゆるんだ荷物を縛りなおしておいたのだが、思いもよらぬ突風で、何本かのロープが切れたのにちがいない。散乱したものをぜんぶ回収するには、数日を要した。

ほかには、大きな変化は見られなかった。つかのまの春嵐も去って、ラーマにはふたたび静寂も戻った。〈平原〉の向こうには、穏やかな〈海〉が広がり、百万年ぶりに浮かぶ船を待ちうけていた。

「シャンペンの瓶を割って、進水式ってのはどうだい？」

「たとえシャンペンがあったって、そんなもったいない真似は許せんね。どのみち、もう手遅れだよ。船はもう進水しちまってる」

「浮くだけは浮いてるね。賭けは負けだ、ジミー。地球に帰ったらはらうよ」

「名前をつけようじゃないか。なにかいいアイディアはあるかい？」

その話題の主は、いま〈円筒海〉に降りていく〈階段〉の近くにぷかぷか浮いていた。六個の空《から》の貯蔵用ドラム缶を、軽金属の枠組でしっかり固定させた小型のいかだだ。それを〈キャンプ・アルファ〉で組み立て、さらにとりはずし自在の車輪にのせて、〈平原〉を十キロ以上も運ぶ作業で、隊員たちは数日分のエネルギーを費消してしまった。だが、これは勝ち目のある賭けなのだ。

それだけの危険をおかす価値のある報酬が待っていた。五キロかなた、翳《かげ》のない光にきらめく〈ニューヨーク〉の謎の塔群は、一行がラーマ入りして以来ずっと、かれらを嘲り続けてきた。その都市――であれなんであれ――こそ、この世界の中心であることを疑う者はなかった。なにはさておいても、〈ニューヨーク〉には行かなければならない。

「まだ名前がないんですが、艦長《スキッパー》――いいのがありますか？」

ノートンは笑ったが、すぐ真顔になって、「とっておきのがある。決断号《レゾリューション》だ」

「どうしてですか？」

「キャプテン・クックの船のひとつだったんだ。いい名だよ――名前負けしないでほしいね」

しばし想いにふける沈黙があった。それから、この計画の担当責任者であるバーンズ軍曹が、三人の志願者をつのった。その場の全員が手をあげた。

「残念だわ——救命具が四つしかないの。ボリス、ジミー、ピーター——あなたがたはみんな航海の経験があるわね。このメンバーで行きましょう」

一介の女軍曹がこの場の主導権をにぎっていることを、奇異に思う者は一人もいなかった。艦内で船長免状を持っているのは、ルビー・バーンズだけだから、だれも異存のあろうはずはないのだ。ルビーはレース用の三胴船《トライマラン》で太平洋を横断したこともあり、たった数キロの死んだように凪《な》いだ〈海〉などに手こずるとは考えられなかった。

〈海〉を最初に見たときから、ルビーはそこを渡ろうと心に決めていた。人類がおのれの世界の海とかかわりをもって数千年、これにほんのちょっぴりでも似た海に出くわした船乗りは、だれもいないのだ。ここ二、三日、心中を駆けめぐり続ける無意味な言葉を、ルビーはふりはらうことができないでいた。〝〈円筒海〉を渡ろう、〈円筒海〉を渡ろう……〟それこそ、ルビーがこれから試みることなのだ。

乗組員は即席のバケットシートにすわり、ルビーがスロットルを開いた。二十キロワットのモーターが唸り始め、減速ギアのチェーンドライヴがぼんやりとかすみ、レゾリューション号は見物人の歓呼に送られてスタートした。

この荷重なら時速十五キロは出したいと、ルビーは思っていたが、実際には、十キロを越えれば満足だった。断崖沿いの半キロのコースはすでに計測ずみで、ルビーはその一周旅行を、五分と三十秒で終わらせた。ターンの時間を計算に入れれば、時速十二キロということになる。ルビーはこの結果にすっかりご満悦だった。

動力なしでも、ルビーのたくみな櫂さばきを助ける三人の元気旺盛な漕ぎ手がいれば、この速度の四分の一は出せるだろう。だから、たとえモーターが故障しても、二時間あれば岸に帰りつける。強力な動力電池は、この世界を一周するだけのエネルギーを供給できるが、念のためスペアを二個用意した。いまや霧もすっかり晴れたし、ルビーのように用意周到な船乗りでさえ、羅針盤なしで船出する覚悟はできていた。

岸辺にあがると、ルビーはスマートに敬礼した。

「レゾリューション号の処女航海は、つつがなく終了しました。指示をお待ちします」

「結構だ……提督。船出の準備はいつととのうかね?」

「貨物の積みこみが終わり、港湾局長から出港許可をもらえれば、いつでも」

「では、夜明けに出発しよう」

「アイアイ・サー」

地図上での海路五キロメートルは、たいした距離とも見えないが、いざ海上に出てみると、大ちがいだった。十分走っただけで、もう〈北方大陸〉に面する高さ五十メートルの断崖は、驚くほど遠ざかって見えた。ところがふしぎなことに、〈ニューヨーク〉はそれほど以前より近くなったようには見えないのだ……。

もっともその十分間、一行はほとんど、陸地には注意をはらわなかった。〈海〉の驚異に、すっかり心を奪われていたからだ。船出のときにはやたら飛び出した軽口も、もうだれも口にする者はない。それほどこの新しい体験は、かれらを打ちのめした。

やっとラーマに慣れてきたな、とノートンが感じるたびごとに、ラーマは新しい驚異を生みだすのだ。レゾリューション号が着実に前進するにつれ、かれらは巨大な波の谷間に落ちこむような感じがした――その波は、垂直になるまで両側にせりあがっていき――ついで頭上十六キロの地点で、両翼が合体して液体のアーチをかたちづくるまで、せり出してくるのだ。理性と論理がいくら否定しても、何百万トンもの水が、いまにも空からなだれ落ちてくるのではないか、という懸念を、だれもふりはらうことはできなかった。

とはいうものの、みながいちばん感じていたのは、浮きたつような興奮だった。スリルはあるが、真の危険は存在しない。もちろん、〈海〉自身がこれ以上の驚きを生みださないとしたならの話だが。

明らかにその可能性はあった。というのは、マーサーの予期したとおり、いまや海水は生きていたからだ。何度スプーンにすくってみても、地球の海洋にかつて棲息していた最古のプランクトンによく似た、球状で単細胞の微生物が、幾千となく含まれていた。

もっとも、そこには不可解な違いもあった。この微生物には核がなく、また、いちばん原始的な地球生命体にさえ最低限必要なものが、ほとんど欠けているのだ。ローラ・アーンスト——いまや船医と実験科学者を兼ねていた——は、この微生物がたしかに酸素を発生することを証明してくれたが、ラーマの大気増加を説明するには、あまりにも微量すぎる。もしそうだったら、何千どころか何十億も存在していなければならないはずだ。

ついでローラは、いまでは微生物の数が急速に減ってきており、ラーマの夜明け直後の数時間はいまよりはるかに多量だったはず、という事実を発見した。〈地球〉の初期の歴史を一兆倍の早さで駆けぬけるような、つかのまの生命爆発があったようだ。おそらくいまはもう、燃えつくしたのだろう。波間に漂う微生物は分解を続け、体内の化合物を〈海〉へ返しつつあるのだ。

「泳がなければならなくなったら」乗組員たちはアーンスト軍医に警告されていた。「口を閉じてることね。少量なら問題ないわ——すぐ吐きだせばいいの。だけど、このうす気味悪い有機金属塩は、そっくりそのまま有毒物質なのよ。わたしとしては、解毒剤を作るようなはめにはなりたくないわね」

さいわい、そんな危険はおこりそうもなかった。たとえ浮力タンクが二つぐらいパンクしても、レゾリューション号は海上に浮かんでいられる（この話を聞いたとき、ジョー・

キャルヴァートは脅かすようにつぶやいたものだ、「タイタニック号の例もあるぜ！」）。万一沈むようなことがあっても、粗末だが効果的な救命胴衣の助けで、水上に頭を出していられるだろう。この件についてローラは断定を避けたが、〈海〉に数時間つかっていても、命に別条はあるまいと踏んでいた。だからといって、それを奨励はしなかったが。

着実に船足をのばして二十分後、〈ニューヨーク〉はもはや遠方の島ではなくなっていた。それは現実の場所となり、望遠鏡と拡大写真を通してしか見られなかったその細部が、いまは堅牢な堂々たる建造物として姿を現わしつつあった。この〝都市〟もまた、ラーマの多くの事物がそうであるように、三重構造であることが明らかになった。三つの同じような円形の複合建造物、というか超巨大構築物が、長楕円形の土台の上に聳え立っているのだ。〈軸端部〉から撮影された写真によると、さらにそれぞれの複合建造物が、百二十度間隔で切られたパイよろしく、それ自体も三等分されている。おかげで、探検任務はずいぶんと手間がはぶけそうだ。おそらく〈ニューヨーク〉の九分の一だけ調査すれば、おのずと全体像がわかるだろう。とはいっても、たいへんな仕事であることに変わりはなかった。すくなくとも一平方キロにわたる、建物と機械類の調査を意味する。しかもその一部は、空中何百メートルもの高さにそそり立っているのだ。

どうやらラーマ人は、三重反復性《トリプル・リダンダンシー》の技術を高度の域にまで完成させたらしい。それはエアロック機構群、〈軸端部〉の階段群、人工太陽群などによく示されていた。そして、とりわけ大事な場所では、かれらはその上の段階にまで踏みこんでいた。〈ニューヨーク〉は三重《トリプル》＝三重反復性《トリプル・リダンダンシー》の絶好の例といえそうなのだ。

ルビーはレゾリューション号の進路を、中央の複合建造物に向けていた。そこには、水面から島をかこむ囲壁ないし堤防の頂上まで、長い〈階段〉が延びていた。ボートを舫《もや》うのにちょうどいい繋留柱《けいりりゅう》さえある。それに気づいたとたん、ルビーはすっかり興奮した。こうなっては、ラーマ人がこの異常な海を渡るのに使った船を一隻でも見つけないことには、気がすまない。

上陸一番乗りは、ノートンだった。三人の仲間をふり返ると、告げた。「わたしが壁のてっぺんにあがるまで、船で待っていろ。手をふったら、ピーターとボリスはわたしに合流する。ルビーはいざというときいつでも出航できるよう、待機していてくれ。わたしの身になにかおこったときは、カールに報告して、指示にしたがうこと。判断は的確に――だが、危ない橋は渡るなよ。わかったね？」

「わかりました、艦長《スキッパー》。ご幸運を祈ります」

ノートン中佐は運など信じていなかった。あらゆる関連要素を分析し、撤退線を確保するまでは、けっして新しい状況に飛びこまなかった。だが、またもやラーマは、信条のいくつかを破らせるはめに、ノートンを追いこもうとしていた。ここでは、ほとんどあらゆる要素が、未知なのだ――三世紀半の昔、太平洋と〈グレート・バリアー・リーフ〉が中佐のヒーローにとって未知だったように……そうなのだ、こうなっては運否天賦《うんぷてんぷ》、その場のツキにすべてをまかせるほかはない。

その〈階段〉は、かれらが〈海〉の対岸で降りたのと、事実上対《つい》になっていた。向こう岸にいる仲間たちは、きっと望遠鏡でまっすぐこっちを見ているにちがいない。まっ、す、ぐというのは、この場合的確な表現だ。ラーマの軸方向に沿ったこの方角にかぎって、〈海〉はほんとうに真っ平らなのだ。真実、真っ平らな海は、ひょっとしたら全宇宙でここだけかもしれない。ほかのあらゆる世界では、どんな海だろうと湖だろうと、球体の表面に沿って全方向に等しく湾曲していなければならないからだ。

「もうじき頂上につく」ノートンは記録のためと、五キロ離れたところで熱心に耳をかたむけている副官のために、報告した。「依然、音ひとつない静けさだ——放射能も異常はない。メーターは頭上にかざしている。この壁が放射線シールドの働きをしているといけないからね。それに、向こう側に敵でもいたら、まずこいつを撃ってくれるだろうし」

もちろん、これは冗談だが、それでも——たやすく避けられるときに、わざわざ危険をおかすのはばかげていた。

最後の段に足をかけたとき、この堤防の平坦な頂上は、厚さが十メートルほどあることがわかった。内側は、進路と階段が交互につらなりながら、二十メートル下の都市の主要平面へと続いている。実際、ノートンは〈ニューヨーク〉を完全にかこんだ高い壁の上に立っているので、まるで特等席にすわったように、市内をよく眺めることができた。

呆然とするほど複雑きわまる眺めだった。ノートンがまず最初にやったのは、カメラでもってゆっくり全景を走査していくことだった。それから仲間に手を振ってみせ、〈海〉のかなたに無線を送った。

「活動の気配はなし――すべてが静かだ。登ってこい――いよいよ探検に出発する」

23 ラーマの〈ニューヨーク〉

ここは都市じゃなく、機械だ。ノートンは十分後にそう結論したが、全島を横断しおわったあとでも、その結論を変える理由はみつからなかった。都市であれば——住民の質がどうであるにせよ——なんらかの形の宿泊設備がなければならない。それが地下にでもないかぎり、ここにはそんな性質のものはいっさいなかった。もし地下にあるなら、入口や階段やエレベーターはどこだろう？　簡単なドアに類するものさえ、まったく見あたらないのだ……。

地球上でこの場所に似たものを強いてあげれば、巨大な化学処理工場だった。しかし、ここには備蓄された原料の山もなければ、それを移動させる輸送機システムらしきものすらない。ノートンには、完成した製品がどこから出てくるのか——ましてやその製品がはたしてなんなのか、見当もつかなかった。すべてが不可解で、少なからずいらいらさせられた。

「だれか見当のついた者はいないか？」とうとうノートンは、聞いている全員にいった。

「もしこれが工場なら、なにを作っているのか？　どこから原料をとりこむのか？」

「ちょっと思いついたんだがね、艦長《スキッパー》」対岸から、カール・マーサーが答えた。

「〈海〉を使ってるんじゃないのかな。軍医《ドク》の話では、たいていの物質はみんな含まれてるそうだから」

もっともらしい答えだ。ノートンもすでにそれは考えていた。〈海〉に通じるパイプが埋設されていてもおかしくはない——事実、そうでないと理屈が通らない。どんな化学工場だって、大量の水を必要とするのだから。だが、ノートンはもっともらしい答えには、あまり信を置かぬ主義だった。もっともらしい答えは、往々にしてまちがっているものだ。

「考えかたはいいよ、カール。だが、〈ニューヨーク〉は海水をどう使うんだね？」

長いこと、船からも〈軸端部〉や〈北方平原〉からも、答えはなかった。そのとき、思いもよらぬ声が聞こえた。

「わけないことです、艦長《スキッパー》。だけど、みんな笑うだろうなあ」

「いや、笑わんよ、ラヴィー。話してみたまえ」

主計主任兼シンプ調教師のラヴィー・マカンドルーズ軍曹は、ふだんなら技術的な議論に参加することなど、およそ考えられぬ乗組員だった。知能指数は並クラスだし、科学知識は無いにひとしい。だが、けっして愚かではないし、人に一目おかれるだけのもって生まれた聡明さがあった。

「まちがいなく工場ですよ、艦長《スキッパー》。たぶん原料も〈海〉から取るんです……とどのつまり、地球の上だってまったく同じだったじゃないですか、やりかたは違うけど……〈ニューヨーク〉は工場にちがいないですよ――ラーマ人を作るための」

だれかがどこかでくすくす笑ったが、すぐに黙りこんだので、だれなのかはわからなかった。

「そうだね、ラヴィー」とうとう隊長は認めた。「とっぴな考えだけに、あたっているかもしれない。この目で確かめたいような気もするが……せめて、本土に帰ってからにしたいね」

この天上版〈ニューヨーク〉は、広さはマンハッタン島とほぼ同じだが、幾何学的図形はまるきり異なっていた。直線道路はほとんどなく、短い同心の弧とそれをつなぐ放射状の輻《や》が、迷路のように入りくんでいる。もっともありがたいことに、ラーマ内では、けっして方角がわからなくなることはなかった。空を一瞥するだけで、この世界の軸がすぐにわかるのだから。

かれらはほとんど交差点ごとに立ちどまっては、全景走査をおこなった。何百枚というこれらの画像がきちんと整理されれば、この都市の正確な雛型を作るのは、根気はいるにしろ、かなりやさしい仕事になるだろう。だが、その結果生まれるジグソーパズルは、科学者たちを何代にもわたってテンテコまいさせるだろうな、とノートンは思った。

ここの静寂に慣れるのは、〈ラーマ平原〉の静けさに慣れるよりも難しかった。都市にしろ機械にしろ、かなりの騒音がつきもののはずなのに、ここにはかすかな電気のうなり音すらなく、かすかな機械の運動すらなかった。ノートンは何度となく地面や建物の壁に耳をあてて、物音を聞きとろうとした。聞こえるのは、自分自身の血流の音だけだった。

機械類は眠っているのだ。空《から》まわりさえしていない。はたして機械はもう一度目覚めることがあるのだろうか、それになんのために？　例によって、なにもかもが完全な状態におかれていた。どこかに辛抱づよく隠れているコンピューターのなかで、たったひとつでも回路が閉じれば、この迷路全体が息を吹きかえすのではないか、と信じたくなるほどだった。

とうとう都市の反対側にたどりつくと、かれらは囲壁の上に登って、〈海〉の南半分を眺めわたした。ノートンは、ラーマの半分近い世界への接近をはばむあの高さ五百メートルの断崖を、長いことみつめていた——望遠鏡調査の結果から判断すると、この南半分こそ複雑怪奇をきわめた部分だ。この角度から見ると、そこはまがまがしい禁断の暗黒世界に見え、大陸ひとつをすっぽり牢獄の壁が囲んでいるようにも見えた。その全周にわたって、どこにも階段はおろか、いかなる接近の手段も見あたらなかった。

ラーマ人はどうやって〈ニューヨーク〉から南方領土へ渡ったのだろう、とノートンはいぶかしんだ。たぶん〈海〉の下を走る地下輸送システムがあるのだろうが、同時に航空機ももっていたにちがいない。この都市には、着陸に使える広い場所が、たくさんあった。もしもラーマ人の乗物を発見できたら、たいへんな功績になるだろう——とりわけ、その運転方法がわかったとしたら。(もっとも、数十万年放ったらかしにされてもまだ動く動力源、なんて存在するだろうか?)見たところ、格納庫かガレージふうの建物もたくさんあるのだが、まるで封水剤《シーラント》を吹きつけられたように、どこもかしこも滑らかで、窓ひとつなかった。

遅かれ早かれ、とノートンは苦々しくつぶやいた、爆薬かレーザー光線を使わなけりゃならなくなりそうだな。だが、その決定はぎりぎり最後の土壇場《どたんば》までくだすまい、と固く心に決めていた。

暴力を使いたくない、というその心理は、半分はプライドから、半分は恐怖から出ていた。理解できぬものはみなぶち壊すという、技術力だけは高い野蛮人のまねをしたくなかった。つまるところ、ノートンはこの世界では招かれざる客であり、だから、それらしく行動すべきなのだ。

恐怖のほうは——たぶんこれはちょっとオーバーで、懸念といったほうがあたっているだろう。ラーマ人はあらゆる場合に備えて、手を打っておいたように見える。ノートンはラーマ人が財産を守るために講じておいた予防措置を、知らされるはめにはなりたくなかった。けっきょく、本土に帰るときには、手ぶらということになりそうだ。

24　ドラゴンフライ号

ジェームズ・パク中尉は、エンデヴァー号内ではいちばんの新参士官で、遠宇宙《ディープスペース》への探検任務は、今回でやっと四度目だった。功名心は旺盛だし、昇進の時期も来ていたが、以前、重大な軍規違反をおかしたことがあった。だから、決心をつけるまでに長い時間かかったのも、むりはない。

これは賭けだった。もし負けたら、そうとう厄介なことになる。経歴に傷がつくどころか、自分の首をしめることにもなりかねない。そのかわりもし成功すれば、一躍、英雄になれるだろう。だが、けっきょく中尉を動かしたのは、そのどちらでもなかった。もしここでなにもしなければ、自分は死ぬまで、むざむざチャンスを見のがしたことを悔やみながら過ごすに決まっている、という確信だった。とはいうものの、艦長に個人的会見を申しいれたときにも、まだ中尉はためらっていた。

今度はなにかな？　若い士官のあやふやな表情を分析しながら、ノートンは内心思った。ボリス・ロドリゴとの気骨《きぼね》のおれる会見のことを思い出したのだ。いや、あんなものではないだろう。ジミーはどう見ても、信心深いタイプではない。仕事以外の興味といえば、スポーツかセックス（両方いっしょなら、なおいい）しかないはずだ。

前者の話であるはずはないが、後者であってもほしくないな、と艦長は願った。同じ部署の指揮官ならかならず出くわす問題のほとんどに、ノートンも出くわしていた——ただし、任務遂行中の計画外出産、という古典的問題だけはべつだ。この状況はやたらジョークのネタになるわりに、実際にはまだおこったためしがなかった。もっとも、そのようなはなはだしい不公平が是正されるのは、たんに時間の問題だろうが。

「で、ジミー、なんの話だね？」

「名案があるんです、中佐殿。南方大陸への到達方法です——〈南極〉にも行けそうな方法です」

「聞かせてもらおう。どんな方法だね？」

「ええと——飛んでいくんです」

「ジミー、それだったら、すくなくともこれまでに五通りの提案を受けたよ——地球からいってきたバカげたアイディアまで入れれば、それ以上だ。宇宙服の推進装置を使う方法も考えてみたが、空気の抵抗があってとてもむりとわかった。十キロも行かないうちに、燃料切れになってしまうんだ」

「わかっております。でも、解決法があるんです」

パク中尉の態度には、完全な自信と押さえきれぬ不安とが、奇妙に入りまじっていた。ノートンはすっかり当惑した。この坊やはなにを心配してるんだ？　筋の通った提案なら、けっして法廷からつまみ出されるはずはないことぐらい、おれの性格を知りぬいているのだから、わかりそうなものじゃないか。

「よし、続けたまえ。実行可能な案なら、きみの昇進をさかのぼらせる面倒も見ようじゃないか」

　その約束とも冗談ともつかぬ提案は、期待したほどの効果をあげられなかった。ジミーはむしろ気弱な笑いを見せ、何度か出だしにしくじってから、遠まわしに主題へとアプローチすることに決めた。

「中佐殿は、去年わたしが〈月面オリンピック〉に出場したことを知っておられますね」

「むろんだとも。残念ながら優勝はできなかったがね」

「あれは機械が悪かったんです。原因はわかってます。あれの研究をやってる友人が、火星にいましてね、秘密研究なんです。世間をあっといわせたくて」

「火星に？　そりゃ知らなかった……」

「知ってる人はあまりいません――このスポーツは、あそこではまだ新しいんです。やっているのは、クサンテ・スポーツドームだけです。ところが、太陽系一の空気力学者は、火星にいるのです。あそこの大気中で飛べるなら、どこへ行ったって飛べるわけです。

そこで思いついたのは、もし火星人がそのノウハウを総動員して、いい機械を作れば、月面ではまちがいなくうまくいくだろうと――あそこは重力が半分しかありませんから」

「なかなかいい思いつきだが、それがどうわれわれの役に立つのかな？」

ノートンはすでに呑みこみ始めていたが、ジミーの口からそれをいわせたかった。

「で、わたしはローウェル・シティで友人たちと組織を作りました。連中はこれまでだれも見たことのないような、いろんな改良を加えた完全な曲技飛行器《エアロバティツク・フライヤー》を作りあげたんです。月面重力下のオリンピックドームにもっていけば、センセーション疑いなしです」

「そして、きみは金メダルか」

「そう願ってます」

「きみのアイディアをわたしが正確にのみこめたかどうか、いわせてくれたまえ。六分の一G下の〈月面オリンピック〉に登録できるスカイバイクなら、無重力のラーマ内ではいっそうセンセーショナルだ。〈北極〉から〈南極〉まで中心軸沿いにまっすぐ飛べるし――帰ってくることもできる」

「ええ――やすやすとです。無着陸《ノンストップ》でも片道三時間かかるでしょうが、もちろん、休みたければいつでも休めます。中心軸の近くにとどまっているかぎりは」

「すばらしいアイディアだ。おめでとう。スカイバイクが正規の宇宙調査用備品でないのは、いかにも残念だね」

ジミーは適当な言葉を探すのに、苦労している様子だった。何度か口を開いたが、声は出てこなかった。

「よしよし、ジミー。しつこいようだが、完全なオフレコとして聞きたいんだが、きみはどうやってそいつを、こっそり運びこんだのかね？」

「そのう――〝娯楽用品〟扱いで」

「まあ、嘘ではないな。で、重量は？」

「たった二十キロです」

「た、たっただと！　でも、思っていたほどじゃないな。ほんとのところ、そんな重さでバイクが作れるとは、驚きだ」

「十五キロのもありますが、もろすぎて、ターンするとたいてい潰れてしまいます。ドラゴンフライ号には、そんな危険性はまったくありません。前にもいいましたように、完全に曲技飛行用ですから」

「とんぼ号《ドラゴンフライ》か――いい名前だ。では、それをどう使う計画か、話したまえ。それしだいで、昇進か軍法会議かを決めることにしよう。あるいは、その両方をだ」

25 処女飛行

ドラゴンフライ号とは、たしかにぴったりの名だった。長い先細りの翼は、ほとんど目に見えず、ただある角度から光があたって屈折するときだけ、虹の色をおびる。デリケートなエアロフォイル部分は、さながら石鹼の泡に包みこまれているよう。このちっぽけな飛行器《フライヤー》を包んでいる被覆物は、たった数個分の分子の厚さしかない有機物質の薄膜だが、それでいて時速五十キロの気流の動きを制御し、誘導できるほどの強靭さをもっている。

パイロット――同時に、動力源と誘導システムをも兼ねる――は重心にある小さな座席に、空気抵抗を少なくするため、なかば仰向けの姿勢ですわる。操縦は、前後左右に自在に動く一本の桿によっておこなわれる。〝計器〟といえるものは、相対風の方向を示すために翼の前縁につけられた、おもりつきのリボンぐらいなものだ。

いったんその飛行器が〈軸端部〉で組み立てられるや、ジミー・パクはだれにもそれをさわらせようとしなかった。なれない手でうっかりさわれば、繊維だけでできた構造物のひとつも折りかねないし、それでなくとも、光にきらめく翼を見れば、だれもがいじってみたいという誘惑にかられる。ほんとにそこに物体がある、ということすら信じがたいほどなのだ……。

ジミーがその珍機械に乗りこむのを見守りながら、ノートン中佐は後悔の念にかられ始めた。ドラゴンフライ号が〈円筒海〉を飛びわたったあとで、あの針金みたいに細い支柱の一本が折れでもしたら、ジミーは帰還の方法がなくなるだろう――たとえ、向こうに無事着陸することができたとしてもだ。かれらはまた、宇宙探検のもっとも神聖なルールのひとつを破ろうとしていた。隊員が単独で、救助の可能性のまったくない未知の領域へ飛びこむのだ。わずかな慰めは、いついかなるときでもジミーの姿がよく見え、連絡もとりあえるということだけだった。もし災難に出くわしても、なにがどうおこったのかは正確に知ることができるというわけだ。

しかし、これほどの好機を逸する手はなかった。運や宿命を信じる者にとって、ラーマの反対側に到達し、〈南極〉の秘める謎をまぢかに見る唯一のチャンスを無視するのは、神そのものに挑戦するにもひとしい。ジミーは自分がいま試みようとしていることを、同僚のだれにいわれるよりもはるかに深く知っていた。これこそまさしく、おかさねばならぬたぐいの危険なのだ。失敗するかしないかは、ゲームのツキしだい。連戦連勝を望むのはむりというものだ……。

「注意して聞いてね、ジミー」と、アーンスト軍医中佐がいった。「大切なことは、力を出しすぎないことよ。いいこと、中心軸付近の酸素レベルは、まだとても低いの。息苦しくなったら、いつでもすぐ止まって、三十秒間呼吸を早めるのよ――それ以上はだめ」

操縦装置をテストしながら、ジミーは気もそぞろにうなずいた。そまつな操縦士席の五メートル後方にある張り出し材《アウトリガー》の上に孤立した、方向・昇降舵のアセンブリー全体が、身をよじり始めた。続いて主翼の中ほどのところにあるフラップ形式の補助翼《エルロン》が、交互に上下動した。

「プロペラのまわし役は、ぼくがやろうか？」二百年前の戦争映画の名場面が、頭のなかでつぎつぎ甦るのを押さえかねながら、ジョー・キャルヴァートは訊いた。「点火！　接続！」おそらくジミー以外には、ジョーがなにをいっているのかだれも理解できなかっただろうが、その場の緊張をやわらげる役には立った。

ジミーはごくごくゆっくりと、ペダルを踏み始めた。プロペラの弱々しげな幅広のファンが――翼同様、きらめく薄膜に覆われたデリケートな骨組だ――回転を始めた。それは数回転しただけで、もう完全に見えなくなった。そしてドラゴンフライ号は、壮途についた。

ドラゴンフライ号は〈軸端部〉から一直線に飛び出して、ラーマの中心軸沿いにゆっくりゆっくり移動していった。百メートル行ったところで、ジミーはペダル踏みをやめた。明らかに空気力学的な乗物が空中に静止しているところは、奇妙な眺めだった。たぶん、大型の宇宙ステーション内のごく限られた場所以外で、そうした光景が見られるのは、これが初めてにちがいない。

「調子はどうかね？」ノートンが呼びかけた。

「反応は上乗ですが、安定性はよくありません。でも、原因はわかってます——無重力のせいですよ。一キロほど高度を下げれば、もっとよくなります」

「ちょっと待て——そうしても安全か？」

高度を失うことで、ジミーは最大の利点を犠牲にすることになる。中心軸上にとどまるかぎり、ジミー——とドラゴンフライ号——は完全な無重量状態にある。なにもしないで浮かんでいられるし、眠りたければ眠ることもできる。だが、ラーマが自転する中心線から離れるやいなや、遠心力による疑似重量がかかってくるのだ。

したがって、同じ高度を維持できなければ、ジミーはどんどん落ち続け——同時に、どんどん重くなる。加速のプロセスが始まり、最後は大惨事で終わることもありうるだろう。〈ラーマ平原〉上の重力は、ドラゴンフライ号が飛べるように設計されたそれの、ゆうに二倍はあるのだ。ジミーならなんとか無事に着陸できるかもしれないが、二度と離陸できないことも明らかだった。

だが、ジミーはすでになにもかもが計算ずみだったので、自信満々答えた。「十分の一Gなら、なんの苦もなくこなせます。空気が濃ければ、もっとらくらくやれますよ」

のろのろとゆるい螺旋を描きながら、ドラゴンフライ号は空中を漂っていき、〈階段アルファ〉の線上をほぼたどって、〈平原〉へと降りていった。角度によっては、小さなスカイバイクの姿はほとんど見えなくなる。すると、ジミーだけが、宙にすわって必死に足を動かしているように見えた。ときおり、時速三十キロまでスパートをかける。あとは止まるまで滑空しながら、操縦装置の手ごたえを確かめ、ふたたび加速に入るのだ。ラーマの湾曲表面からは、つねに安全距離をたもつよう、細心の注意をはらっていた。

低い高度のほうがずっとうまく飛べることが、まもなくわかってきた。ドラゴンフライ号はもはや、どんな角度にも横揺れしなくなり、翼を七キロ下の〈平原〉と平行させて安定をたもっていられるようになった。ジミーは数回大きく旋回してから、ふたたび上昇を開始した。最後に、待ちわびる仲間の頭上数メートルのところに停止したが、遅まきながらそのとき、この希薄な乗物をどうやって着陸させたものか、まったく自信のないことに気がついた。

「ロープを投げてやろうか？」ノートンはなかば本気でたずねた。

「いえ、艦長《スキッパー》——こいつは自分だけでやらないと。向こうへ行ったら、助けてくれる人はいないでしょうからね」

ジミーはしばらくすわって考えていたが、やがて、短い急激な力走をくり返しながら、ドラゴンフライ号を〈軸端部〉に向けて進ませ始めた。力走をやめるたびに、空気の抵抗が行き足を止めるので、機体は急速に運動量を失っていった。五メートルほど手前までくると、スカイバイクはまだ動いているのに、ジミーは飛びおりた。そのまま〈軸端部〉にあやとり状にかけられたガイドロープのなかで、いちばん近いやつに漂いよってつかみ、くるりとふり返るや、近づいてくるスカイバイクを両手で抱きとめた。その手なみがあまりにあざやかだったので、ひとしきり拍手が湧きおこった。

「ぼくのつぎの出番はなさ――」ジョー・キャルヴァートがいいかけた。

ジミーはすばやく、賞讃の口を封じた。

「だいぶてこずったけど、いい方法を考えつきましたよ。二十メートル線に吸着弾をつけたやつをもっていけば、好きな場所に降りられます」

「脈を見せなさい、ジミー」と、軍医が命令した。「それから、この袋に息を吹きこむの。血液サンプルもとりたいわ。呼吸は苦しくなった？」

「苦しいのはこの高度でだけですよ。ねえ、なんで血がほしいんです？」

「糖レベルよ。どれだけエネルギーを使ったかがわかるわ。今度の任務に必要なエネルギー量を、確かめておかなければね。ところで、スカイバイク飛行の耐久レコードはどれくらい？」

「二時間二十五分〇三・六秒。月面でです、もちろん――オリンピックドームの二キロサーキットでね」

「六時間までは引きあげられそう？」

「らくらくですよ、休みたいときに休めるんですから。月面のスカイバイク飛行は、ここのに比べて、すくなくとも二倍は苦しいんですから」

「いいわ、ジミー――実験室に戻りましょう。このサンプルの分析が終わったらすぐ、ゴーかノーゴーか判定をくだしてあげるから。べつに気休めをいうつもりはないけど――あなたなら大丈夫だと思うわ」

満足そうな微笑が、ジミー・パクの青じろい顔いっぱいに広がった。エアロックに向かうアーンスト軍医のあとにしたがいながら、仲間たちに叫びかえした。「頼むから、触らないでくれよ！　こぶしを翼に突っこまれたら、たまらないからね」

「気をつけておくよ、ジミー」と、ノートン中佐は約束した。「ドラゴンフライ号には、全員接近禁止だ――わたしを含めてな」

26　ラーマの声

〈円筒海〉の岸に達するまでは、この冒険がもつ真のスケールに、ジミー・パクは気づかなかった。そこまでは、既知の領域の上空だから、よほど破滅的な機体の損傷でも生じないかぎり、いつでも着陸して、数時間で基地まで歩いて帰れるのだ。

そのような選択の自由は、もはやない。もし〈海〉に落ちたら、すこぶる不愉快なことだが、毒を含んだ水中でたぶん溺れ死ぬだろう。たとえ〈南方大陸〉に無事に着陸できたとしても、ラーマの向日軌道からエンデヴァー号が離脱するまでには、救出が不可能かもしれないのだ。

ジミーはまた、予想可能の災難はいちばんおこらない災難だという真理に、痛いほど気づいていた。これから飛ぶ完全に未知の地帯には、どんな驚きが待ちかまえているかしれやしない。たとえば、そこに飛行生物がいて、ジミーの侵入に反撃してきたら？　ハトより大きなものと空中戦を演じるのは、願いさげだった。突つきどころが悪かったら、ドラゴンフライ号の空気力学はたちまち崩れてしまう。

とはいうものの、危険がなければ、功績にはならないし——冒険の意味もない。そうなったら、ジミーと喜んで入れ代わる人間がごまんと出てくるだろう。ジミーがこれからおもむく場所は、前人未踏であるだけではない——今後ふたたび人間の踏みこめぬ場所なのだ。全歴史を通じて、ラーマの南方領域を訪れるただ一人の人間になれる。恐怖が心に湧きあがるたびに、ジミーはすぐそう考えて自分をはげました。

ジミーはようやく、自分をとりかこむ世界のなかで、宙空にすわっていることに慣れてきた。中心軸から二キロ下降したので、上下の感覚もはっきりつかめるようになっていた。大地はほんの六キロ下方だが、天穹《てんきゅう》は頭上十キロにある。天頂近くには、〈ロンドン〉がかかっている。いっぽう〈ニューヨーク〉は、進路正面、まっすぐ前方にひかえていた。

「ドラゴンフライ号へ」〈軸端司令部〉が呼びかけてきた。「ちょっぴり下降しているぞ。軸から二千二百メートルだ」

「ありがとう」ジミーは返事した。「高度をあげる。二千に戻ったら教えてくれ」

これは気をつけていなければならぬことだった。気づかぬうちに高度が落ちてくるのだが、それを正確に教えてくれる計器がないのだ。中心軸のゼロ重力地帯からあまり離れすぎると、二度とそこへ飛び上がれぬおそれがある。さいわい、誤差の許容範囲がかなりあるうえ、常時だれかが〈軸端部〉で、望遠鏡ごしに飛行器の進みぐあいを監視してくれていた。

着実に時速二十キロの速さでペダルを踏みながら、いまや〈海〉の上空をだいぶ沖へ出ていた。あと五分で、〈ニューヨーク〉上空に達するだろう。すでにその島影が、〈円筒海〉を永遠にめぐり続ける船のように現われていた。

〈ニューヨーク〉に到達すると、上空を一度旋回したのち、小型TVカメラで鮮明な安定画像を送りかえすため、数回停止した。建物や塔や工場や動力ステーション――あるいは、それらがなんであれ――の景観は、魅力たっぷりではあるが、基本的な意味に欠けていた。その複雑な眺めをいくらみつめ続けたところで、なにひとつわかりそうにもない。いくらがんばったところで、カメラの詳細な記録にはおよぶべくもないのだ。そしていつの日か――おそらく何年もたってから――どこかの学究がそのなかに、ラーマの秘密を解く鍵を発見することになるかもしれない。

〈ニューヨーク〉を離れたあと、ジミーは〈海〉の残り半分をわずか十五分で横断した。無意識のうちに、水上を急スピードで飛んだからだが、南岸に到達したとたん、思わず気がゆるんで、速度を時速数キロにまで落としてしまった。完全な未知の領域内に入ったにせよ、すくなくとも陸地の上にいることは確かなのだ。

〈海〉の南限を示す巨大な断崖を越えるとすぐ、ジミーはTVカメラをぐるりとひとめぐりさせて、この世界をくまなく写し撮った。

「おみごと！」と、〈軸端司令部〉がいった。「こいつは地図作成者の連中をうれしがらせるだろう。気分はどうだね？」

「上々だよ――ほんのちょっと疲れたけど、思ったほどじゃない。〈極点〉まであとどのくらいかな？」

「十五・六キロだ」

「十キロになったら教えてくれ。そこで休息をとるから。それと、また下降しないように注意を頼む。あと五キロになったら、上昇を開始するよ」

二十分後、世界はまぢかに迫ってきた。円筒部分の端に到達し、いよいよ南側のドーム部分に入ろうとしているのだ。

ジミーはラーマの反対側の末端から、望遠鏡ごしに何時間もここを研究したので、その地理はすっかり脳裏に刻みこまれていた。それでも、周囲に展開される壮観な眺めに対しては、じゅうぶんな心がまえができていなかった。

ラーマの南端と北端は、ほとんどあらゆる点で完全に異なっていた。ここには三組の階段も、せまい同心円状の積層テラスも、〈軸端部〉から〈平原〉にかけてのなだらかなカーヴもない。そのかわり、長さ五キロ以上の巨大な中央尖塔が、中心軸に沿って突出している。そのまわりには、中央塔の半分ほどの小塔が六本、等間隔で並んでいた。全体の感じは、さながら洞窟の天井からたれさがるきわめて対称的な鐘乳石の一群のようだ。あるいは、見方をかえて、クレーターの底に立つカンボジア寺院の尖塔群というところか……。

これらのほっそりとした先細りの尖塔群をつなぎあわせ、そこからなだらかに下降して〈円筒平原〉に合体している飛び控え壁《フライング・バットレス》は、いかにもがっしりとして、この世界の全重量をささえられるだけの強固さをもっているようだ。いや、おそらくそれこそ、これらの壁の機能なのだろう。だれかが指摘したように、もしこれがほんとうに異星の推進機関《ドライヴ》の構成要素であるならば。

パク中尉は用心ぶかく中央尖塔に接近すると、百メートルも手前でペダル踏みをやめ、あとはドラゴンフライ号の漂うにまかせた。放射線量を調べてみたが、ラーマ自体のきわめて低い自然放射線量《バックグラウンド》しか検出されなかった。地球人類の計器では探知不能のなにかの力《フォース》が存在していないともかぎらないが、だとすれば、それは避けては通れぬ新たな危険ということになる。

「なにが見えるね？」〈軸端司令部〉が心配そうにたずねてきた。

「〝大きな角《ビッグホーン》〟だけだ——完全にすべすべで——なんのマークもない——先端は鋭くとがっていて、針に使えるぐらいだ。そばへ寄るのもびくびくものさ」

半分はジョークだった。こんなにがっしりと巨大な物体が、これほど幾何学的に完全な一点に向かって先細りに仕上げられているとは、信じがたい離れわざだ。ジミーはピンでとめられた昆虫のコレクションを見たことがあるが、愛機ドラゴンフライ号が似たような運命に出くわすのだけは、ごめんだった。

ジミーはゆっくりペダルを踏んで前進し、尖塔がさしわたし数メートルほど張り出しているあたりで、ふたたび停止した。小さな容器をあけると、野球ボール大の球体を慎重な手つきでとりだし、これを尖塔へ向かってかるく放り投げた。球体は漂い流れながら、見えるか見えないほどの細糸をくり出していく。

吸着弾はなめらかに湾曲した表面にぶつかり――はね返らずに止まった。ジミーはためしにかるく細糸を引いてみてから、今度は強く引っぱった。漁師が獲物をたぐりよせるように、いみじくも〈ビッグホーン〉と名づけたものの先端めざして、ゆっくりドラゴンフライ号を近づけていき、最後に両手をのばして、機体と尖塔を接触させた。

「これもまあ、着陸のうちなんだろうな」ジミーは〈軸端司令部〉へ報告した。「ガラスみたいな感触だ――摩擦がほとんどなく、かすかにぬくもりが感じられる。吸着弾はうまく働いた。今度は集音マイクを試してみよう……吸着板がうまくくっつくかどうか……導線をさしこんでと……なにか聞こえるかい？」

長い沈黙のあと、〈軸端司令部〉はうんざりしたような口調で答えた。「コトリともしないね、いつもの加熱ノイズ以外には。ちょっと金属片でたたいてみてくれないか？　内部が空洞かどうかぐらいはわかるだろう」

「了解。おつぎはなにを？」

「尖塔沿いに飛んで、半キロごとに完全走査をやりながら、異常なものを探してほしい。

あとは、まちがいなく安全とわかったら、〈小さな角《リトルホーン》〉のどれかに行ってもいいよ。ただし、あくまでもきみが、ゼロGの場所へ問題なく戻れるかどうかを、確認してからだ」

「中心軸から三キロあたりは——月面重力よりやや強いぐらいだ。ドラゴンフライ号の設計はそれに合わせてある。ちょっとがんばる必要がありそうだな」

「ジミー、こちら隊長だ。それについては考えなおした。きみのとった写真から判断すると、小さい塔も大きなやつと同じらしい。ズームを使って可能なだけカバーしてくれ。低重力地帯から離れてほしくないんだ……とくに重要と思われるものを発見したというのでなければな。その場合は、よく話し合おうじゃないか」

「了解、艦長《スキッパー》」そう答えたジミーの声には、心なしかちょっぴり安堵の色が感じられた。「〈ビッグホーン〉から離れないことにします。では、もう一度出発」

ジミーは信じられぬ細さと高さにそびえる峰々にはさまれた狭い谷間へと、一直線に落ちていくような気がした。〈ビッグホーン〉はいまや頭上一キロの高さにそそり立ち、六本の〈リトルホーン〉がジミーを囲みこむようにぐんぐん巨大化していく。眼下の斜面《スロープ》をとり巻いている控え壁と飛びアーチの複合建造物が、急速に近づいてくる。あのばかでかい建造物群のうちのどこかに、はたして無事着陸できるかどうか、ジミーは心細くなってきた。もはや〈ビッグホーン〉自体への着陸は不可能だった。しだいに裾野を広げていくその塔の重力は、いまや吸着弾の弱い力では太刀打ちできぬほど強くなっているからだ。

〈南極〉に近づくにつれ、自分が巨大な大伽藍の丸天井の下を飛んでいる雀のように感じられてきた――もっとも、ここの大きさにくらべれば、人間の建てた寺院など百分の一以下のスケールしかないのだが。つかのまジミーは、これはほんとうに宗教的な聖堂か、そうでなくともそれに似たものなのではないか、と考えかけたが、すぐにその考えをうち消した。ラーマのどこを見ても、芸術的表現物はかけらもない。すべてが純粋に機能本位に作られていた。おそらくラーマ人は、宇宙の究極的な秘密を解明できたと信じていたのだろう。だから、人類を駆りたてている憧憬とか向上心とかにとりつかれることは、こんりんざいなかったのだ。

それは背すじのうそ寒くなるような考えで、平凡な、さほど深遠でもないジミーの哲学から見れば、まったく異質なものだった。ジミーは交信をすぐさま再開したい衝動にかられ、遠方の仲間たちに現状報告を送りかえした。

「ドラゴンフライ号、もう一度しゃべってくれ」〈軸端司令部〉は応答してきた。「内容がよく聞きとれない――送信波のぐあいがおかしいんだ」

「くり返す――現在、六番目の〈リトルホーン〉近くにいる。吸着弾を使って、機体を固定しにかかってるところだ」

「一部しか聞きとれない。こっちのいうことは聞こえるか？」

「ああ、完全に。くり返す、完全にだ」

「数をかぞえてみてくれないか？」

「一、二、三、四……」

「一部は聞こえた。ビーコンを十五秒だけくれ。そのあと、音声に戻る」

「そら、いくぞ」

ジミーは、ラーマ内のどこにいても位置を知らせる低出力ビーコンのスイッチを入れ、秒読みをした。ふたたび音声交信に戻ると、不審げに訊いた。「どうなってるんだい？ 今度は聞きとれるか？」

たぶん〈軸端部〉には聞こえなかったのだろう。管制官がそのとき、今度はＴＶ波を十五秒送れ、と要求してきたからだ。同じ質問を二度くり返すと、やっとジミーの通信は向こうへとどいた。

「よかった。きみのほうは聞こえるんだね、ジミー。しかし、そっちの端では、なにかきわめて奇妙な事態が生じているらしい。聞いてくれ」

受信器を通して、ジミー自身のビーコンが出す、聞きなれた信号音が送りかえされてきた。最初のうちはいつもと変わりなかったが、やがて気味のわるいひずみが混じりだした。千サイクルの信号音が、ほとんど可聴範囲以下のきわめて低い、くぐもったような脈動音によって変調をおこしていた。一種の男声最低音《バッソ・プロフンド》的なはためき音で、振動が個々別々に聞きわけられた。しかも、その変調音がそれ自体変調を来たしていて、ほぼ五秒間隔で高くなったり低くなったりをくり返している。

　自分の無線送信器が狂ったのだとは、毛ほども疑わなかった。これは外部からの影響にちがいない。とはいうものの、それがなんであり、なにを意味するのかは、ジミーの想像の域を越えていた。

〈軸端司令部〉にしても、ジミー以上に知ってはいなかったが、すくなくとも理屈だけはつけてくれた。

「こちらの考えでは、きみはいま一種のきわめて強い力場――たぶん磁場のなかにいるにちがいない――周波数は約十ヘルツだ。この強さでは、人体に有害かもしれない。ただちにそこを離脱したまえ――ひょっとしたら、局地性のものかもしれないからね。もう一度ビーコンをつけてくれ。そちらへ送りかえすから。そうしておけば、いつ干渉範囲を出たかが、自動的にわかる」

　ジミーは着陸を断念すると、大急ぎで吸着弾をもぎとった。大円を描きながらドラゴンフライ号を転回させ、そのあいだも、イアフォンのなかではためく音に耳をすませ続けた。ほんの数メートル飛んだだけで、干渉の強度がみるみる減衰したことがわかった。〈軸端司令部〉の推測どおり、怪音はごくごく局所的なものだったのだ。

　頭の奥でかすかに脈うつような怪音が感じとれる最後の地点で、ジミーはしばらく停止した。野蛮な原始人が無知ゆえの畏怖に打たれて、巨大な変圧器の低いうなりに耳をすませているようなものかもしれなかった。だが、そんな野蛮人でも、いま聞いている音がじつは、完全に制御されたまま活動の時節を待っている厖大なエネルギーから、すこしずつ漏れ出る空電にすぎないということぐらいは、推量できるかもしれない……。

この怪音がなにを意味するにしろ、ジミーはそこから逃がれ出たことを喜んだ。独りぼっちの人間がラーマの声に耳をかたむけるには、〈南極〉の建造物群がのしかかるように並び立つこんな場所は、とてもふさわしくなかった。

27　対流放電

帰投しようと機首を転じたとき、ジミーにはラーマの北端が、信じられぬほど遠く感じられた。ここから見ると、あの三本の大階段でさえ、この世界を閉じているドームに刻みこまれた〝Y〟の字として、かろうじて見える程度なのだ。〈円筒海〉の帯は、広大な危険にみちた障壁となって、ジミーのもろい翼が、イカロスのように使いものにならなくなったら最後、ひとのみにしようと待ちかまえていた。

だが、往路にはなんの障害もなかったことだし、すこし疲れを感じてはいたが、心配ごとはおこるまいと思った。食物にも水にも手をつけなかったし、興奮のあまり休息をとることも忘れていた。帰りの旅ぐらいはリラックスして、気楽にいこう。そのうえ、うれしいことに、帰路は往路より二十キロは短いのだ。〈海〉さえのりきれば、〈北方大陸〉のどこにでも緊急着陸できる。その場合、ちょっと厄介なことにはなる。長行軍を覚悟しなければならないし、それ以上に、ドラゴンフライ号を見捨てなければならなくなるからだ――とはいうものの、この考えは、気分をすっかり楽にしてくれた。

ジミーは中央尖塔を逆に登るようにしながら、高度をとっていった。〈ビッグホーン〉の尖った針は前方へ一キロにわたって延びていて、これこそこの世界の回転軸ではないかとときどき感じた。

奇妙な感じに襲われたのは、もうすこしで〈ビッグホーン〉の先端に達しようというときだ。虫の知らせというか、心理的にはむろんのこと、肉体的にも不快な感覚がジミーを襲ったのだ。突然、古い文句が心にうかんだ――なんの助けにもならなかったが――〝だいいい、いいい、いいいいいい、れかがおまえの墓の上を歩いている〟。

最初、ジミーは肩をすくめただけで、着実にペダルを踏み続けた。漠然とした不快感などといった些細なことを〈軸端司令部〉へ報告しようとは思わなかったが、その感覚が強まるにつれ、報告したい誘惑に負けそうになった。これは心理的なものではありえない。もしそうだとすれば、自分の精神は思ったより強いことになる。なぜなら、文字どおり皮膚がむずむずし始めたのが感じられたのだから……。

ジミーはすっかりビクついて、宙空に停止すると、状況を検討し始めた。状況をひどく奇妙なものにしているのは、この押しつけるように重苦しい感じが、未経験のものでないという事実だった。以前にも味わっているのだが、どこでだったのかを思いだせないのだ。

まわりを一瞥したが、なにも変化はしていない。〈ビッグホーン〉の巨大な尖塔は数百メートル上にあり、その先には、ラーマの向こう端が空にかかっていた。八キロ下には、ジミー以外にだれも見ることのできないかずかずの驚異にみちた〈南方大陸〉の複雑なつぎはぎ模様がよこたわっている。異境ではあるが、今では親しみも出てきた風景のなかに、不安の種をみつけることはできなかった。

なにかが手の甲をくすぐっている。しばらくは、確かめもせず虫がとまっているのだろうと思って、手ではらいのけようとした。とちゅうで、自分の行為に気づいて手をとめると、すこし間がぬけているなと思った。もちろん、ラーマで昆虫を見たものなどいないのだ……。

ジミーは手をあげると、不思議そうに見つめた。くすぐるような感じがまだのこっていたからだ。そのとき、ジミーは手の甲の毛の一本一本が、すべてまっすぐに突っ立っているのに気づいた。前膊部も同様だった――手でさぐってみると、頭髪もそうだった。

なるほど、これが原因だったのだ。ジミーはおそろしく強力な電界のなかにいるのだ。先刻感じた重苦しい感覚は、地球上でときどき雷雨に先立っておこるあの感覚だったのだ。

自分の窮状を突然さとると、ジミーはほとんど恐慌状態におちいった。誕生以来いままでに一度も、肉体上の危険にさらされたことはなかった。すべてのスペースマンと同様に、巨大な機械に対して抱く恐怖の瞬間や、いろんなミスや未経験がもとで、自分が危殆《きたい》に瀕していると、あやまって信じてしまうことがよくあることも承知していた。しかし、これらの事態はいずれも数分とは続いたためしがなく、普通はほとんどすぐに、そういった事態を笑いとばせたのだが……。

今度ばかりは、さっさと逃げだせる出口がない。いまにも猛威をふるいそうな巨大な力にとりかこまれ、突然敵意をむきだしにした空の下に、ジミーはたったひとり裸でいるのだ。ドラゴンフライ号——もともとこの上なくもろいものだが——は、空中をただよう蜘蛛の糸よりも弱々しく見える。つのりくる嵐の最初の一撃で、こなごなにされてしまうにちがいない。

「〈軸端司令部〉へ」ジミーはせきこんだ。「まわりで静電気の量が高まっている。いまに雷雨がくるらしい」

まだしゃべり終わらぬうちに、背後で光がきらめいた。十も数えないうちに、最初のゴロゴロという音が達した。三キロメートル——とすると〈リトルホーン〉のあたりだ。その方角を眺めると、六本の尖塔のどれもこれもが燃えさかっているように見えた。長さ数百メートルにおよぶブラシ放電が、尖塔の先端から先端へと踊りまわり、さながら尖塔たちが避雷針の役目をはたしているようだ。

背後でおこっている現象は、〈ビッグホーン〉の先細《さきぼそ》りの尖端部付近なら、もっと大規模なスケールでおこりそうだ。この危険な構造物から可能なかぎり遠くへ離れて、安全な空間をさがすことが先決だった。ふたたびペダルを踏み始めると、ドラゴンフライ号にあまり負担をかけないように心をくばりながら、できるだけ迅速にスピードをあげていった。

と同時に、高度を失い始めた。これは高重力地帯へ入ることを意味するが、その危険をおかす覚悟はできていた。八キロという距離は、大地からあまりに遠すぎて安心できないからだ。

〈ビッグホーン〉の不吉な黒い大尖塔は、まだ目に見える放電からはまぬがれていたが、そこに厖大な電位が溜まりつつあることは疑いようがない。ときおり背後で、何度も雷鳴がとどろきわたっては、この世界の円周をぐるぐる転げまわった。完全な晴天なのにこんな嵐が発生することがいかに奇妙か、ジミーは気づいてはっとした。そしてこれが気象現象などではないことを悟った。実際には、ラーマの南極ドームの下深く隠された源から、たんにエネルギーが洩れ出ているだけにすぎないのかもしれない。だが、なぜよりによっていまなのだ？　そしてもっと重要なことは——つぎにはなにがおこるのか？

いまはもう〈ビッグホーン〉の先端からかなり遠く離れていたので、まもなく雷光の範囲から外へ脱け出せそうだった。しかし、今度はべつの問題をかかえこむことになった。大気がしだいに荒れ狂い始め、ドラゴンフライ号の操縦が困難になってきたのだ。風はどこからともなく吹いているようだが、状況がさらに悪化するようなら、このスカイバイクのもろい骨組みは危険にさらされることになる。自分の力と動きの変化からくる揺れをなくそうとつとめながら、ジミーは慎重にペダルを踏みこんだ。ドラゴンフライ号はジミーの分身のようなものなので、部分的にはうまくいったが、突風が吹くたびに翼げたから聞こえるかすかなきしみと、翼がねじれるそのねじれかたが気に入らなかった。

ほかにも、ジミーを心配させるものがあった——かすかだが、押しよせるような音が確実にその強さを増しながら、〈ビッグホーン〉の方角からやってくるようなのだ。高圧下のバルブからもれるガスの音のようにも聞こえるので、ジミーは自分が苦闘しているこの乱流と、なんらかの関係があるのだろうかといぶかった。原因がなんだろうと、それはジミーの落ちつきをさらに失わせる根拠になった。

ジミーはおりにふれ、これらの現象を手短かに、息つくひまもなく〈軸端司令部〉に報告した。そこにいるだれ一人として、ジミーに助言してやれず、なにがおこっているのかを教えてやることさえできなかった。しかし、仲間の声を聞くのは慰めになった。たとえ二度とかれらに会うことはできないのだ、という恐怖を感じ始めていたにしろ。

乱流はますます激しさを増してくる。まるでジェット気流に突っこんだような感じだった——かつて地球上で、最高記録に挑んで高々度グライダーで飛んでいるときに経験したように。だが、ラーマの内部ではいったいなにが、ジェット気流をつくりだせるのだ？

ジミーは自分に正しい質問をしていた。それを系統だてて考えたとたん、すぐに答えがわかった。

ジミーが聞いた音は〈ビッグホーン〉のまわりで蓄積されたにちがいない、厖大なイオンをさらっていく対流放電なのだ。帯電した空気がラーマの軸沿いに吹き出すにつれ、よその空気がうしろの低気圧帯へ流れこんでいるのだった。ジミーはその巨大な、いまや二重に危険になった尖塔をふり返ると、そこから吹いてくる突風の境をみきわめようとした。おそらく最上の戦術は耳を頼って飛びながら、あのシュウシュウという不気味な音からできるだけ遠ざかることだ。

ラーマはジミーに選択の必要をなくしてくれた。だしぬけに背後で、炎が一面にわきおこり、空をうめつくした。ジミーはそれが六本の炎のリボンに分かれ、〈ビッグホーン〉の先端から〈リトルホーン〉のそれぞれに伸びていくのを見てとった。つぎの瞬間、激動がジミーのところに押しよせてきた。

28　イカロス

　ジミー・パクには無線連絡をとるひますらほとんどなかった。「翼がこわれる――墜落する――墜落する！」すでにドラゴンフライ号は、ジミーのまわりで優雅に崩壊を始めていた。左の翼が真ん中からぽっきり折れ、外側の部分だけが一枚の枯葉のように、ひらひらと舞っていった。右の翼は、もっとこみいった芸当を演じた。根もとからくるりとねじれて、先端が尾翼にからまるほど急角度に、うしろへ折れ曲がったのだ。ジミーはこわれた凧に乗って、ゆっくりと空から墜ちていくような気分だった。

　しかし、完全に無力ではなかった。プロペラはまだ動くので、ジミーに力が残されているかぎり、いくらか操縦の自由はきく。たぶん、五分間ぐらいはそれを利用できそうだ。〈海〉までたどりつける望みはあるだろうか？　いや――あまりにも遠すぎる。そのときジミーは、自分がまだ地球流にものを考えているのに気がついた。いくらジミーが達者な泳ぎ手でも、救助されるまでには何時間もかかるだろうし、そのあいだに、有毒な海水のために命がなくなるのは、まちがいない。唯一の希望は、陸の上に降りることだ。南側の垂直に切り立った断崖のことは、あとで考えることにしよう——もし〝あと〟があればだが。

まだこのあたりは十分の一Gの空域なので、落下はごくゆっくりとしているが、中心軸から離れるにつれて、まもなく加速が始まるだろう。しかし、空気抵抗がその状況をさらに混みいらせるから、けっきょく、それほど下降速度はふえないはずだ。ドラゴンフライ号は、動力がなくなっても、ぶかっこうなパラシュートとして働く。あと数キログラムの推力を加えさえすれば、ひょっとしたら生死の境目《さかいめ》を切り抜けられるかもしれない。それがいまはたったひとつの望みだった。

〈軸端司令部〉は、すでに通話をやめていた。仲間たちは、ジミーの身の上になにがおこっているのかをはっきり見てとり、言葉では力の貸しようがないことを知ったのだ。ジミーはいまや生涯最高の飛行技術を発揮していた。ジミーは陰気なユーモアでこう考えた——おれの観客がこんなに少なくて、しかもおれの微妙な腕の冴えを鑑賞できない素人《しろうと》なのは残念だ、と。

ジミーは大きな螺旋《らせん》を描いて降下していた。その傾斜角が水平に近いところでとどまっているかぎり、生存の可能性はじゅうぶんにある。こわれた翼が完全にもげてしまうのを恐れて、全力を出すのは見合わせているが、ペダルを漕ぐことが、ドラゴンフライ号に浮力をつけるのに役立っているようだった。そして、南へ機首を向けるたびに、ラーマが親切にもジミーのために用意してくれた壮麗な花火のショーを、鑑賞することができた。

電光の流れは、まだ〈ビッグホーン〉の先端から、下の小さな峰々へと踊り狂っていたが、いまではそのパターンの全体が回転していた。六つ叉の炎の王冠は、ラーマの自転に逆行し、二、三秒ごとに一回の回転をくり返しているのだ。ジミーは、巨大な電気モーターの作動を眺めているような気がしたが、たぶんその比喩は、まんざら的はずれでもなかったろう。

ジミーがまだ平たい螺旋を描きながら、〈平原〉まであとなかばの高さまで降りたとき、急に花火のショーが途絶えた。ジミーは空中から電圧がひいていくのを感じ、そっちに目をやらなくても、腕の毛はもう立っていないことを知った。命がけの飛行の最後の数分間、ジミーの気をそらしたり、じゃましたりするものは、なにもなさそうだった。

ほぼどの地域に着陸できるかは見当がついてきたので、ジミーは熱心な観察にとりかかった。その地方の大部分は、チェス盤のような枡目《ますめ》に仕切られ、そのひとつひとつがてんでんばらばらの環境を形づくっていた。まるで気のくるった造園師が好き勝手に作れといわれて、空想力を極限まで発揮したかのようだ。碁盤目の一枡《ひとます》は一辺が一キロ近くある正方形で、大部分のそれは平坦に見えたが、固体かどうかは確信がもてなかった。色彩と地肌があまりにもまちまちなのだ。ジミーはぎりぎり最後の瞬間がくるまで、判断をさしひかえることにした——もし、実際に選択の余地があればだが。

あと数百メートルの高さになったとき、〈軸端司令部〉へ最後の報告を入れた。

「まだいくらか操縦の自由がきく――あと三十秒で着陸――では、またそのあとで」

これは楽観もはなはだしく、みんなもそれを知っていた。しかし、ジミーはさよならをいう気はなかった。自分が最後まで恐れることなくがんばり続けたことを、仲間たちに知らせたかった。

事実、あまり恐怖を感じなかったし、これは自分としても意外だった。というのも、これまでジミーは、自分をとりたてて勇気のある人間だとは思っていなかったからだ。それはちょうど、自分とは直接関係のない、他人の奮闘ぶりを眺めているような気分だった。いや、むしろ、空気力学上のおもしろい問題を研究していて、いろいろなパラメーターを変えながら、なにがおこるかを試しているのに近い。ジミーが味わったほとんど唯一の感情は、いくつかの機会が――そのなかでいちばん重要なのは、来たるべき〈月面オリンピック〉なのだが――失われたことに対する、かすかな未練だった。すくなくとも、ひとつの未来は決定された。ドラゴンフライ号は、けっしてその勇姿を月面に現わすことはないだろう。

あと百メートル。対地速度は許容できそうだが、どれぐらいのスピードで落下しているのか？　だが、ひとつだけツイていることがある――地形は完全に平坦だ。渾身の力をふりしぼって、最後の推力をつけよう。用意――始め！

右の翼が、その義務を果たし終わって、ついに根もとからもぎとれた。ドラゴンフライ号は横転にうつり、それを防ぐために、ジミーは全体重をかけて、スピンに抵抗した。十六キロかなたでアーチのように弧を描いている風景をまっすぐみつめたとき、衝撃がおそった。

空がこんなにも堅いのは、不公平で、しかも不合理なことのように思われた。

29　最初の接触

　ジミー・パクが意識を回復して最初に気づいたのは、割れるような頭痛だった。でも、むしろそれを歓迎したい気持だ。すくなくともまだ自分が生きているという、それは証《あか》しだった。

　それから身じろぎしようとしたが、とたんに体の節々が多種多様な痛みに見舞われた。しかし、試してみたかぎりでは、どこの骨も折れてはいないらしい。

　そのあと、思いきって目を開けてみたが、すぐまた閉じてしまった。この世界の天井沿いに輝く帯状の太陽を、まともにみつめていることに気づいたからだ。頭痛の治療には、ちょっとおすすめできかねる眺めだった。

　その場に横たわったまま、体力が戻るのを待ちながら、あとどれくらいしたら目を開けても安全だろうかと考えているとき、だしぬけにすぐ身近で、なにかが嚙み砕かれるような音がした。その音のするほうへそろそろと頭を向けてから、思いきってまた目を開き——

——あやうくまた意識を失いかけた。

五メートルたらず向こうで、大きいカニに似た生き物が、あわれなドラゴンフライ号の残骸を平らげているようすなのだ。分別をとり戻したジミーは、ゆっくりと静かに体を横に転がして、怪物から遠ざかり始めた。いまにもはさみで捕まえられるのではないかと、胸がどきどきした。向こうが、すぐとなりにもっとうまそうなご馳走があるのを発見したらおしまいだ。しかし、怪物はジミーには見向きもしなかった。相互の距離が十メートルまで開くのを待って、ジミーは用心深く上体をおこした。

前よりも離れたこの位置からだと、相手はそれほど恐ろしくは見えなかった。低く平べったい体は、幅一メートル、長さ二メートルぐらいで、三つの関節のある六本の脚に支えられている。ジミーは、さっき相手がドラゴンフライ号を食べているように思ったのが、まちがいなのを知った。事実、どこにも口らしいものは見あたらない。怪物がやっているのは、じつは手ぎわのいいとり壊し作業だった。鋭いはさみを使って、スカイバイクをこまぎれに切り刻んでいるのだ。ついで、不気味なほど人間の手に似かよった、ずらりと並んだ操作器官が、そのこまぎれを拾いあげては、背中の上へ山積みしていく。

だが、こいつは動物だろうか？　最初見たときはそう思ったのだが、いまは考えなおしかけていた。相手の行動には、かなり高い知能をほのめかすような目的意識がある。純粋に本能だけで動く生物が、スカイバイクの残骸をこんなに丁寧に収集するとは思えない――――ひょっとして、巣を作る材料を集めてでもいるのならべつだが。

依然として自分を完全に無視している〈カニ〉に警戒の目をそそぎながら、ジミーはやっとの思いで立ちあがった。二、三歩よろよろと踏みだしてみて、なんとか歩けることがわかった。しかし、あの六本足が追いかけてきたら、逃げきれる自信はない。それから無線のスイッチを入れた。それがまだ作動することについては、一点の疑いも持っていなかった。ジミーが生きのびられるぐらいの墜落なら、ソリッドステートの電子回路は、ビクともしないはずだ。

ジミーは小声で呼んでみた。「〈軸端司令部〉、聞こえるか？」

「よかった！　無事だったか？」

「ちょいと揺さぶられただけだよ。これを見てくれ」

ジミーはカメラを〈カニ〉のほうに向けた。ドラゴンフライ号の主翼の最後の破壊を記録するのに、ちょうど間に合った。

「いったい、そいつは何者だ？——それに、なぜきみのバイクをむしゃむしゃやってるんだ？」

「こっちこそ知りたいよ。こいつ、ドラゴンフライ号をきれいに平らげちゃった。こっちに目をつけられちゃたまらないから、いまから退却する」

ジミーは一瞬たりとも〈カニ〉から目を離さずに、そろそろと後退した。向こうは、見落とした破片がないか探しているらしく、ぐるぐるとしだいに大きな螺旋を描き始めたので、初めてあらゆる方向から、相手を眺めることができた。

ジミーは最初のショックが薄れたいま、相手がじつにスマートな生き物なのを悟った。自動的にあたえた〝カニ〟という名は、ややもすると誤解を招くかもしれない。もしこの相手がこうもべらぼうに大きくなかったら、〝カブトムシ〟とでも呼んでいただろう。その甲羅には、美しい金属的な光沢があった。事実、ジミーは金属だと誓ってもいい気持にかられた。

これはおもしろい考えだ。すると、こいつは動物じゃなくて、ロボットなのだろうか？

ジミーはその考えを念頭において相手をみつめながら、その体のあらゆる特徴を分析した。口があるべきところには、さまざまの操作器官がついていたが、ジミーがそこから連想したのは、元気のいい男の子ならだれでも大喜びしそうな万能ナイフだった。そこには、やっとこも、探り針も、やすりも、いや、ドリルらしいものまであった。だが、これだけの証拠では、まだ決定的といえない。地球の昆虫界も、これらの道具に相当するすべてと、それ以上に多くのものを備えているからだ。動物かロボットかという疑問は、まだジミーの心のなかで、完全なバランスをたもっていた。

本来なら、その問題を解決してくれるはずの目が、かえって問題を曖昧にしている。第一、保護被覆のなかへあまりにも深く引っこんでいるので、そのレンズが結晶体なのかゼリー状なのかも、はっきりしない。そして、まったく無表情なうえに、驚くほどあざやかなブルーだった。その目は何度かジミーのほうを向いたにもかかわらず、ほんのかすかな興味の閃きすら示さなかった。ジミーのおそらくは偏見にとらわれた意見からすると、それがこの相手の知能水準を物語っている。ロボットにせよ動物にせよ、かりにも人間を無視するようでは、あまり頭がいいはずはない。

いまや相手は周回運動をやめ、まるでなにか聞こえないメッセージに耳をすますかのように、数秒間静止した。それから、一風変わった横揺れするような足どりで、〈円筒海〉の方角へと出発した。時速四キロないし五キロのスピードで、完全な直線状に去っていく。相手が二百メートルばかり遠ざかったときになって、ジミーのまだ完全にショックから覚めやらぬ心は、ようやくたいへんな事実に気づいた。愛するドラゴンフライ号の最後のいたましい残骸が、どこかへ運び去られようとしているのだ。ジミーはかっと頭にきて、がむしゃらに追跡を始めた。

その行動は、まったく非論理的ともいえなかった。〈カニ〉は〈海〉のほうを目ざしている——そして、もし救助隊がくるとすれば、それはこの方角しか考えられない。それに、この相手が戦利品をどうするつもりなのかも見とどけたかった。それがわかれば、向こうの動機も知能も明らかになるだろう。

まだ痛む打撲傷をかかえ、体の節々がこわばったままのジミーが、目的をもって動いている〈カニ〉に追いつくには、何分かかかった。ようやく追いつくと、ジミーは相手が自分の接近を気にしていないという確信をもてるまで、一定の距離をたもって、ついて行くことにした。そのときようやく、ドラゴンフライ号の残骸には水筒と非常食がまじっていることを思い出し、たちまち空腹と渇きにおそわれた。

なんということだ、時速五キロの容赦ないスピードで、この世界のこちら側半分にある唯一の食料と水が、自分から逃げて行くのだ。どんな危険があろうとも、なんとかあれをとり戻さなくては。

ジミーは真うしろから、慎重に〈カニ〉に接近した。その背後にくっつくと、六本の足の複雑なリズムを観察して、つぎの瞬間にどれがどの位置へくるかを予想できるまでになった。用意がととのうと、ジミーは早口に「失礼」とつぶやいて、すばやく手をのばし、自分の財産をひったくった。よもやスリの才能を発揮する日が来ようとは、これまで夢にも思わなかったジミーは、この成功にすっかり有頂天になった。一秒たらずで望みのものは手に入ったが、〈カニ〉のほうは着実な足どりをすこしも崩さなかった。

ジミーは十メートルほど後方にさがると、水筒で唇を湿し、それから乾燥肉のスティックをしゃぶり始めた。このささやかな勝利で、だいぶ気分が晴れてきた。自分の暗い未来のことを、あえて考える勇気もわいてきた。

生命あるかぎり、希望はある。とはいうものの、救助される可能性があるとも思えなかった。かりに、仲間たちが無事〈海〉を渡れたとしても、どうやったら、五百メートルも真下にいるかれらのところへたどりつけるのか？　「降りる方法はなんとしてでも見つけるよ」〈軸端司令部〉は約束してくれた。「あの断崖がどこにも切れ目なしに、この世界をとりまいているはずはない」ジミーは「どうしてだ？」とたずねたい誘惑にかられたが、思いなおしてやめた。

ラーマの内側を歩いていちばん奇妙なのは、いつも自分の行く先が見えることだ。ここでは、地平線の下にそれが隠れるということがない——世界の湾曲がそれを逆に目立たせている。しばらく前から、ジミーは〈カニ〉の目的地に気づいていた。前方にせりあがって見える陸地の上に、直径半キロほどの穴がある。それは〈南方大陸〉にある三つの穴のひとつだった。〈軸端部〉からでは、どれほど深さがあるのか測定が不可能だったしろものだ。三つとも、それぞれ月面の著名なクレーターにちなんで名前がつけられており、いまジミーが近づきつつあるのは〈コペルニクス〉だった。この名はどう見ても適切ではなかった。なぜなら、ここには外輪山も中央丘もないからだ。こちらの〈コペルニクス〉は、完全に垂直な側面を持った、たんなる深い縦穴か井戸にすぎない。

その内部がのぞけるほど近づいたとき、まずジミーの目にうつったのは、すくなくとも半キロほどの眼下にある、不気味なにぶい灰緑色の水たまりだった。それからすると、水面はほぼ〈海〉のそれと同じ高さになるので、ジミーはこの両者がひょっとしてつながっているのではと憶測した。

井戸の内部には、垂直な壁面のなかへ完全に凹んだかたちで、螺旋状の斜路《ランプ》が走っていて、上から見た印象では、巨大な銃身の旋条をのぞきこんだのと似ていた。その旋条がいったい何周しているのかは見当もつかない。ネジ谷を何周分か目でたどるうちに、ますます頭がこんがらがってきたジミーは、そのときようやく気がついた。斜路は一本ではなく、おたがいに百二十度ずつ離れて独立した、三本の斜路があるのだ。ラーマ以外のどの世界へ持っていっても、この着想そのものが、堂々たる建築学的大傑作《ツール・ド・フォルス》と賞賛されるだろう。

三本の斜路は水たまりの縁まで下降して、不透明な水面下に消えていた。喫水線のあたりに、黒いトンネルか洞穴らしいものがひとかたまりになっているのを、ジミーは見つけた。なんとなく物騒な感じで、内部に何者かが住んでいるのではないか、と怪しんだ。ひょっとしたら、ラーマ人は水陸両棲なのでは……。

例の〈カニ〉がその井戸の縁へ近づくのを見て、斜路のどれかを下るつもりなのかな、とジミーは予想した——おそらくドラゴンフライ号の残骸を、分析評価のできる何者かのところへ運んでいくのだろう。ところが、〈カニ〉はまっすぐ井戸の縁まで歩みよると、ほんの数センチの差で墜落しそうなのに、ためらいもなく体の半分近くまで、絶壁から乗りだし——勢いよく体をゆすった。ドラゴンフライ号の残骸は、ひらひらと舞いながら深淵に落ちていった。それを見守るジミーの目には、涙があふれた。ジミーは苦々しい気持で思った――こいつの知能はこの程度なのか。

ガラクタを始末しおえた〈カニ〉は、くるりとまわれ右して、十メートルほどしか離れていないジミーのほうへと歩きだした。おれも同じ運命にあうのかな、とジミーは思った。手に持ったカメラがあまり震えないことを願いながら、ジミーは急速に接近してくる怪物を〈軸端司令部〉に見せた。

「なにか助言は?」ジミーは心配そうにささやいたが、役に立つ返事が戻ってくるとは、あまり期待していなかった。いま自分が歴史を作りつつある、ということがわずかな慰めであり、昔からこうした遭遇にさいして推奨されてきたさまざまな方法が、ジミーの頭のなかを駈けめぐった。これまでは、それらのすべてが理論上にすぎなかった。それを実地にためせる人間は、ジミーが最初というわけだ。

「向こうに敵意があることがはっきりするまでは、逃げるな」〈軸端司令部〉が、そうささやき返してきた。どこへ逃げろってんだ、とジミーは腹のなかで思った。百メートル競走なら、この相手をひき離せるかもしれないが、長距離になったら、こっちが先にへばるにちがいない、というおぞましい実感があった。

ジミーはおずおずと、両手を広げて頭上にかざした。二百年このかた、人類はこの身ぶりについて論争を続けてきた。はたして宇宙のどこに住むどんな生物でも、この動作を、「ほら――武器はないよ」のサインと解釈してくれるだろうか? しかし、これ以上にいい案を思いついた人間は、だれもいなかった。

〈カニ〉はなんの反応も示さないばかりか、足どりをゆるめもしなかった。完全にジミーを無視して、さっさとそばを通りすぎ、ひたすら目的物を追うように南へ向かった。わが〝ホモサピエンス特命大使〟は、おそろしく間のぬけた気分で、〝最初の接触《ファースト・コンタクト》〟が自分の存在などにはまったく無関心に、すたすたと〈ラーマ平原〉のかなたへ歩み去って行くのを見おくった。

これまでの人生でもめったに味わったことがないほどの屈辱だった。だが、ジミーの持ち前のユーモアセンスが、この急場をしのいでくれた。まあ、生きたゴミ集めのトラックに無視されたと思えば、あまり腹も立たない。長いこと生き別れだった兄弟にめぐり会ったように挨拶でもされたら、それこそ一大事……。

ジミーは〈コペルニクス〉の縁に引き返して、その不透明な水面をのぞきこんだ。初めてそこにおぼろげな姿が――なかにはかなり大きいものもある――水面の下をゆっくりと行きつ戻りつ動いているのに気がついた。まもなくそのひとつが、最寄りの螺旋斜路へと向かった。やがて長い登りにとりかかったのは、多数の脚を生やしたタンクのようなしろものだった。あのスピードなら、地上にたどりつくまでには一時間近くはかかるだろう、とジミーは判断した。かりにその相手が危険な存在だとしても、ひどく動きのにぶい危険物だった。

つぎに目をひいたのは、それよりはるかにすばやく、ちらちらする動きだった。場所は、喫水線すれすれにある、あの洞穴群に似た入り口の近くだ。なにかが非常な速さで斜路を登ってくるのだが、ジミーははっきりとそれに目の焦点を合わせられなかったし、また、その形を見きわめることもできなかった。ちょうど、人間ぐらいのサイズの小さなつむじ風か、塵旋風《ダスト・デヴィル》を見ているようだった……。

ジミーは目をしばたたき、頭をふり、数秒間じっと目を閉じた。ふたたび目を開けたときには、妖怪の姿は消えていた。

たぶん墜落の衝撃が、思ったよりも神経にこたえているのだろう。幻覚を見たなどというのは、生まれて初めての経験だ。こんなことは、〈軸端司令部〉にも恥ずかしくていえやしない。

最初ちょっと考えた斜路の探検は、わざわざやってみる気にはもうならなかった。どうせエネルギーの浪費に決まっている。

ジミーが見たような錯覚をおこしたあの旋回する幻影は、この決定とはなんの関係もない。

まったくなんの関係もない。なぜなら、ジミーはもちろん、幽霊の存在など信じていなかったからだ。

30 花

動きまわりすぎて、ジミーはのどが渇いていた。それと同時に、この陸地のどこにも人間が飲める水はないという事実を、痛いほど思い知らされた。水筒の中身だけで、おそらく一週間は生きのびられるだろう――だが、なんのために？　地球最高の頭脳の持ち主たちが、まもなくジミーの問題に能力を集中してくれるだろう。ノートン中佐のところへ、いろいろな助言が殺到することはまちがいない。だが、どう考えても、あの半キロの高さの断崖の表面を、伝い降りる方法があるとは思えなかった。かりにじゅうぶんな長さのロープが手もとにあったとしても、その端を固定できる場所がどこにもないのだ。

とはいうものの、なんの努力もせず、はなから諦めてしまうのは愚かであり、それに男らしくもない。もし救助の手がさしのべられるとすれば、それは〈海〉からだろうし、そっちへ向かって進んでいるあいだは、まるでなにごともなかったように、自分の仕事を続ければいいのだ。これからジミーが通り抜けなくてはならない複雑な地形は、ほかのだれにも観察や撮影のできないものだし、それだけでも、ジミーの死後の名声は保証されている。なろうことなら、もっとほかの栄誉を選びたいが、まったくないよりはましだった。

あわれなドラゴンフライ号が健在なら、〈海〉までの距離はほんの三キロにすぎないが、一直線にそこへたどりつける見込みはなさそうだった。行く手の地形にどうにも越えられぬ障害が存在する可能性は、多分にある。だが、それに代わるルートもたくさんあるので、問題はなかった。湾曲した巨大な地図が、自分の両側に遠く高くせりあがっているような感じなので、ジミーはそのすべてを一望のもとに見ることができるのだ。

時間はたっぷりある。多少直線コースからそれても、いちばんおもしろそうな景色から始めよう、とジミーは考えた。約一キロ右手に、カットグラスのようにきらきら輝く正方形が見えた――いや、とほうもなく巨大な宝石陳列場のように、だろうか。たぶんその考えが、ジミーの足をそっちに向かわせたのだろう。いくら死を目前にした人間でも、数千平方メートルの宝石の園にちょっとした興味を惹かれるのは、人情というものだ。

正体が砂の床の上一面に敷きつめられた、何百万もの石英の結晶だったとわかっても、ジミーはさほど失望はしなかった。そのとなりの碁盤目は、さらにいっそう興味深かった。一メートルたらずのものから、五メートルあまりのものまで、高さのまちまちな金属製の中空の円柱が、一見でたらめなパターンでぎっしりと寄りそい、あたり一帯を覆いつくしている。通過はまったく不可能だった。あの円柱の森を強引に押しつぶして進めるのは、戦車だけだろう。

ジミーは結晶と円柱の境目を歩いて、最初の十字路にさしかかった。右側の正方形は、針金を編んで作った巨大な敷物というかタペストリーだ。ジミーは針金の一本を抜きとろうとしたが、どうやっても折れなかった。

左側は、六角タイルのモザイク模様で、つなぎ目がまったく見えないほど滑らかに嵌めこまれていた。もしタイルが虹の各色に染め分けられていなければ、一枚の連続した表面のように見えたかもしれない。ジミーはたっぷりひまをかけて、どこかに同色のタイルがとなり合わせに並んでいないか、そうすれば境界を見分けられるのではないかと見渡したが、そんな偶然的な例はどこにも見つからなかった。

十字路の全周に向かって、カメラをゆっくりパンさせながら、ジミーは〈軸端司令部〉に悲しそうにたずねた。「そっちはこれをなんだと思う？　ぼくはとほうもなくでっかいジグソーパズルのなかに閉じこめられたような気分だよ。それとも、これはラーマ人の画廊なのかなあ？」

「さっぱり見当がつかんことでは、こっちもきみと同様だよ、ジミー。でも、いままでのところ、ラーマ人の美術趣味を示すような根拠はひとつもない。結論に飛躍しないで、もうすこし実例が集まるまで待とうじゃないか」

ジミーがつぎの十字路で見つけた二つの実例も、あまり助けにはならなかった。ひとつは、完全な空白だった——滑らかな、濃くも淡くもない灰色で、さわってみた感じは堅いが、油を塗ったようによく滑る。もうひとつは、何億何十億もの微細な小孔のあいたスポンジだった。片足をその上に乗せてみると、全表面が、ほとんど安定性のない流砂のように、足の下で気味わるく波うった。

つぎの十字路では、びっくりするほど耕地とそっくりなものに出くわした──ただし、どの畝《うね》もそろって、深さ一メートルに整然と統一され、それを形成する材料は、やすりのような感触をもっていた。だが、そんなことはこのさい、どうでもよかった──というのは、そのとなりの碁盤目が、これまで出くわしたどれよりも、強く思考を刺激したからだ。ついに、ジミーにも理解できるものが現われた。しかも、それは少なからず不安をかきたてるものだった。

その碁盤目全体が、柵にとりかこまれていた。もし地球でそれを見かけたとしても、ふり返って見る気もおきないほどの、ごくごく平凡な柵だ。どうやら金属製らしい柱が五メートルおきに並び、そのあいだに六本の針金がぴんと張られている。

その柵の内側には、第二の、まったく同一の柵があり──さらにその内側にも、第三の柵があった。これもラーマ特有の反復性《リダンダンシー》の典型的な一例だ。この囲いのなかに入れられたが最後、どんな獣でも逃げ出すのは不可能だろう。そこには出入口そのものがない──囲いのなかに単複を問わず入れられる獣を、追いこむために開くゲートが、どこにもないのだ。その代わり、方形のどまんなかに、ちょうど〈コペルニクス〉の小型版のような穴が、ひとつぽつんとあいている。

ほかの状況下だとしても、おそらくジミーはためらわなかっただろうが、いまのジミーには、失うべきものがなにもなかった。すばやく三つの柵を乗り越えると、中央の穴に近づいて、内部をのぞきこんだ。

〈コペルニクス〉とは違って、この井戸の深さは五十メートルぐらいしかなかった。底にはトンネルへの入口が三つあり、どれも象がすっぽり入れるほどサイズが大きい。あるのはそれだけだった。

しばらくそれを見つめてから、ジミーはこう判断をくだした。もしこの設備になにかの意味があるとしたら、あの底の床面はエレベーターでなくてはならない。だが、そのエレベーターがなにを乗せて上下するのかは、とうていわかりそうもなかった。ただ推測できるのは、それがきわめて大きい、したがって、たぶんきわめて危険なものではないか、ということだけだ。

それからの数時間、ジミーは〈海〉の縁沿いに、十キロあまりも歩いた。そして、さまざまな碁盤目が、記憶のなかでもうろうと混じりあい始めた。まるで巨大な鳥籠を思わせるテント状の金網で、すっぽり覆われている方形もあった。また、一面に渦巻パターンが散らばった、凝固液の溜まり池を思わせるものもあった。だが、ジミーがこわごわさわってみると、こちんこちんに硬い手ごたえが返ってきた。それからまた、あまりにも完璧な漆黒すぎて、はっきり見定めることさえできぬものもあった。ただ触感だけが、そこになにかが存在していることを教えてくれた。

とはいうものの、いまやそこにも微妙な変調がおこりだし、ジミーにも理解できるような碁盤目に変化し始めた。南に向かうにつれて、一連の〝畑地《フィールズ》〟——ほかに表現のしようがない——が、まるで地球の実験農場を散策でもしているように、つぎつぎに現われた。どの方形も、丹念にならされた滑らかな土壌の広がりで、ジミーがラーマの金属的な風景のなかで、初めて目にした土くれだった。

巨大な一連の畑地は、どれもが処女地で、生命が欠けていた——まだ一度も植えられたことのない作物を、待ちうけているかのように。目的はいったいなんだろうと、ジミーは首をひねった。ラーマ人のような高等生物が、どんな形にしろ、農業に従事するとは信じられなかったからだ。地球でさえ、いまや畑作りは人気のある趣味、風変わりで贅沢な食料の供給源でしかない。だが、これらの畑地が入念に準備された未来型の農場であることについては、誓ってもいいほど確信があった。それにしても、こんなに清潔な感じの土は見たことがない。どの碁盤目も、巨大な一枚の、丈夫で透明なプラスティックシートで覆われていた。土の標本を手に入れたさに、シートに穴をあけようとしたが、ナイフでは表面にひっかき傷さえつけられなかった。

さらにもっと内陸部には、べつの畑地群が並んでいて、その多くには、おそらく背の高い蔓性植物を支えるのが用途らしい、金属棒と針金からなる複雑な構造物が置かれていた。それらは真冬の枯木のように、いかにも寒々とわびしく見えた。これらの畑が経験した冬は、長くて恐ろしい極寒期だったにちがいなく、光と温暖のここ数週間は、つぎの冬の到来に備える、ほんのつかのまの幕間劇《まくあいげき》にすぎないのかもしれない。

ジミーの足をとめさせ、南へ向かって続く金属の迷宮に目を凝らすようにしむけたものがなんだったのか、それは当の本人にもわからなかった。無意識のうちに、心が周囲のあらゆる細部をチェックしていたにちがいない。そして、この幻想的なまでに異質な風景のなかで、さらにいっそう異常ななにものかを見出したのだ。

四分の一キロほどのかなた、針金と棒でできた格子細工《こうしざいく》のまんなかに、ぽつんとひとつ、点のような色彩が輝いていた。それはほとんど見分けられないほどちっぽけで、また目立たなかった。地球だったら、だれも二度とふり返りもしないだろう。とはいえ、ジミーがその存在に気づいた理由のひとつは、まぎれもなくそれが、どことなく地球を思い出させたからだった……。

それにまちがいないことを確信し、自分が期待願望にたぶらかされたのでないことがはっきりするまで、〈軸端司令部〉には報告を見合わせることにした。あと何メートルかという距離まで近よってから、ようやくジミーは、自分の知っている形の生命が、この不毛で無菌のラーマの世界に侵入していたことに、完全な確信をもつことができた。なぜならこの〈南方大陸〉の縁近くで、孤独に絢爛《けんらん》と咲いているのは、〝花〟だったからだ。

さらにそばへ寄るにつれ、ジミーの目にも、どこがどうおかしいのかがはっきりしてきた。この土の層を好ましからざる生物の汚染から守っているらしい被覆シートに、穴がひとつあいていた。この破れ目から、成人の小指ほどの太さの緑の茎が伸び出て、支柱に絡みつきながら這い登っているのだ。地上一メートルあたりで、それは青味がかった葉を濃く茂らせているが、その葉むらの形状は、ジミーが知るどんな植物よりも、鳥の羽毛に近かった。茎は目の高さで終わり、そこにジミーが最初、一輪の花だと思ったものが咲いていた。いま、それがじつはたがいに固く密着した三輪の花だとわかっても、ジミーは当然のように受けとった。

花弁は、約五センチの長さの、あざやかな色をしたチューブだった。すくなくとも五十のそれが寄りあつまって、一輪の花をかたちづくり、おそろしく金属質の青や、菫色や、緑色にぎらぎら輝いているので、植物界に属するものというよりは、むしろ蝶の羽根を連想させた。ジミーは植物学についてはずぶの素人《しろうと》だが、それでも雄しべや雌しべに似た器官が影も形もないのには、首をかしげた。ひょっとすると、地球の花に似ているのはまったくの偶然ではないか、という気もした。おそらく珊瑚虫のポリプに近いものなのかもしれない。いずれにせよ、これは受精の媒介者か、または食物として役立つ小型の飛行生物の存在を暗示しているようだ。

だが、それはどうでもいい問題だった。科学的定義がなんであれ、ジミーにとって、これは〝花〟だった。この不可思議な奇蹟、この非ラーマ的な奇現象、この花の存在は、ジミーが二度と見ることがないだろうすべてのものを思い出させた。どうあってもそれを手に入れようと、ジミーは決意した。

しかし、ことはそう簡単ではなかった。目標は、細い金属棒を組んだ格子細工に隔てられて、十メートル以上も離れている。格子細工は、一辺四十センチ弱の立方形のパターンを、何重にも反復したものだ。もともとジミーはスカイバイクに乗るだけあって、痩せぎすのひきしまった体つきなので、その格子細工のすきまから潜りこむ自信はあった。でも、ふたたび外へくぐり出るのは、べつの問題かもしれない。なかで向きを変えるのは不可能に決まっているから、そのまましろ向きに出てこなくてはならないのだ。

ジミーが〈花〉の発見を報告して、あらゆる可能な角度から、それにカメラを向けて説明すると、〈軸端司令部〉も大喜びした。ジミーが「いまからあれを採りにいく」と宣言しても、反対はなかった。ジミーも、反対のあるはずはないと思っていた。ジミーの生命はいまやジミー自身のものであり、なにをしようとかってなのだ。

ジミーは衣服をすっかり脱ぎすてて、すべすべした金属の棒を両手でつかむと、格子の枠組のなかへ体をくねりこませ始めた。おそろしく窮屈だった。監房の鉄格子をすりぬけて脱出しようとしている囚人の心境だった。格子細工のなかに全身がすっぽり入ったとき、ひょっとして不都合があってはいけないので、うしろ向きに外へ出られるかどうかを試してみた。これは、前に伸ばした両腕で引っぱるかわりに押さなくてはならないので、前進よりもはるかに難題だったが、これでなかへ入ったきり、袋の鼠《ねずみ》になってしまうおそれはないように思えた。

ジミーは行動と衝動の男で、内省とは縁がない。棒と棒のすきまの狭い通路を苦労して這いくぐるあいだも、なぜ自分がこれほどまでしてドン・キホーテ的な芸当を演じるのか、いちいち自問して時間をむだにしたりはしなかった。これまでの生涯を通じてただの一度も、花などに興味を持ったことはなかった人間だが、いまはたった一輪の花を摘むために、最後のエネルギーまでしぼりつくそうとしていた。

この標本がユニークで、非常な科学的価値があることは確かだった。でも、ジミーが欲しがる真の理由は、それが生命の世界との、そして自分が生まれた惑星との、最後のつながりだからだった。

にもかかわらず、その花に手のとどくところまできたとき、ジミーは突然、気のとがめを感じた。ひょっとすると、これは全ラーマでただひとつ育った花かもしれない。いったい、自分にそれを摘みとる権利があるのだろうか？

もし言いわけが必要なら、ラーマ人自身さえ、この花を計画のうちには含めていなかった、という気休めもいえただろう。明らかにこの花は、幾時代も遅れて——あるいは早すぎて——生まれてきた変わり種なのだから。でも、ジミーはべつに言いわけを必要としていなかったし、ためらいもほんの一瞬だけだった。ジミーは手をのばし、茎をつかみ、ぐいと引っぱった。

花はやすやすと手折《たお》ることができた。ジミーはついでに、葉も二枚摘みとってから、格子細工のなかをゆっくりとあとずさりし始めた。今度は片手しか自由に使えないので、後退はきわめて難しく、苦しくさえあった。まもなく、ジミーは息をととのえるためにひと休みしなければならなかった。羽毛に似た葉むらがしぼみかかり、首を失った茎がゆっくりと支柱からほぐれ始めたことに気がついたのは、そのときだった。魅惑と不安のいり混じった気持で見守るうちに、植物ぜんたいが、まるで致命傷をうけた蛇が穴のなかに這い戻るように、すこしずつ地中へひっこんでいった。

おれは美しいなにものかを殺してしまった、とジミーは自分にいい聞かせた。だがそれも、もとはといえば、ラーマがジミーを殺したからだ。ジミーとしては、当然受けるべき報酬を手に入れただけのことだった。

31　終端速度

ノートン中佐はまだ一度も部下を失った経験がなかったし、またそんな経験をしたいとも思わなかった。ジミーが〈南極〉に向けて出発する以前から、すでに中佐は、万一の場合の救助方法をあれこれ考えていた。だが、その問題はあまりにも難しくて、ちょっとやそっとでは答えが見つかりそうもなかった。これまでにノートンがなんとかやってのけたのは、あらゆる見えすいた解決法を消去することだけだった。

どうすれば、高さ半キロの垂直な絶壁をよじ登れるというのだ、いくら弱い重力下といっても？　もちろん、適当な装具を――それに訓練を――もってすれば、登攀は簡単だろう。だが、エンデヴァー号には一挺のピトン銃もなかったし、またそれ以外に、あの堅固な鏡のような壁面に、登攀に必要な数百本ものスパイクを打ちこめる現実的な方法は、だれも思いつけなかった。

ノートン中佐はもっと風変わりな解決法にも、いちおう目を通してはみた。そのうちのあるものは、はっきりいって荒唐無稽《こうとうむけい》だった。シンプの手足に吸盤をつければあの絶壁をよじ登れるのでは、といったたぐいだ。だが、かりにこのアイディアに実現性があるとしたところで、そうした装具の製作とテストに――そしてシンプにそれを使わせる訓練に――どれだけの時間がかかるか？　そんな離れわざを演じるだけの体力をもつ人間がいるだろうか。

　つぎに考えられるのは、もっと高度のテクノロジーだ。船外活動《EVA》用の噴射装置を使う、というのも魅力的な一手だが、これは無重力環境での操作を念頭に設計されているので、推力が弱すぎる。いくらラーマの低い重力のもとでも、人間一人の体重をもちあげることさえできないだろう。

　EVA噴射装置に救命ロープだけもたせて、自動制御で打ち上げることはできないか？　ノートンはこの案をマイロン軍曹にはかってみたが、即座に撃ち落とされて炎につつまれた。まずそれには、重大な安定性の問題がつきまとう、と技術下士官は指摘した。かりに解決できるとしても、それには長い時間が必要という――限度をはるかに越えた長い時間が。

　では、気球はどうか？　これにはわずかながら可能性がありそうに思えた。もし気嚢の外皮部分と、文句なく小型の熱源が考案できればの話だが。ノートンも、まだこのアイディアだけは却下していなかったが、ここへきてこの難問は、にわかに理論上のものではなくなり、すべての居住世界でトップニュースに扱われる生死の問題となったのだ。

ジミーが〈海〉べり沿いに苦しい徒歩旅行をてくてく続けているころ、太陽系に住む頭のいかれた連中の半数が、ジミーを救おうと躍起になっていた。かれらの寄せた提案はすべて、〈艦隊司令部〉でふるいにかけられ、千案に一案ぐらいが、エンデヴァー号へ転送された。カーライル・ペレラ博士の提案は、二度重複してとどいた——一度は〈調査局《サーヴェイ》〉自身のネットワーク経由で、もう一度は〈惑星通信社《プラネットコム》〉のラーマ最優先連絡回路を使って。ペレラ博士はこの提案に、約五分間の思考と、一ミリ秒のコンピューター時間をついやしただけだった。

最初、ノートン中佐はそれを、きわめて悪趣味な冗談だと受けとった。だが、そのあとで発信人の氏名と、添えられた計算式に気がつき、はっと電文を見なおした。

中佐はその電報を、カール・マーサー少佐に手わたした。

「これをどう思う?」ノートンはできるだけさりげない口調でたずねた。

カールはすばやく一読してからいった。「いやあ、こりゃまいった! もちろん、博士のいうとおりだ」

「確かかね?」

「あの先生は暴風の一件でも正しかったじゃないか、そうだろ? これぐらいのことは、おれたちも考えついてしかるべきだった。なんだか自分が、大間抜けに思えてしかたがないよ」

「ここにもお仲間がいるさ。つぎの問題はだ――どうやってそいつをジミーに打ち明ける？」

「打ち明けるべきじゃないだろうな……ぎりぎり最後の瞬間まで。もし、おれがジミーの立場なら、そのほうがありがたいね。おれたちが救助に向かってると、それだけ教えとけばいい」


いまいる場所からは〈円筒海〉が端から端まで見渡せるし、またレゾリューション号のやってくるだいたいの方角も知っていたのだが、ジミーがその小さいいかだを発見したのは、それが〈ニューヨーク〉を通りすぎてからだった。そこに六人の人間が――それと、自分を救出するために持ってきた備品一式が――乗っているとは、とても信じられないぐらいだった。


いかだが一キロの距離まで近づいたとき、ジミーはノートン中佐の姿を認めて、手を振りだした。まもなく、艦長《スキッパー》のほうも気がついて、手を振ってよこした。

「きみが元気なのを知ってうれしいよ、ジミー」艦長《スキッパー》は無線で語りかけた。「前に約束したね――われわれは絶対にきみを見捨てない、と。さあ、これでわたしを信じるか？」

いや、まだ完全には――と、ジミーは思った。ことここに至ってもまだジミーは、これはみんな自分の士気を保たせるための、思いやりのあるはからいではないかと、疑っていたのだ。でも、さよならをいうためだけなら、中佐はわざわざ〈海〉を渡ってきはしないだろう。なんらかの成算があるからにちがいない。

「信じますよ、艦長《スキッパー》」ジミーは応答した。「そちらのデッキまで降りられたらね。それじゃあ、どうやればそこまで行けるのか、教えてくれませんか？」

レゾリューション号はいまや、断崖のすそから百メートルの沖あいで、速度を落としつつあった。ジミーの見たかぎりでは、特別な備品はなにも積んでいないように見えた――もっとも、ジミー自身なにをそこに見つけるつもりだったのかは、はっきりしないのだが。

「あいにくだがな、ジミー――きみにはあんまり、あれこれ心配させたくないんだよ」

なんとなく不気味ないいかただ。いったい、いまのはどういう意味だろう？

レゾリューション号は、沖あい五十メートル、眼下五百メートルの位置に停止した。ジミーはマイクに向かって話している中佐を、鳥瞰図のように見おろすことができた。

「では始めるぞ、ジミー。この方法なら、きみはまったく安全だが、ちょいと度胸がいる。きみにその度胸がたっぷりあることはわかっている。いいか、きみはそこから飛び降りるんだ」

「五百メートルもですか！」

「そうだ。だが、重力はわずか〇・五Gだ」

「なるほど――あなたは地球で、二百五十メートル飛び降りたことがあるんですか？」

「だまれ。さもないと、つぎの休暇をとり消すぞ。こんなことぐらいは、きみもその頭で考えつくべきだったんだ……たんなる終　端　速　度《ターミナル・ヴェロシティ》の問題なんだからな。この大気中では、どこまで落ちても時速九十キロ以上にはならない――二百メートルの落下でも、二千メートルの落下でも、同じことだ。九十キロは快適というにはちょいときついが、いくらかそいつを減らす手はある。これからきみのやるべきことを教えるから、注意してよく聞け……」

「そうしますよ。よほどの名案でないと困りますがね」

ジミーはそれきり二度と、中佐の話をさえぎろうとはせず、ノートンが話しおわっても感想は述べなかった。うん、たしかに筋は通ってる。しかも、あきれるほど簡単だ。こんなアイディアは、天才でなけりゃ思いつかないだろう。それと、おそらく、自分ではそんなことをやらずにすむ人間でなくては……。

ジミーは高飛びこみの経験がなかったし、スカイダイビングもやったことはなかった。そんな経験があれば、この曲芸に対しても、いくらか心理的に楽だったにちがいない。深い谷間の上に架け渡した一枚板のところへだれかを連れていって、この上を歩いても絶対安全だよ、と教えるのは簡単だ。しかし、かりに構造計算に非の打ちどころがなくても、いわれた当人はやはり二の足を踏むだろう。なぜ中佐がこの救出作戦の細部について、言葉を濁していたのか、ジミーはいまになって理解できた。思案や反論を思いつく時間を、あたえないためだったのだ。

「きみを急かしたくはない」ノートンの説得力のある声が、半キロ下からとどいた。「だが、早ければ早いほどいいんだ」

ジミーはあの貴重なおみやげ、ラーマ唯一の〝花〟をみつめた。それを汚れたハンカチで丁寧に包んで、上端を結ぶと、断崖の縁からかるく投げ落とした。

それはジミーを勇気づけるように、ゆっくりとしたスピードでひらひらと落ちていったが、おかげで、すこしずつ小さく、小さくなっていき、ついに見えなくなるまで、ずいぶん時間がかかった。だが、そのときレゾリューション号が前進を始めたので、向こうがそれを見つけてくれたことはわかった。

「美しい！」と、中佐が熱を帯びた声でさけんだ。「きっとこの花には、きみにちなんだ名がつくだろう。オーケー――待ってるぞ……」

ジミーはシャツ――いまではすっかり熱帯的になったこの気候では、これが唯一の上着だった――を脱ぐなり、考えぶかげにそれを広げた。徒歩旅行の最中に、何度これを捨ててしまおうと思ったことか。いまそのシャツが、自分の命を救う手助けをしてくれるかもしれないのだ。

最後の見おさめに、ジミーは自分だけが探検した空洞世界と、遠景の〈ビッグホーン〉と〈リトルホーン〉の不気味な尖塔群をふり返った。それから、右手でシャツをしっかりとつかんだまま、助走をつけるや、断崖の縁からできるだけ外へと身をおどらせた。

こうなったからには、べつにあわてる必要もない。たっぷり二十秒間は、この経験を満喫できるのだ。だが、風が周囲で強まりだし、レゾリューション号がゆっくりと視野のなかで大きくなってくるのを見て、ジミーは一瞬の時間もむだにしなかった。シャツを両手につかんだ両腕を頭上にかかげ、吹きつのる風を布地いっぱいにはらんで、中空のチューブになるようにした。

パラシュートとしては、あまり成功とはいえなかった。落下のスピードが時速にして数キロほど、弱まるのはありがたいが、それはさほど重要なことではない。このシャツにはもっと大切な役目があった——すぱっと矢のように海中へ突っこめるように、体を垂直にたもっておく役目だ。

依然として自分の体はまるきり動いていない印象だったが、下を見ると海面がぐんぐんせりあがってくる。いったん行動をおこしてからは、なんの恐怖感もなかった。それどころか、いまのいままで教えてくれなかった艦長《スキッパー》に対して、ある種の憤懣さえ感じていた。もし長いあいだ思案するひまがあったら、おれが怖がって飛び降りなくなるとでも、艦長《スキッパー》は本気で考えていたのだろうか？

最後の瞬間に、ジミーはシャツを離し、大きく息を吸いこみ、口と鼻を両手で押さえた。教えられたように全身をぴんと一本の棒のようにつっぱって、しっかり股を閉じた。落下する槍のように、きれいに着水するのだ……。

さっき中佐は約束した。「地球の上で飛びこみ台から足を踏み出すのと同じだよ。なにも問題はない——着水さえ、うまくやればね」

「で、もしうまくいかなかったら？」と、ジミーはたずねたものだ。

「そのときは、またひき返してやりなおすさ」

なにかが両足をばしっと打った——強い打撃だが、そうひどくはない。無数のぬらぬらした手が、体をかきむしった。ごうごうと耳鳴りがして、圧力が高まった——両目をしっかり閉じていてさえ、〈円筒海〉の深みへ一直線に潜っていくにつれて、闇がしだいに濃くなるのがわかった。

全力をふるって、ジミーは薄れていく光のほうへと泳ぎ昇り始めた。目を開けられたのは、ほんのひとまばたきするあいだだけだった。そのとたんに、有毒な海水がまるで酸のように目にしみた。もう無限の時間、水と戦っているように思え、ひょっとすると方向感覚を失って、じつは下向きに泳いでいるのではないかという、悪夢のような不安が一度ならずおそってきた。そこで、またもやほんの一瞬、目を開くのだが、そのたびに光は強くなってくる。

水面を割って顔を出したとき、ジミーはまだしっかりと目をつむったままだった。待ちこがれた空気を口いっぱい呑みこみ、体を横転させて仰向けに浮くと、あたりを見まわした。

レゾリューション号が全速力で向かってくるところだった。何秒かのちには、力強い手が体をつかんで、船上へ引きあげてくれた。

「水を飲まなかったか？」中佐は心配そうに訊いた。

「飲んでないと思います」

「とにかく、これで口をすすげ。よくやった。気分はどうだ？」

「まだよくわかりません。一分ほど待ってください。ああ、そうだ……どうもありがとう、みなさん」その一分がまだすっかりたたないうちに、ジミーは自分がどんな気分かを、あまりにもはっきりと思い知らされた。

「どうも酔いそうなんです」ジミーはみじめな気分で告白した。救助者たちは、信じられぬという顔つきをした。

「こんな死んだように静かな――平らな海の上で船酔い？」バーンズ軍曹はジミーの訴えを、自分の運転技術の未熟さの現われ、と受けとったようだった。

「わたしなら、この海を平らとはいわないな」中佐が、空を帯状に一周している海に向かって、腕をぐるりとまわした。「恥じいることはないよ――ひょっとして、きみはあの海水をいくらか飲んでいるのかもしれん。できるだけ早く吐き出してしまえ」

ジミーが、まだ英雄には似つかわしくない姿で、出ないものをむりに出そうと苦労しているとき、だしぬけに、かれらの背後の空で閃光が走った。一同の目が〈南極〉をふり向き、ジミーもつかのま吐き気を忘れた。大小の〈ホーン〉が、またもや花火ショーを始めたのだ。

一キロもの長さの炎の流れが、中央尖塔からその小さい同類に向かって踊りまわった。ふたたび炎の流れは、まるで目に見えない踊り子たちが電気の五月柱《メイ・ポール》（メーデーの日に花とリボンを飾って周囲で踊る柱）にリボンを巻きつけてでもいるように、荘重な回転を始めた。だが、今度はその回転がしだいしだいに速さを増し、ついにはひとつにぼやけて、明滅する光の円錐と化した。それは、このラーマでいままでに見たなによりも畏怖をそそる眺めだったばかりでなく、同時に、バリバリと張り裂けるような遠い雷鳴をともなって、圧倒的な力の印象をさらに強めた。華々しいエネルギーのデモンストレーションは、約五分間続いた。それから、だれかがスイッチを切りでもしたように、突然ぱったりとやんだ。

「〈ラーマ委員会〉があれをどう解決するか、知りたいもんだな」ノートンはだれにともなくつぶやいた。「だれかいい説明はないか？」

それに答える時間はあたえられなかった。ちょうどその瞬間に、〈軸端司令部〉からひどく興奮した呼出しがかかったからだ。

「レゾリューション号！　大丈夫か？　あれを感じたか？」

「感じたかって、なにを？」

「地震があったようなんだ――あの花火がやんだ直後に起きたにちがいない」

「損害は？」

「ないようだ。それほど強烈じゃなかった――ちょいと揺れはしたがね」

「こっちではなにも感じなかったよ。もっとも、感じるはずはない。〈海〉の上だからな」

「もちろんだ。われながら間ぬけだな。とにかく、いまはすっかりおさまったようだ……次回まではね」

「うん、次回まではな」ノートンは鸚鵡《おうむ》返しにいった。ラーマの謎は、どんどん深まるいっぽうだ。発見がふえるにつれて、ますますこの世界は理解しにくいものになっていく。

だしぬけに、舵輪のほうから叫びがあがった。

「艦長《スキッパー》――見て――空のあそこ！」

ノートンは目を上げて、すばやく〈海〉の全周を見まわそうとした。視線がほぼ天頂に達するまではなにも見えなかったが、つぎの瞬間、その目は、空の反対側に釘づけになった。

「なんてこった」ゆっくりつぶやきながら、ノートンは次回がすでにすぐそこまで迫っていることを悟った。

〈円筒海〉の永遠のカーヴにそって、高潮がかれらのほうへ押しよせようとしていた。

32 波

そんなショックを受けた瞬間にも、ノートン中佐がまず心配したのは、艦のことだった。「エンデヴァー号！」と、中佐は呼んだ。「状況を報告しろ！」

「なにも異状ありません、艦長《スキッパー》」頼もしい返事が副長から戻ってきた。「ちょっと震動は感じましたが、被害を受けるほどのものではありません。船体の向きがすこし変化しましたが――〇・二度ぐらい傾いたと艦橋《ブリッジ》はいってます。ラーマの回転速度も、いくらか変化したのではないかとのことです――正確な数値を出すにはあと二、三分かかります」

それではいよいよ始まったんだな、とノートンは考えた。思っていたよりずっと早い、近日点までまだだいぶあるし、理論的にも軌道を変えるには早すぎる。だが、ある種の軌道調整がおこなわれたことは疑いようもない――もっと驚くようなことがどんどんおこるかもしれないぞ。

そのあいだにも、この最初の震動の影響は、いまにも落ちてきそうに見える頭上の〈円筒海〉に明らかに表われていた。〈波〉はまだ十キロほど向こうだが、〈円筒海〉の北岸から南岸までいっぱいに広がっている。岸に近いところでは泡だつ白い壁のようだが、水深のあるところではやっと目につくぐらいの青い線で、両側に砕け散っている部分よりずっと速く動いている。岸辺の浅い部分にひきずられて、〈波〉はすでに弓なりに反り始め、中央の部分だけが、先へ先へと進んでいた。

「軍曹」と、ノートンは切迫した口調で訊いた。「これはきみの役割だ。どうすればいい？」

バーンズ軍曹はいかだを完全に停止させると、一心に状況を検討し始めた。その表情を見て、ノートンは大いに安堵した。怯えの色はすこしもない——ちょうど熟練した競技者が挑戦を受けて立つときのような、ある種の熱情を感じさせる興奮が、その表情にはうかがえた。

「水深測定ができればいいのですが」と、軍曹は答えた。「じゅうぶんに深いところにいれば、なにも心配することはありません」

「それなら大丈夫だ。われわれは岸からまだ四キロも離れている」

「そうですね。でも、きちんと確かめておきたいわ」

軍曹はふたたびエンジンを動かすと、レゾリューション号をまわして、近づいてくる〈波〉にまっすぐ舳先が向くようにした。ノートンは、かなりのスピードで進んでくる〈波〉の中央部分がかれらの場所に達するまで、あと五分とないとふんだが、その波もとくに危険なものにはなりそうもない、とも思うようになっていた。たかだか一メートルの数分の一しか高さのない波が押しよせてきたところで、船体はろくに揺れもしないだろう。問題はそのはるかうしろから遅れてやってくる泡の壁で、それこそが真の脅威なのだ。

突然、〈海〉のまっただなかに、砕け波の帯が現われた。水面からわずか下に隠れていた長さ数キロにおよぶ壁に、〈波〉がぶちあたったのだ。同時に両側の砕け波は、深みへさしかかったように衰えていく。

抑波板《アンチスロッシュ・プレート》だな、とノートンは直感した。エンデヴァー号の燃料タンク内にも、まったく同じものがある。もっとも、ラーマのはスケールが、その何千倍も大きいが。どんな波もできるだけ早く散らせて抑えるために、〈円筒海〉中に複雑なパターンの抑波用壁が配置されているにちがいない。いまこの瞬間、もっとも重要なのはそれだ。われわれはその壁のひとつの真上にいるんじゃないのか？

バーンズ軍曹のほうがノートンより、ワンテンポ早かった。レゾリューション号を急停止させると、すぐさま錨を放りこんだ。たった五メートルで、錨は底についてしまった。

「錨を上げて！」と、軍曹は乗組員に命令した。「ここから離れるのよ！」

ノートンも心底から賛成した。だが、どっちの方向へ進めばいいのだ？　軍曹はいかだをフルスピードで、すでにわずか五キロの近さに迫っている〈波〉めがけて突進させた。いま初めて、近づく〈波〉の音が聞こえてきた――まさかラーマの内部で聞こうとは思いもよらなかった、遠くかすかな、だが、まごうかたなき轟音が。そのとき、音の強さが変化した。中央部分がふたたびおさまり——代わって両側が、またもや盛りあがり始めたのだ。

ノートンは水中の抑波壁《バッフル》が等間隔で配置されているものと仮定して、その間隔がどれほどあるのか、見当をつけようとした。もしその考えかたが正しければ、ここまでのあいだに、もう一ヵ所あるにちがいない。このいかだをその壁と壁の中間の深みの部分にもっていけさえすれば、かれらは安全だ。

バーンズ軍曹はエンジンを切ると、また錨を放り出した。それはするすると三十メートル沈んでいった。

「もう大丈夫よ」ほっと一息ついて、軍曹は告げた。「でも、エンジンは動かしとくわ」

いまは岸に沿って遅れてくる泡の壁が見えるだけだった。〈海〉の中央部はふたたび静まり返り、ただほとんど目にもとまらぬ小波の青い線が、かれらに向かって進んでくるだけだ。軍曹は前方の撹乱にレゾリューション号をまっすぐ向けたまま、いざというときにはすぐさま、全速運転で走り出せるように身がまえている。

そのとき、わずか二キロ前方で、〈海〉はふたたび泡だち始めた。猛り狂ったような白い泡のたてがみがぐうっと盛りあがり、いまやその轟音が全世界を震わせているように思えた。〈円筒海〉の十六キロの高みから駆け下ってくるほんの小さなさざ波は、さながら山の斜面を吼え下る雪崩《なだれ》のように思われた。ちょっとしたさざ波とはいえ、かれらを殺すにはじゅうぶんすぎるほど巨大なのだ。

バーンズ軍曹は乗組員たちの顔つきを見たにちがいない。轟音に負けじと大声をはりあげた。「みんな、なにを怖がってるの？　もっとでかい波だって乗りきったこともあるわ」それはまるきりの事実というわけではなかった。以前の体験のさいには、造りのいい波乗り専用の船に乗っていたので、こんな間に合わせのいかだではなかったのだが、それはあえて口にはしなかった。「万一、飛び出さなければならなくなっても、わたしの命令があるまで待つこと。救命胴衣を点検するように」

ルビーはじつに堂々としている、まるで闘いに臨むヴァイキングの戦士のように、一瞬一瞬を楽しんでいる、と中佐は思った。それに、ルビーはおそらく正しいのだ――われわれがまるで見当違いをおかしていなければだが。

〈波〉はいよいよ高く、のしかかるように大きくなってきた。たぶん頭上の湾曲がことさらその高さを誇張しているのだろうが、とにかくそれはとほうもなく巨大で――その行く手にあるものをすべて沈めつくす、あらがうすべなき自然の力そのもの、という感じだった。

そのときほんの数秒で、〈波〉は土台を急にとり払われでもしたかのように、急速に衰えた。水中の抑波壁を乗り越えて、ふたたび深みへと入ったのだ。一分ほどして〈波〉が到達したときには、レゾリューション号は数回上下動しただけだった。バーンズ軍曹はすぐさま北にいかだを振り向けると、全速力で出発させた。

「ありがとう、ルビー——すばらしい指揮だった。だが、あの〈波〉が一周して戻ってくるまでに岸につけるだろうか」

「駄目でしょうね。二十分ほどで戻ってくるでしょう。でも、そのときにはもうすっかり減衰しきっていると思います。ほとんどそれと気づくこともないくらいでしょう」

〈波〉の脅威が去ったからには、リラックスして航海をのんびり楽しんでもよかった——だが、実際には陸地をふたたび踏みしめるまで、だれひとり心底から安心できそうになかった。抑波壁のためにあちこちで渦巻きが発生していて、妙に鼻にツンとくるひどく酸っぱい臭気——〝蟻をつぶしたときみたいな〟とジミーがうまい形容をした——がわいていた。不快な臭気だが、懸念されていたような船酔いを呼びおこすこともなかった。あまりに異質な匂いだったので、人間の生理も反応できなかったのだ。

一分後、〈波〉の最前線が水中のつぎの障害物につきあたって、空高く盛りあがり始めた。こうして後方から見ると、その光景はまるでどうということもなく、何分か前にあれほど怯えたことを、一同は恥ずかしく感じた。かれらはまるで自分たちが〈円筒海〉の主《ぬし》であるかのようにさえ感じ始めた。

それだけに、百メートルと離れていない水面を割って、だしぬけに輪状物体がゆっくり回転しながら現われ出たときのショックは、いやが上にも大きかった。金属的に輝くスポークは長さが五メートルはあり、水を滴らせながら空中に浮上すると、ラーマのきつい白熱光を浴びて、しばらくくるくると回転していたが、やがて、ざぶんと音をたてて水中へ戻った。それはまるで、管状の腕をもつお化けヒトデが水面に出てきたかのようだった。

一見しただけでは、生物なのか機械なのか、判然としなかった。ついでそれはくるりと寝返りをうつと、身体を半分沈めて、おだやかな余波に身をまかせながら浮かんだり沈んだりし始めた。

いまではかれらも、関節のある九本の腕が中央の円盤から放射状に突き出ている姿を、見てとることができた。腕のうち二本は、外側の関節のところでちぎれている。ほかの腕の先には、複雑に組み合わされた操作器官がついていて、ジミーはそれを見たとたん、前に出くわしたあの〈カニ〉のことをはっきり思い出した。二種の生物は同じ進化系列に属しているにちがいない——さもなければ、同じ設計台の上で製作されたものだ。

円盤の中央には、小さな砲塔が突出し、そこに三個の大きな目がついている。二つは閉じており、ひとつは開いていたが、そのひとつも虚ろで物を見ているようではなかった。いま自分たちが見ているのは、ついさっき通り過ぎた水中乱流のために水面まで投げ飛ばされた、不思議な怪物の断末魔の姿であることを、だれも疑わなかった。

そのときかれらは、生物はそれだけではないことに気がついた。そのまわりを泳ぎまわっては、まだ弱々しく動いている腕にかみついているのは、育ちすぎの海老そっくりな、小さな二匹の生物だ。そいつらは文字どおり能率的に怪物を切りきざんでいるのに、怪物はその攻撃者たちにじゅうぶん立ち向かえそうな自分のはさみを使おうともせず、なんの抵抗も見せない。

またもやジミーは、ドラゴンフライ号を食いつくした〈カニ〉のことを思い出した。一方的な闘争の成りゆきを熱心に観察して、その印象をすばやく確認した。

「ほら、艦長《スキッパー》」ジミーはささやいた。「気づかれましたか――あれは食べてるんじゃありません。やつらには口なんかない。ただ細かく切り刻んでるだけなんです。ドラゴンフライ号もまったく同じ目に会いました」

「そうだな。やつらは解体してるんだ――まるで――まるで壊れた機械を解体するみたいに」ノートンは鼻にしわをよせた。「だが、壊れた機械がこんな匂いを出すとは思わなかった！」

そのとき不意に、べつの考えが頭にうかんだ。

「たいへんだ――やつらがこっちに向かってきたらどうなる！　ルビー、大急ぎで岸に戻してくれ！」

レゾリューション号は動力電池の寿命などまるで無視して、岸に突進した。後方では、あのお化けヒトデ――これ以上ぴったりした名前は思いつかなかった――の九本腕がどんった。

どん短くちぎられていき、まもなくその薄気味わるい光景は、〈海〉の深みへと沈んでいった。

追ってくるものはなかったが、レゾリューション号が上陸地点に引き上げられ、上陸が無事完了してからやっと、一同は胸をなでおろした。神秘に満ち満ちて、いまや邪悪な存在へと急変した〈円筒海〉をふり返りながら、ノートンは二度とだれにも、この〈海〉を渡らすまいと固く決心した。そこにはあまりにも未知の要素が多すぎ、また危険も多すぎたからだ……。

ノートンは〈ニューヨーク〉の塔や塁壁に目をやり、その先の陸地の暗い断崖を眺めた。もうあそこへ好奇心の強い人間が行くことはない。

ノートンは二度とラーマの神々に逆らうつもりはなかった。

33 蜘《く》蛛《も》

今後は――とノートンはふれをまわした――〈キャンプ・アルファ〉には常時、最低三人はいるようにし、うち一人はつねに見張りに立つこと。さらに、どの探検チームにも同じ手順を守らせることにした。ラーマ内部でどんな危険生物が活動を開始しているかわからぬいま、敵意を明らかに現わしているものがまだひとつもないとはいえ、慎重な指揮官ならけっして無謀な真似はしないものなのだ。

特別の安全対策として、〈軸端部〉からは常時一人が、強力な望遠鏡によって監視を続けることになった。ここからなら、ラーマ内部の全地点が見渡せるし、〈南極〉さえたった数百メートル先のように見える。どの探検チームもその周囲はつねに一定の監視下に置かれることになるので、これでなんとか不意打ちを食う危険は避けられるように思えた。じつに名案だった――ところが、これはまったくの失敗だったのだ。

その日最後の食事がすんで、二二〇〇時の就寝時刻まであと数分というとき、ノートン、ロドリゴ、キャルヴァートとローラ・アーンスト軍医は、水星のインフェルノ基地の中継装置から特別に送信されてくる、いつもの夕方のニュースに見入っていた。〈南方大陸〉を写したジミーの映画が、とりわけ興味を呼んでいた──〈円筒海〉を横切って帰ってくるエピソードなどが、観る者をすっかり興奮させたのだ。科学者やニュース解説者や〈ラーマ委員会〉のメンバーまでが、あれこれ意見を述べ立てていたが、そのまたほとんどがたがいに対立していた。ジミーが出くわしたあの〈カニ〉のようなしろものが、はたして生物なのか、機械なのか、正真正銘のラーマ人なのか──それとも、そんな分類にはまるであてはまらぬなにかなのか、意見がまったくまちまちだった。

あのお化けヒトデが襲撃者たちに切り刻まれていく光景を、胸のむかつく思いで見終わったころ、ふとかれらは何者かの気配に気づいた。キャンプ内に侵入してきた者がいるのだ。

最初に気づいたのは、アーンスト軍医だった。突然、ショックに身を硬くしてささやいた。「動いちゃだめ、ビル。そっと右側を見てちょうだい」

ノートンは頭をめぐらせた。十メートル先に、サッカーボール大の球形の胴体をのせた、足の細い三脚が立っている。胴体のまわりには、表情に欠けた三個の大きな目がついていて、明らかに四方どこでも見渡せるようになっており、その下から鞭を思わせる三本の触手が出ていた。人間ほどの背たけもなく、とても危険とは思えないほど弱々しげな生き物だが、だからといって、そいつに不意をうたれるまで全然気づかなかった不注意の弁解にはならない。なんとなくクモやガガンボをいちばん連想させるが、ノートンが気になったのは、そいつが地球上のいかなる生物も経験したことのない問題をどう解決したのかということだ——つまり、三本足でどうやって動くのか。

「あれはなんだと思う、先生《ドク》?」ノートンはテレビのニュース解説者の声を切って、ささやいた。

「例によってラーマ特有の三重スタイルね。わたしの目には無害なように見えるけど、あの鞭みたいなのが不愉快ね——クラゲの触手のように毒があるかもよ。すわったままなにをするか見ていましょう」

数分間おとなしく注視していると、それは急に動きだした——そいつが現われたときになぜ見落としてしまったのか、やっと理由が判明した。動きのなんとすばやいこと。とても人間の五感ではついていけないほど異様な回転運動をしながら、地表を走っていくのだ。

ノートンの判断したところでは——高速度カメラでももちださぬかぎり断定はできないが——一本ずつ順番に足を旋回軸にして、身体をまわしていくらしい。それに確信はなかったが、どうやら数歩ごとに回転方向を逆にし、いっぽう二本の鞭を進行につれて、稲妻のように地上に叩きつけているようだった。その最高速度は——これまた見つもるのは至難だが——すくなくとも時速三十キロは出せそうだ。

そいつはキャンプ中を猛烈なスピードで駆けまわって、ありとあらゆる物品に用心深くさわりながら調べまわっている。簡易ベッド、簡易椅子とテーブル、通信装置、食料コンテナ、電子処理トイレ、カメラ、飲用水タンク、工具類――それこそなにひとつ見のがさなかったが、なぜか見守る四人はまったく無視されていた。明らかに、人間とその無生命の所有物とを区別するだけの知性はそなえているし、その行動には、組織的な好奇心と探究心とがまぎれもなくうかがえた。

「あれを調べてみたいわ!」ローラはそいつがすばやい旋回を続けるさまを見て、どうにも我慢できないというふうに声をあげた。「捕まえてみちゃいけない?」

「どうやって?」キャルヴァートがしごくもっともな質問をした。

「ほら――原始人のハンターが、ロープの一端におもりをつけたのを投げて、足の早い動物を倒すって方法があるでしょ。あれなら傷つけずにすむわ」

「それはどうかな」ノートンは反対した。「うまくいくとしても、そんな危険なことはやれないよ。第一、この生物がどれほどの知性をもってるのかわからないし、その方法では、あの細い足は簡単に折れてしまうだろう。そうなると、われわれはとんでもない悶着にまきこまれることになる――ラーマや地球はもちろん、あらゆる連中から非難されるよ」

「でも、なんとか見本のひとつぐらいは手に入れたいわ!」

「ジミーが採ってきた〈花〉だけで我慢しなけりゃならんだろうな――この生物たちは協力しそうにもないよ。第一、暴力はいかん。もし異星人が地球に降りてきて、きみを解剖のサンプルに最適だなんて決めたら、どんな気がする？」

「解剖しようなんて思ってないわ」ローラは不服そうだった。「ちょっと調べてみたいだけよ」

「そうだろうけど、かりに異星人がきみと同様の考えだったとして、かれらを信じられるようになるまでは、きみ自身、ひどくみじめな気分でいなければならないんじゃないかな。脅威と受けとられる恐れのある行動は、これを為すことを得ず、さ」

この台詞《せりふ》は〈宇宙船乗務規範〉からの引用で、ローラもそれは承知していた。科学上の要求は、宇宙外交より優先権が下位なのだ。

現実には、こんな大仰な考察をする必要はなかった。マナーの問題にすぎないのだ。ここではエンデヴァー号乗組員は全員訪問者にすぎず、それも許しもえずに闖入《ちんにゅう》した侵入者だった……。

生物らしきものは、点検調査を完了したようだった。キャンプを猛スピードでもう一度めぐると、突然、階段の方向へ飛び出していった。

「階段をどうやって上がるつもりかしら？」ローラがつぶやいた。疑問はすぐに解けた。〈クモ〉は段差を無視して、スピードをゆるめもせずに斜面を駆け登っていった。

「〈軸端司令部〉へ」ノートンが呼んだ。「もうすぐそこにお客が行くよ。〈階段アルファ〉の第六区を見るといい。われわれを監視保護してくれていて、ほんとにありがたいね。

ついでに礼もいっとくよ」

皮肉が通じるまで、一分余もかかった。それから〈軸端部〉で任務についていた隊員が、急に弁明口調になった。「えーと——あの、なにかが見えてきました。艦長《スキッパー》がいまおっしゃった位置に、なにかがいます。ありゃなんですか？」

「わたしもそれを考えているところだ」ノートンはそう答えながら、〝総員警戒《ゼネラル・アラート》〟ボタンを押した。「キャンプ・アルファから全部署に告げる。たったいま、三本足のクモのような生物の訪問をうけた。足は細く、背は約二メートル、小さな球形の体部をもち、非常に早い回転運動で移動する。無害のようだが、好奇心が強い。気づかぬうちに忍びよってくるかもしれない。確認しだい報告せよ」

最初の応答は、十五キロ東の〈ロンドン〉からとどいた。

「とくに異状はありません、艦長《スキッパー》」

同距離西へよった〈ローマ〉からも、眠たげな応答があった。

「ここも同じです、艦長《スキッパー》。ええと、ちょっと待ってください……」

「どうした？」

「さっきペンを置いたんですが——失くなってる！　なんだろう——あっ！」

「はっきりいえ！」

「信じていただけないでしょう、艦長《スキッパー》。さっきメモを取っていて——自分は書くのが好きでありまして、だれのじゃまにもなりませんし——愛用のボールペンを使ってるんですが、二百年近く昔のやつでして——それが五メートルも向こうに転がってるんです！　いまとり戻しました——やれやれ——どこも傷んでません」

「どうしてそんなところへ転がっていったんだ？」

「あの——ちょっとうとうとしてたのかもしれません。しんどい一日でしたから」

ノートンはため息をついたが、叱ろうとはしなかった。部下はわずかだし、世界中を探検しなければならないのに、時間はごく限られているのだ。意気ごみだけでは疲労を克服できるものではないし、ひょっとしたらわれわれは不必要な危険までおかしている恐れがある。たぶん、部下をあんな小グループに分けて、こんな大きな地域をカバーさせような どと欲ばるべきではなかったのだ。しかし、いっぽうでは、情け容赦もなく過ぎていく日々と、解くことのできぬ謎のかずかずを、かたときも忘れることができないでいた。ノートンはいよいよ確信を深めた。いまにもなにかがおころうとしている。おそらくラーマが近日点に到達する——その瞬間に、軌道修正がおこることはまちがいない——そのずっと以前に、ここから脱出しなければならないだろう。

「軸端、ローマ、ロンドン——全員、よく聞いてもらいたい」ノートンは告げた。「夜間を通じ、三十分おきに報告してほしい。今後は、いついかなるときでも、お客がのぞきにくる可能性を忘れるな。なかには危険なやつもいるかもしれないが、事故だけはなんとしても避けなければならない。この点については、みんな服務規定を覚えているはずだ」

そのとおりだった。それはかれらの基礎訓練に含まれているのだ――しかし、長いこと理論としていわれてきた〝知性ある異星人との物理的接触〟が、よもや自分の生涯のうちにおこるとは、だれひとり信じていなかった――ましてや、みずから実地に体験することになるとは、夢にも思っていなかっただろう。

訓練と現実とはまったくべつものだ。いざその場になったら、人間本来の自己保存本能が働きださないとは、だれも保証できない。それでもなお、ラーマ内部で出会うあらゆる生物を、好意的に迎えてやることが必要なのだ、最後の土壇場になるまでは――いや、それ以後になっても。

なろうことならノートン中佐は、〝宇宙戦争を引きおこした最初の男〟として、歴史に名をとどめたくはなかった。

数時間のうちに何百という〈クモ〉が現われて、〈平原〉中に散らばった。望遠鏡で見ると、南方の大陸でも同じように〈クモ〉たちが横行していた――ただ、〈ニューヨーク〉島はそうではないようだ。

〈クモ〉たちはもはや人間の探検隊に注意をはらわなかった。しばらくすると、探検隊のほうもかれらに注意をはらわなくなった――もっとも、ときおりノートンは、軍医中佐の目のなかに、獲物を狙う食肉獣のきらめきを感じていた。〈クモ〉の一匹に不運な事故でもおきれば、ローラが大喜びするのは明らかだが、科学上の興味だけでそんな事故を故意に仕組むことは許可できない。

あの〈クモ〉たちに知性がありそうもないことは、事実上確実と思われた。体部は脳的なものを収めるには小さすぎるし、あれだけ動きまわるエネルギーをたくわえておく場所も、ちょっと見当がつかない。それでも、かれらの行動には、ふしぎなほど目的意識があり、統制のとれたところがあった。いたるところに現われるくせに、けっして二度と同じ場所には行かないのだ。やつらはなにかを捜しまわっている、ノートンはしょっちゅうそんな印象を受けた。それがなんであるにせよ、まだ発見はしていないようだった。

かれらはあいかわらず、三本の大階段を鼻であしらって、まっしぐらに中央の〈軸端部〉まで駆け上がってきた。たとえほとんど重力ゼロ下とはいえ、かれらがどうやって垂直に切り立った部分を登るのかは、はっきりしなかった。ローラの憶測では、吸着盤を装備しているのだろうというのだが。

そのとき、ローラが雀躍《こおど》りするような事態が発生した。あんなに欲しがっていた標本が手に入ったのだ。まず〈軸端司令部〉から、一匹の〈クモ〉が垂直壁から落ちて、死んだのか動けないのか、とにかく第一テラスの上に横たわっている、との報告がきた。〈平原〉からそこまで急行したときのローラのスピード記録は、二度と破られることはないだろう。

台地に到着すると、低速度の落下だったにもかかわらず、〈クモ〉の足がぜんぶ折れていることがわかった。目はあいていたが、外部からのテストにはまるで反応を示さなかった。人間の死体のほうがまだしも生き生きしてるわ、とローラは思った。その獲物をエンデヴァー号に持ち帰ると、軍医はただちに解剖用具で仕事にとりかかった。

〈クモ〉はじつにもろくて、ほとんどさわりもしないうちにばらばらになった。足を胴体から取ったあと、デリケートな背中をはずしにかかると、オレンジの皮をむくように、円形に大きく三等分されて、ぱっくりと開いてしまったのだ。

ローラはわが目を疑うように、しばらくポカンとしていたが——識別や確認のできるものがなにひとつなかったからだ——気をとりなおすと、入念に連続写真をとった。それから、おもむろにメスをとりあげた。

どこから切ればいいのだろうか？　目をつぶって、でたらめに突き刺したいような気がしたが、それではあまり科学的とはいえないだろう。

メスの刃は、なんの手ごたえもなく沈んでいった。つぎの瞬間、アーンスト軍医中佐のきわめてレディらしからぬ悲鳴が、エンデヴァー号の隅から隅まで響きわたった。

マカンドルーズ軍曹がおびえるシンプたちを、手こずりながらもなんとか鎮めるまでには、たっぷり二十分かかった。

34　閣下は遺憾ながら……

「みなさんもすでにご存じのように」と、火星大使は口を切った。「前回の会議以来、じつに多くのことがおこっております。われわれが審議し――決断をくださなければならぬこともたくさんあります。それゆえ、われらの高名なる同僚の水星大使が臨席しておられぬことが、とりわけ残念でなりません」

最後のひと言はかならずしも正確ではなかった。ボース博士は水星大使閣下が欠席しているからといって、とくに残念だなどとは思っていなかった。どちらかといえば、心配しているといったほうがいい。外交官としての直観では、なにかがおこりつつあるのは確かだが、その優秀な情報網をもってしてもそれがなんなのか、ヒントすらつかめないのだ。

大使閣下の欠席届は慇懃《いんぎん》ではあるが、まったく意味不明な手紙だった。閣下は遺憾ながら、緊急やむをえぬ用事のため、ビデオ映像でも出席できないとあった。ボース博士には、ラーマより緊急な――あるいは重要な――問題など、さっぱり思いつけなかった。

「委員のお二人が、発言を希望されています。デヴィッドソン教授からどうぞ」

委員会のほかの科学者たちが、興奮してざわざわし始めた。教授のような宇宙観にしばられた天文学者では、〈宇宙諮問会《SAC》〉の会長にふさわしくない、と思っている者がほとんどだったからだ。教授はしばしば知的生物の活動など、恒星や銀河に満ちあふれたこの荘厳な大宇宙にとっては不幸なほどつまらぬことで、そうした事柄にあまりこだわるのは不作法きわまる、と思っているような印象をあたえていた。当然、まったく逆の立場に立つペレラ博士のような宇宙生物学者たちに好かれるわけがなかった。かれらにとっては、宇宙の唯一の意味は知性体を生みだすところにあるので、えてして純粋な天文学的現象を小ばかにしたしゃべりかたをする。〃たんなる無機物〃というのが、かれらお得意の決め台詞《ぜりふ》だった。

「大使殿」天文学者は話し始めた。「ここ数日間のラーマの奇妙な行動を分析した結果、わたしが達した結論を述べたいと思います。そのいくつかはいささか驚嘆すべきものであります」

ペレラ博士は驚いたような顔をしたが、すぐにすまし顔に戻った。デヴィッドソンがびっくりするようなことなら、なんでも大歓迎なのだ。

「まず第一に、あの若い中尉《ルテナン》さんがラーマの〈南半球〉へ飛行したとき、注目すべき一連の出来事がおきました。あの大放電それ自体は、壮観ではありましたがさほど重要ではありません。むしろ、あのエネルギー量は相対的にはわずかなものだったともいえるのです。

しかし、それはラーマの自転周期の変化および飛行姿勢――すなわち、宇宙空間における飛行方位の変化と同時におきています。この方位変化には莫大なエネルギーが必要だったにちがいありません。放電であやうく命をなくしかけた――ええと、ミスタ・パクには申しわけないが、あの放電のほうは単なる副産物にすぎません――〈南極〉の大避雷針群によって最小限に押さえられながらも、発生してしまった障害現象のようなものですな。

わたしはここから、二つの結論を引き出しました。ある宇宙船が――われわれはラーマを、そのとてつもない大きさにもかかわらず、宇宙船と呼ばなければなりません――飛行姿勢を変えたとき、それは通常、軌道の修正が近いことを意味しています。それゆえわれわれは、ラーマがただ通り過ぎてまた星々の世界に戻っていく、という考え方に代わって、わが太陽系の新たな惑星になろうとしている、と信じている人々の見方を真剣に検討しなければならないのです。

もしそうだとするなら、エンデヴァー号は一刻も早く、もやいを解かなければならない――宇宙船でもそういうのでしょうな？――かれらがこのままラーマ上にとどまっていると、たいへんな危険に見舞われる恐れがあります。ノートン中佐もすでにこの可能性に気づいているとは思うが、わたしはさらに警告を送るべきだと考えます」

「ありがとうございました、デヴィッドソン教授。はい――ソロモンズ教授？」

「わたしにもひと言述べさせていただきたい」科学史家は始めた。「ラーマはその自転を変えるのに、ジェットや反作用装置をなにも使わなかったようですな。そこで、可能性は二つしかない、とわたしには思われます。

第一は、内部にジャイロスコープか、それに相当するものが備えられていること。しかし、それは巨大なものにならざるをえません。どこにあるのでしょう？

第二の可能性は——われわれの物理学を根底からくつがえすものですが——ラーマは非反作用推進機関を備えているということです。デヴィッドソン教授はお信じにならないでしょうが、いうところの〝スペースドライヴ〟です。もしそうなら、ラーマはほとんどなんでもできることになる。われわれは大ざっぱな物理的レベルですら、その行動をまるで予想できなくなるでしょう」

両学者の応酬に、外交官たちは明らかにいささか当惑したが、天文学者はがんとして引き下がらなかった。ここまできたからには、もうひき返すわけにはいかない。

「失礼ではあるが、わたしとしてはどうにもならなくなるまで、物理の法則を大事にしたい。ラーマにジャイロスコープが見つからないとおっしゃったが、まだよく探していないからかもしれんし、見落としている可能性もある」

ボース大使はペレラ博士がじりじりしているのを見てとった。ふだんならこの宇宙生物学者も思索にふけるほうを好むのに、いまはまるで違っていた。初めて、厳正な事実を手に入れたのだ。長いこと恵まれなかった不毛の学問が、一夜のうちに晴れ舞台に飛び出したのだ。

「ごもっともです――ほかにご発言がなければ、ペレラ博士からある重要な報告がありますので」

「ありがとう、大使。さて、すでにみなさんご承知のとおり、われわれはついにラーマの生命体の一サンプルを手にし、そのうえ数種をごく近距離から観察することができました。エンデヴァー号の女性軍医士官、アーンスト中佐が、みずから解剖したクモ型生物に関する詳細な報告を送ってきております。

まずまっさきに申し上げなければならないのは、同軍医の解剖報告のある部分は、不可解そのものであり、もしほかの状況下であったなら、わたし自身ですら、信じるのを拒むだろうということであります。

〈クモ〉は明らかに有機体ですが、その化学的性質は多くの点で、われわれのそれとは異なっております――相当量の軽金属を含有しているのです。それでもこれを動物と見なすには、いくつか根本的な理由から、わたしはためらっています。

第一に、口がなく、胃もなく、腸もなく――そう、食物を摂取する器官がまったくないのです！　さらに呼吸器官もなく、肺もなく、血液もなく、生殖器官もありません……。

いったいなにならあるのかと思われるでしょう。さよう、単純な筋肉組織、三本の脚と三本の鞭状の巻きひげ、もしくは触角を動かすための組織ならあります。それに脳もあります——かなり複雑で、その大半の部分が、この生物の驚くほど発達した三つ目の視覚に関係しています。しかし、体組織の八十パーセントは、蜂の巣状に並ぶ巨大電池群で占められており、アーンスト軍医が解剖を始めたとき、不愉快な思いをさせられた理由は、そこにあります。ただもうすこし運がよかったら、もっと早く気づけたかもしれません。というのは、このラーマ生物と似たものが、地球上にもいるからです——海中生物のうちのほんの一部ではありますが。

〈クモ〉の体のほとんどの部分がただのバッテリーで、これは電気ウナギや電気エイに見られるのと同じです。ただこの場合には、防御用としては使われていないのが明らかです。この電池はこの生物のエネルギー源なのです。そしてこれこそ、この生物が食べたり呼吸したりする器官を持たない理由です。そのような原始的装置は、必要としていないのです。そして当然ながら、この生物は真空中でも、完全に自由な活動ができるということになります……。

というわけで、われわれが手に入れたのは、どの点からみても、移動性の目以上のなにものでもありません。操作器官すらないのです。あの巻きひげではあまりにもひ弱すぎます。この生物の設計図をあたえられたなら、わたしはきっと、ただの偵察装置だと決めつけたにちがいありません。

その行動もこの説明に合致します。〈クモ〉のしたことといえば、走りまわって観察したことだけです。それしかできないのです……。

しかし、ほかの生物は違います。カニ、ヒトデ、サメ――もっと適切な言葉があるといいのですが――これらは明らかに周囲の状況に対処していけるし、さまざまな職務に特殊化されているように見えます。したがってかれらもまた、電池をエネルギー源としているのではないでしょうか、というのは〈クモ〉と同じように、口がないと思われるからです。

これらの考察によって提起された生物学的問題に対し、みなさんはすでに正しい認識をおもちのことと確信しております。このような生物が自然の進化によって生まれてくるでしょうか？　そうとは思えません。かれらは特定の役目のために、機械のように設計されたように見えます。ひとことでいえば、ロボット――生物学的《バイオロジカル》ロボット――であります。

地球上には、似かよったものがなにひとつない存在ということです。

ラーマが宇宙船であるなら、おそらくかれらもその乗組員の一部なのでしょう。いかにして生まれたか――または創られたか――は、わたしには説明できません。ただその答えは、あの〈ニューヨーク〉にあるように思われます。ノートン中佐と部下たちがもうしばらく滞在できれば、その行動の予測もつかない、さらに複雑な構造をもつ生物たちと、もっと出会えるかもしれません。この方向をたどっていけば、ラーマ人自身にも――この世界の真の創造者たちにも――遭遇できるかもしれないのです。

そうなった暁には、みなさん、疑問は、すべて氷解するでありましょう……」

35　特別便

ノートン中佐がぐっすり寝こんでいると、やにわに私用通信機が鳴って、楽しい夢の世界からむりやり引きずり出された。せっかく火星の家族と休暇をとって、太陽系一の活火山ニクス・オリンピカの荘厳な雪の頂きを飛び越えているところだったのに。おちびさんのビリーがなにか話しかけてきたところだったが、もう思い出せなかった。

夢が消えると、呼んでいるのは、艦内にいる副長だった。

「おこしてすみません、艦長《スキッパー》。司令部からトリプルA優先通信です」カーチョフは告げた。

「読んでくれ」ノートンは眠たげに答えた。

「できません。暗号《コード》です――〝指揮官開封〟となっています」

ノートンはしゃんとなった。長い軍歴中にも、そんなメッセージは三回しか受けとったことがない。そしてそれはいつもトラブルを意味した。

「くそ！」ノートンは毒づいた。「こんなときはどうすりゃいい？」

副長が答えるまでもなかった。二人とも状況は完全にわかっている。〈宇宙船乗務規範〉が予想もしなかった問題なのだ。通常は指揮官が自室、つまり専用金庫の暗号解読書《コードブック》から、数分以上離れているなどということはない。いますぐ出発すれば、ノートンは艦に――へとへとになってだが――四、五時間で戻れるだろう。だが、トリプルA優先権の通信に、そんな生ぬるいことをしてはいられない。

「ジェリー」ついにノートンはいった。「通信台にはだれがいる？」

「だれも。自分一人で通信しています」

「レコーダーは切ってあるか？」

「妙なことに規則違反でして、切ってあります」

ノートンはにやりとした。ジェリーはこれまでつきあったなかでは、最高の副長だ。なんでもちゃんと心得ている。

「オーケー。わたしの鍵がどこにあるか知ってるな。おりかえし返事をくれ」

つぎの十分間、ノートンはほかの問題のことを考えようとしながら――あまりうまくはいかなかったが――辛抱づよく待っていた。取り越し苦労をするのはいやだった。通信の内容など気をまわしたところでわかるわけもないし、どのみちもうすぐ知らされるのだ。悩むのはそれからでいい。

カーチョフ副長から返事がきたが、明らかにかなり緊張している口ぶりだった。

「ほんとは緊急ってわけじゃないですがね、艦長《スキッパー》――一時間ぐらいの差は、どうってことないし。でも、無線は避けたほうがよさそうです。伝令方式で届けます」

「でも、なぜだ――まあ、いい――きみの判断を信じよう。エアロックはだれがそれをもって通る?」

「自分がもってきます。〈軸端部〉に着いたらお呼びします」

「そのあいだは、ローラに艦をまかせることになるね」

「長くても一時間です。すぐ艦に戻ります」

軍医官は艦長代行の特殊訓練など、艦長が手術をできないのと同様、受けてはいなかった。緊急事態とあれば、たがいの職務をなんとかこなせるかもしれないが、あまりほめられたことではない。まあいいか、今晩はもう、命令もひとつ破られたことだし……。

「記録上は、きみは艦を離れてないんだぞ。ローラはもうおこしたかね?」

「はい。いい機会だって喜んでますよ」

「医者に秘密を守る習慣があるのはラッキーだな。受信通知はもう出したか?」

「もちろんです、艦長名で」

「よし、待ってるぞ」

もうこうなってはあれこれよけいな心配はするな、といってもむりな相談だった。〝ほんとは緊急ってわけじゃないですがね――でも、無線は避けたほうがよさそう……〟

ひとつだけは確かだった。今夜はもう、指揮官はあまり眠りをとれないだろう。

36　バイオット監視者

ピーター・ルソー軍曹は、自分がなぜ宇宙軍に志願したのか、じゅうぶんわかっていた。いろんな意味で、子供のころの夢の実現なのだ。まだ六つ七つのとき望遠鏡にとりつかれ、少年時代はほとんど、あらゆる形とサイズのレンズを集めるのに時をついやした。そのレンズをボール紙の筒にはめこんで、だんだん倍率の高い機械を作るようになり、ついには月や惑星や、近くの宇宙ステーション、それに自宅の周囲三十キロ圏内の全光景にすっかり慣れ親しむようになった。

生まれたところもラッキーで、コロラドの山中だった。どちらを向いても、眺めはすばらしく、見飽きることがなかった。毎年不注意な登山者たちをいけにえにする峰々を、まったく安全に何時間も探検してまわったものだ。そんなにいろいろ見ていながら、それをさらに想像力でふくらませた。岩山のかなた、望遠鏡の視野の向こうには、目を見はるような生きもののあふれる魔法の王国がある、そんな空想にふけるのが好きだった。そんなわけで、ピーターは長いこと、レンズを通して知った場所への訪問を避け続けた。現実はとうてい夢にはかなわないことを、ちゃんと心得ていたからだ。

それがとうとうラーマの中心軸上で、少年時代の自由奔放な空想も顔負けの驚異のかずかずを、調査できることになったのだ。眼前にはいま、この世界の全景が広がっていた――たしかに小さな世界ではあるけれど、それでも一人で四千平方キロを探検するとなれば、全生涯をかけなければなるまい。たとえそこが変化のない、死の世界だったとしても。

しかし、いまやラーマには、無限の可能性を秘める生命が甦っていた。たとえ生物学的《バイオロジカル》ロボットがほんものの生物ではないとしても、じつによくできたそのイミテーションであることには変わりない。

だれが〝バイオット〟という名称を考え出したのかはわからないが、どうやら自然発生的に生まれて、たちまち愛用されるようになったらしい。ピーターが〈バイオット監視隊長〉に選ばれたのは、〈軸端部〉勤務の利点を買われたからで、おかげで軍曹は、バイオットたちの行動パターンをかなり読めるようになってきた――すくなくとも当人はそう信じていた。

〈クモ〉たちはいわば移動式《モバイル》感覚器官で、視覚を――それにおそらく触覚も――使って、ラーマ内部の全域を調べまわるのが役目だった。一時は、何百という数のそれが高速で走りまわっていたが、二日とたたぬうちにみんな姿を消してしまった。いまでは一匹でも見つけるのは難しい。

〈クモ〉に代わって登場したのは、種々さまざまなさらに奇想天外な生物たちで、適当な名前をつけるだけでも、ひと仕事だった。〈窓ふき屋〉は大きな雑巾《ぞうきん》状の足を使って、どうやらラーマの六本の長い人工太陽を端から端まで、せっせと磨きあげながら進んでいくようだ。かれらの巨大な影が世界の反対側に投げかけられると、一時的な日食現象をひきおこした。

ドラゴンフライ号をたいらげた〈カニ〉は、〈掃除屋〉らしかった。同じ姿の生物たちが一列に並んで、〈キャンプ・アルファ〉のはずれにまとめて積みあげられたごみ屑を、リレー方式ですっかり運び去った。ノートンとマーサーが立ちふさがって食いとめなかったら、ほかのものまで洗いざらい運び去ってしまっただろう。この対決は一同をはらはらさせたが、あっけなくケリがついた。その後は〈掃除屋〉たちも、さわっていいものがわかったと見えて、仕事をさせてくれるかどうか様子をうかがいに、定期的に現われるだけになった。じつに適切な処置で、そこには高度の知能の存在が――〈掃除屋〉自体にか、それとも、どこかべつの場所からコントロールしている何者かに――暗示されている。

ラーマにおけるごみ処理は、きわめて簡単で、ぜんぶ〈海〉に放りこんでしまう。おそらくそこで分解されて、再利用されるのだろう。そのプロセスは迅速で、レゾリューション号は、たったひと晩で影も形もなくなり、ルビー・バーンズ軍曹をいたく怒らせた。ノートンはそれがりっぱに務めを果たしたこと――もともと二度とだれにも使わせるつもりはなかったことを指摘して、ルビーを慰めた。〈サメ〉どもには〈掃除屋〉ほどの識別力がなかったらしい。

新しいタイプのバイオットをみつけて、望遠鏡でうまく写真がとれたときのピーターの喜びようといったら、未知の惑星を発見した天文学者のそれにも劣らなかった。残念なことに、おもしろそうな種類の生物はみんな〈南極〉のほうにいるようで、〈ホーン〉の周辺で、なにやら不可解な仕事をやっていた。ムカデに似た吸盤つきのやつが、ひっきりなしに〈ビッグホーン〉そのものを上り下りしているのが見え、いっぽう低いほうの尖塔群のまわりには、カバとブルドーザーの合いの子みたいないのが、ちらりと姿を見せた。二本首のキリンみたいなのもいて、こいつは移動クレーンの役目をしているらしい。

思うにラーマも、ほかの船と同じで、長旅のあとではテストや点検や修理が必要なのだろう。乗組員はすでにいそがしく立ち働いている。乗客はいつ現われるのだろうか？

バイオットの分類は、ピーターの主要任務ではない。あたえられた命令は、常時二、三グループは出ている探検隊の監視を続けて、トラブルに巻きこまれぬように気をくばり、もし近づく不審物があれば警報を出すことだ。手のすいた者がいれば六時間ごとに交替するが、十二時間ぶっ通しの勤務ということも、再三あった。おかげでいまでは、ラーマの地形をピーターほど知っている者は、ほかにだれもいなくなった。少年時代のコロラドの山々におとらず、すっかりおなじみのものになったのだ。

〈エアロック・アルファ〉からジェリー・カーチョフが出てきたとき、ピーターはすぐ、これはただごとではないと直感した。これまで睡眠時間中に人員の移動があったためしはなく、しかもいまは、ラーマ時間《ミッション・タイム》で真夜中をまわったところなのだ。すぐさまピーターは、自分たちがどんなに人手不足の状態かということを思い出し、それ以上に事態の異例さに気がついて、ショックを受けた。

「ジェリー――艦のほうの責任は、だれが受けもってるんです？」

「ぼくだよ」と、副長はそっけない返事をすると、宇宙帽をはねあげた。「当直中にぼくが艦橋《ブリッジ》を離れるなんて思ってないだろうな？」

カーチョフは宇宙服の物入れ《キャリオール》に手をつっこむと、ラベルがついたままの小さな缶詰をとりだした。〝濃縮オレンジジュース・五リットル用〟とあった。

「きみは名人なんだろう、ピーター。艦長《スキッパー》がお待ちかねなんだ」

ピーターは缶詰を手にして重さをはかってから、慎重にいった。「質量はたっぷりつけてくれたでしょうね。――最初のテラスに引っかかっちまうこともあるんでね」

「まあ、プロにまかせるよ」

これはほんとうだった。〈軸端部〉勤務の者は、忘れものや急に必要になった小さな物品を投げ落としてやる練習を、たっぷり積んでいる。コツは、低重力地帯をうまく通過させること、そのあと八キロにわたる下り坂の落下中に、コリオリ力《フォース》の影響でキャンプからあまり遠くにそれてしまわぬよう気をつけることだ。

ピーターは足場をしっかり固めると、缶をにぎりしめ、崖の表面ぞいに勢いよく放り落とした。直接〈キャンプ・アルファ〉を狙わずに、わざと三十度近くはずして投げたのだ。たちまち空気の抵抗で、缶詰は初速を失ったが、あとはラーマの疑似重力が肩代わりしてくれたので、あとは等速で下方への移動に入った。一度は〈梯子〉の根もとにぶつかって、ゆっくりバウンドしたが、おかげで最初のテラスをうまく通過できた。

「もう大丈夫です」と、ピーターはいった。「賭けましょうか？」

「とんでもない」きっぱり断られた。「ハンデがありすぎるよ」

「スポーツマンじゃないなあ。でも、断言します——キャンプから三百メートル以内で止まりますよ」

「あんまり近くはないみたいだな」

「いつかご自分でやってみなさいよ。一度、ジョーが二キロも外したことがあります」

缶はもうバウンドしていなかった。重力が強くなって、〈北ドーム〉の湾曲面にぴったり密着するようになった。第二テラスを通過するころには、毎時二十から三十キロで転がるようになり、摩擦が許すほぼ最高速度に達した。

「あとは待つだけです」ピーターは缶の行方を追うために、望遠鏡の前に腰をすえた。

「あと十分で着くでしょう。ああ、艦長《スキッパー》が出てきましたよ——この角度から見ても、みんなを区別できるようになったんです――ほら、こっちを見上げてます」

「望遠鏡のおかげで、すっかり自信がついたようだな」

「ですとも。ラーマ内でおこっていることをぜんぶ知っているのは、わたしだけです。すくなくとも、さっきまではそう思ってました」悲しげにそうつけ加えると、とがめるような目つきでカーチョフを見た。

「もっとお楽しみを続けたければ、艦長《スキッパー》は歯みがきペーストも切らしたんだがね」

会話は尻すぼみにとぎれたが、ようやくピーターが口を開いた。「賭けを受けてくれればよかったのに……ほんの五十メートルのところに着きましたよ………いま見ています……これで任務完了と」

「ありがとう、ピーター――よくやってくれた。もう眠ってもいいよ」

「眠れですって！　○四○○時まで当直なんですよ」

「ごめんよ――きみは眠っていたにちがいないんだ。でなけりゃ、こんな夢を見るわけがないだろ？」

宇宙調査局司令本部発
ＳＳＶエンデヴァー号指揮官宛
通信優先度・ＡＡＡ。機密分類・指揮官開封。記録抹消のこと。

〈スペースガード〉より報告。超高速飛行体が、十日、ないし十二日前に水星より発進、ラーマに向かう由。軌道変更なくば到着は三二二日一五時と予測。事前に撤退の要あるやも知れず。後報を待て。

司令長官

ノートンはその電文を五、六度読み返して、日付を頭に刻みつけようとした。ラーマのなかにいると、日時を勘定するのが難しいのだ。現在が三一五日だというのを知るのに、カレンダー時計をのぞかねばならなかった。ということは、あと一週間の余裕しかないことになる……。

この電報は文面自体、背すじが寒くなるだけでなく、そこに暗示される言外の意味がまた恐ろしかった。水星人《ハーミアン》たちはこっそり秘密に飛行体を発射した——その行為自体が、〈宇宙法〉違反になる。結論は明らかだ。〝飛行体〟とはミサイルに決まっているのだ。

しかし、なぜなのだ？　かれらがあえてエンデヴァー号を危険にさらすとはとても考えられない——いや、ほとんど考えられないというべきか。とすれば、いずれ水星人自身から、間にあううちに警報がくるだろう。緊急事態の場合、司令長官じきじきの命令がくれば、数時間のうちに撤退することもできるだろう。もっとも、ノートンはそんな撤退には、猛反対するつもりでいた。

ゆっくりした足どりで、深い物想いにふけりながら、ノートンは簡易生命維持兵舎へと歩いていくと、電報用紙を電子トイレのなかへ落とした。シートカバーの下の割れ目からレーザー光線のまばゆい炎がひらめき、機密保持の要請は守られたことがわかった。まったく残念なことだ、と内心つぶやいた。あらゆる問題がこんなふうにたちどころに、そして衛生的にかたづいてくれたら、いうことなしなのだが。

37　ミサイル

ミサイルがまだ五万キロもかなたにいるときから、そのプラズマ減速噴射の炎は、エンデヴァー号の主望遠鏡《メイン》にはっきりととらえられた。そのころには、秘密はもう秘密でなくなっており、ノートンは不承不承、二度目の、おそらくは最後のラーマ撤退命令を出した。だが、いよいよほかに手段がなくなるぎりぎりまで、ここから立ち去るつもりはなかった。

減速行動を完了したとき、水星からの招かざる客は、ラーマからわずか五十キロに近づいて、どうやらＴＶカメラによる走査を始めたらしかった。カメラ類はまる見えで――一個は船首に、一個は船尾に――数本の小さな無指向性アンテナと、大型の指向性パラボラアンテナが、遠く離れた水星の方角にぴたりと向けられている。ノートンはどんな指令が電波に乗って送られてきて、どんな情報が送り返されているのだろう、といぶかしんだ。

しかし、すでに知っていること以外には、水星人にはなにもわかるはずないのだ。エンデヴァー号の発見したことはすべて、太陽系内の隅々にまで放送されている。この宇宙ミサイルは――ここへ到達するのに、あらゆるスピード記録を破っていた――たんに、その製作者たちの意志の延長に、目的を果たす装置にしかなりえない。その目的もまもなくわかるだろう。三時間後には、水星の惑星連合大使が〈惑連総会〉で、演説をぶつ予定になっているからだ。

公式には、そのミサイルはまだ存在していなかった。なんの識別マークもつけていないし、正規のビーコン周波数も使っていない。きわめて悪質な法律違反なのだが、いまだに〈スペースガード〉は正式の抗議をおこなっていない。だれもがじりじりいらいらしながら、水星の出かたを待っていた。

ミサイルの存在が——同時に、その出所が——発表されてから、すでに三日たっている。そのあいだ終始、水星人たちはかたくなに沈黙を守ってきた。そうしたほうがいいときには、じつに巧みにやってのけるのが水星人なのだ。

水星に生まれ育った人間の精神活動を完全に理解するのは、ほとんど不可能なことだと主張した心理学者もいるくらいだ。水星に比べて三倍も強力な重力のおかげで地球から永久追放された水星人たちは、月面に立ってほんの目と鼻の先にある祖先の——両親の場合さえある——惑星を眺めることはできても、けっしてそこを訪れることはできない。だから、当然ながら、かれらは地球へなど行きたくないと主張していた。

かれらはおだやかな雨、起伏のある草原、湖や海、青い空——映像記録を通してしか知ることのできぬあらゆるものを、軽蔑するふりをする。かれらの惑星は昼間帯の温度がしばしば六百度にもなるほど、太陽エネルギーにどっぷりつかっているので、いかにもタフなように振る舞ってはみせるものの、それがこけおどしにすぎないことは、ほんの一分も観察すればわかるのだ。事実、水星人は肉体的に脆弱になりがちで、その理由は、環境から完全に絶縁されていなければ生きていけないところにあった。かりに重力には耐えられても、地球の赤道地帯で暑熱にさらされたら、たちまちなにもできなくなるだろう。

しかし、ほんとうに重大な問題に関しては、かれらはたしかにタフさを見せた。あの荒々しい恒星がすぐ間近にあるという心理的圧迫感、苛酷な惑星をこじあけて、生活に必要なすべてをもぎ取らねばならぬ技術的困難さ——両々あいまってスパルタ的な、多くの点で賞讃に値する文化を生み出している。水星人は頼りになる連中なのだ。いったん約束したら、かならずやりとげる——ただし、その勘定書は高いものになるかもしれないが。かれら自身のジョークにこんなのがある。もし太陽が新星《ノヴァ》化する徴候を見せたら、水星人はそれを抑える請負い仕事を買って出るだろう——値段のおりあいさえついたらの話だが。非水星人の作ったジョークはこうだ。水星じゃ、芸術や哲学や抽象数学に興味を示す子供は、みんな落第させられてたちまち水耕農場送りなんだとさ。犯罪者と精神病者については、これはジョークどころではない。犯罪など、水星では許されぬ贅沢のひとつなのだ。

ノートン中佐は一度だけ水星へ行ったことがあり、すごく感銘を受けた——ほとんどの訪問者がそうだ——し、たくさんの友人もできた。ポート・ルシフェルでは一人の娘と恋に落ち、三年の結婚契約をしようとまで思いつめたのだが、金星軌道より外の世界の出身者に対する、向こうの両親の強硬な反対にあってしまった。それでよかったのかもしれない。

「地球からトリプルA通信です、艦長《スキッパー》」艦橋《ブリッジ》からいってきた。「音声と予備電文で、司令長官からです。受領用意はよろしいですか？」

「電文はチェックしてファイルしておけ。音のほうはまわしてくれ」

「送ります」

ヘンドリックス提督の声は、淡々と落ちつきはらっていて、宇宙史上未曾有の事態だというのに、まるでいつもの艦隊命令を出すような口ぶりだった。とはいっても、爆弾から十キロのところにいるのは、提督ではないのだ。

「司令長官《CinC》からエンデヴァー号指揮官へ。これは現在、われわれの直面している状況の緊急要約である。〈惑連総会〉が一四〇〇時に開かれることは一同承知と思うし、議事内容も耳にすることになろう。事前協議なしに行動に移らねばならぬ可能性もあるだろうから、以下の指示を出しておく。

そちらから送ってもらった映像類を分析した。飛行体は通常の宇宙探査機《スペース・プローブ》で、高衝撃に耐えるよう改造されており、たぶん離陸時にはレーザー推進を用いたようだ。大きさも質量も五百ないし一千メガトン級の核融合爆弾に匹敵する。水星人はふだん採掘作業に百メガトン級のを使いなれているから、この程度の弾頭を組み立てるのは造作もなかっただろう。

専門家の見つもりによれば、この探査機はまた、ラーマの破壊に必要な最小の大きさだそうだ。船体のもっとも薄い部分――〈円筒海〉の下――で爆発させれば、そこに亀裂が生じ、あとは船体の自転によって完全に分解するということだ。

われわれの推測では、水星人がもしそのような行動を計画しているとしても、かれらはきみたちにじゅうぶんな脱出時間をあたえるだろう。ただ念のためいっておくが、この手の爆弾の出すガンマ線は、一万キロは離れていないと危険な可能性がある。

しかし、それ以上に重大な危険がある。ラーマの破片だ。重さが何トンもあり、時速一千キロに近いスピードで飛び散る破片は、きみの艦がどれほど離れていても破壊できるだろう。したがって、脱出のさいは自転軸沿いに進むこと。その方角なら、破片は飛んでくるまい。最低安全距離は一万キロと考える。

この通信は傍受されることはない。多相《マルティプル》＝偽装《シュード》＝無作為《ランダム》通信回路で送られているので、わたしも普通の英語でしゃべれるというわけだ。返信はそれほど安全ではないかもしれぬから、慎重に送信し、必要に応じて暗号を使用するように。〈惑連総会〉の討議がすみしだい、また連絡する。通信終わり。CインC。以上だ」

38 惑連総会

歴史の本によると――本気で信じる人はいないが――昔の〈国際連合〉には、百七十二カ国も加盟していたという。〈惑星連合〉の加盟者はわずかに七星だが、それでもときには多すぎるほどだ。太陽からの距離の順でいうと、水星、地球、月、火星、ガニメデ、タイタン、トリトンとなる。

このリスト自体、あまりにも不完全で漠然としたもので、将来正しく訂正されなければならないだろう。批判者たちがつねづね指摘してやまないのは、〈惑星連合〉と称しながら、そのじつ加盟者の大半は惑星ではなく、衛星ではないかということだ。それに、四大巨星の木星、土星、天王星、海王星が入っていないのはおかしいではないかと……。

しかし、これらのガス体巨星にはだれも住んでいないし、将来もその見込みはない。同じことが、もうひとつの重要な未加盟者、金星についてもいえそうだ。この上なく情熱的な惑星技術者でさえ、金星を屈服させるにはあと何世紀もかかるだろう、という点では意見が一致していた。もっとも、水星人たちは早くからこの惑星に目をつけており、おそらく長期にわたる征服計画をねっているにちがいない。

地球と月がそれぞれべつに代表を出しているということも、つねに争因のひとつになっていた。ほかの加盟者は、それでは太陽系の一ヵ所に権力が集中しすぎる、と主張するのだ。だが、月には、地球以外のどの星よりたくさんの人口が住んでいるし――〈惑星連合〉の会議場がおかれているのも、月だ。そのうえ、地球と月はことごとに意見が対立しているから、将来も危険なブロックを組むことはまずなさそうだった。

火星は小惑星群《アステロイド》を信託統治下においていた――例外はイカロス・グループ（水星に管理されている）と、近日点を土星軌道以遠にもつひと握りの小惑星群――したがって、タイタンが領有権を主張していた――だけだ。やがていつか、小惑星でも比較的大きいパラス、ヴェスタ、ユノ、ケレスあたりがその重要性を増して大使を送るようになり、〈惑連〉加盟星の数は二けたに達するようになるだろう。

ガニメデはただ木星を代表するだけでなく――だから、質量の点からいえば、太陽系のほかの部分ぜんぶを合わせてもかなわない――残りの五十かそこらある木星衛星群をも代表していた。この数字は、もし小惑星帯《アステロイド・ベルト》からとりあえず捕獲したものまで含めたらの話だが（法律家たちはこの点で、まだ異議をとなえている）。同じ意味でタイタンも、土星とその環と三十いくつかの衛星群とをまとめて代表していた。

それに輪をかけてややこしいのは、トリトンの立場だ。この海王星の大衛星は、人類が定住する太陽系最外縁の天体で、結果的にその大使は、かなりの数の肩書を背負《しょ》いこむことになった。大使が代表するのは、まず天王星とその八個の衛星（どれもまだ無人）、海王星とトリトン以外の三個の衛星、冥王星とその唯一の衛星、そして独りぼっちで衛星のない冥妃星《ペルセポネ》なのだ。もしペルセポネ以遠にも新惑星があれば、それもトリトンの管轄となるだろう。それでもまだたらぬというつもりか、わが〝外周暗黒界大使《アウター・ダークネス》〟（ときどきそう自称する）閣下は、もの欲しそうにこうたずねたといわれている。「彗星たちはどうするのです？」この問題の解決は未来にゆだねよう、というのがおおかたの意見だった。

しかし、きわめて深刻な意味で、その未来がもう来てしまっていた。ある定義からすれば、ラーマはたしかに彗星だからだ。恒星間の深淵からやってくる訪問者は彗星だけで、その多くはラーマよりもっと太陽に接近する双曲線軌道をとる。宇宙法学者ならだれでも、その点で有利な主張を展開できるだろう——そして〈水星大使〉は名うての宇宙法学者の一人だった。

「水星大使閣下の発言を認めます」

各代表の席次は、太陽からの距離の順に左回りとなっていたので、水星人は〈議長〉のすぐ右隣《どなり》にすわっていた。水星大使はぎりぎりの瞬間までコンピューターに顔をくっつけていたが、ようやく、表示スクリーン上の通信が他人に盗み読みされるのを防ぐ同調眼鏡をはずした。大使は一束のメモを手にすると、きびきびした身ごなしで立ちあがった。

「議長ならびに誉れ高い同僚代表諸君、わたくしはまず、われわれが直面している状況の短い総括から始めたいと思います」

代表のなかには、〝短い総括〟と聞いて内心うめく者もいただろうが、水星人はいつも本気でものをいうことは、だれもが知っていた。

「ラーマと命名されたかの巨大な宇宙船、というか人工小惑星が探知されたのは、一年以上も前で、木星の外域においてであります。当初は自然の天体で、双曲線軌道をとって太陽をめぐったあと、また宇宙へ去っていくものと信じられておりました。

その真の正体が発見されるや、太陽系調査局船エンデヴァー号がランデヴー命令を受けました。わたくしはみなさんとともに、このユニークな任務をかくもみごとに能率よく成しとげたノートン中佐とその部下に対し、お祝いを述べたいと思います。

当初、ラーマは死んでいると――何十万年間も凍結していては、とても蘇生の可能性はないと信じられておりました。厳密に生物学的な意味からすれば、この考えかたはまだ正しいのかもしれません。この方面の研究者の一般的見解として、いかなる複雑な有機生命も、生体仮死保存《サスペンデッド・アニメーション》の状態ではほんの数世紀以上は生き永らえることができない、とのことであります。たとえ絶対零度下においても、残存する量子効果が結果的に細胞質情報を消し去りすぎ、とうてい蘇生を不可能にしてしまうのです。それゆえ一時は、考古学的にはとほうもなく重要であるにしても、ラーマはさほど大きな宇宙政治問題にはなるまいと思われておりました。

これがきわめて素朴にすぎる考えかたであったことは、いまや明らかであります。もっとも、ラーマが偶然にしてはあまりに正確に太陽方向をめざしている、と最初から指摘していた人もおりますが。

たとえそうだとしても、これは実験が失敗した結果なのだ、という主張もできるかもしれません――いや、実際にそういう主張もありました。ラーマは狙った目標には到達したのだが、乗ってきた知的生命体は生き残れなかったというのです。この見かたもやはり、あまり単純にすぎるようであります。われわれの当面している生物を見くびりすぎるといわざるをえません。

われわれが考慮に入れなかった誤りは、非生物学的生命の生き残れる可能性でした。ペレラ博士のきわめて説得力ある仮説は、すべての事実にぴったり適合しておりますが、もしこの説を認めるならば、ラーマ内で観察された生物は、ごく最近誕生したことになります。かれらのパターン、というか型《テンプレート》板は、中央情報バンクのようなところに蓄えられていて、機が熟すると、手ぢかの原材料――たぶん〈円筒海〉の金属有機物が溶けこんだ海水でしょう――から製造されるわけです。そのような離れわざは、現在のわれわれの能力ではまだ不可能ではありますが、理論的にはなんの問題も残されておりません。周知のように、ソリッドステート回路は、生体物質と違い、情報を失うことなく無限の時間蓄えておくことができるのです。

かくしてラーマはいまや、完全に活動状態に入って、その建造者たち――だれなのかはともかく――の意図を遂行しようとしております。われわれの観点からすれば、ラーマ人自身が百万年前に死に絶えていようと、そうではなく、かれらもまた奉仕者たちに続いて近いうちに再創造されようと、そんなことはどうでもいいのです。ラーマ人がいようといまいと、かれらの意志はいま遂行されつつあり――今後も遂行され続けるだろうからであります。

ラーマはまた、その推進システムが作動中であることも証明してくれました。数日後には近日点に達し、そこで軌道の大修正をおこなう可能性が、論理的に考えられます。その結果、われわれはもうじき新しい惑星をもつことになるかもしれません――なにしろ、わが水星政府の管轄する太陽系空間を移動していくのですから。あるいはもちろん、軌道に何度も修正を加えて、太陽から好きなだけ離れた空間に、最終軌道を定めるかもしれません。大きな惑星の衛星になることさえできるのです――たとえば、地球の……。

それゆえに、わが同僚諸君、われわれはいま、あらゆる範囲の可能性に直面しているのであります。しかも、そのうちいくつかは、きわめて容易ならざる可能性であります。これらの生物は友好的にちがいないから、われわれにはぜったい干渉してこないだろう、と楽観するのは愚かなことです。わざわざ太陽系をめざしてやってきたからには、なにか必要とするものがあるからに決まっています。一歩ゆずって、たとえ科学調査の目的にすぎないとしても——その知識がどう使われるか、という点を考えていただきたい……。

われわれが直面しているのは、何百年——いや、おそらく何千年——もわれわれより進んだテクノロジーであり、われわれの文化とはすこしの共通点ももたぬ文化かもしれません。われわれはラーマ内の生物学的ロボット——いわゆるバイオット——の行動を、ノートン中佐が送ってきたフィルムから研究したすえ、ある結論に到達いたしました。それをこれからお伝えしたいと思います。

水星には不幸にして、観察対象となるような原住生命体はおりません。しかし、むろんわれわれにも地球動物学の完全な記録があります。そしてそのなかに、ラーマと驚くほど似かよったものを発見したのです。

それはシロアリの群体《コロニー》であります。ラーマのように、それは統制された環境をもつ人工的世界です。ラーマのように、その機能はもっぱら、全体を構成する特殊化された一連の生物学的機械たちに依存しています——労働者、建設者、農民——おまけに兵士までいるのです。ラーマにも〈女王〉がいるかどうかまでは知りませんが、〈ニューヨーク〉と呼ばれる島状構造物が同じような機能をはたしている、とだけは申しあげておきましょう。

もっとも、このようなアナロジーをどこまでも追いかけるのは、明らかにばかげています。多くの点で矛盾が出てくるのは必定でありますから。しかし、あえてみなさんにお聞きいただいたのは、わけがあるのです。

人類とシロアリとのあいだには、はたしてどの程度の協力や理解が可能でしょうか？　利害がぶつからぬときは、おたがいに我慢できます。だが、相手の領土や資源が必要なときには、おたがいに攻撃を容赦しません。

われわれのもつ技術力と知性のおかげで、断固戦う決意をしたときには、われわれはつねに勝利してきました。だが、ときにはそう簡単に決まらぬこともあり、長い目で見れば、最後の勝利はシロアリのものになるかもしれないと、信じる人さえいるほどです……。

以上を念頭においたうえで、ラーマ人が人類文明にあたえるかもしれぬ——あたえるにちがいないとまではいいませんが——恐るべき脅威のことを考えていただきたい。かりに最悪の事態がおきたときに備えて、われわれはなんらかの対抗手段を講じたでありましょうか？　まったくなにひとつ講じてはおりません。われわれはただ、話しあい、考えをめぐらし、学術的な文章を書いただけです。

ところで、わが同僚諸君、水星だけはそれ以上のことをやってのけました。〈二〇五七年宇宙条約〉の第三十四条、太陽系の安全を守るに必要ないかなる処置をもとる権利を定めた規定にもとづいて、われわれはラーマに向けて、高エネルギー核装置を急派したのであります。もちろん、使用せずにすめば、それに越したことはありません。しかし、いまやすくなくとも、われわれは無力ではないのです――以前のようには。

われわれがなんら事前の協議なしに、一方的にことを運んだことは、問題かもしれません。それは率直に認めます。しかし、まにあううちにそのような同意をわれわれがとりつけられただろうとは、この場におられるどなたも――非礼はお許しください、議長――お考えにはならないはずです。われわれのとった行動は、われわれ自身のためだけではなく、人類全体のためなのだと信じております。未来の全世代はいつの日か、われわれの先見の明に感謝してくれるかもしれません。

とはいえ、ラーマほどのすばらしい人工物を破壊することは、悲劇――いや、犯罪でさえあることは認めざるをえません。もしかりに、人類にはなんら危険が及ぶことなく、この破壊を回避できる方法があるならば、われわれは喜んでそれをお聞きしたい。だが、現在のところそれは見つからず、時間切れになろうとしています。

ラーマが近日点に達するまで残り数日のうちに、決断をくださなければなりません。もちろんエンデヴァー号には、充分な余裕をもって警告を出します――ノートン中佐にも、いざとなったら一時間の事前通告でただちに退避できるよう、準備をおこたらぬようにと勧告したい。ラーマがまたいつなんどき、劇的変化をとげぬともかぎりませんから。

わたくしの発言は以上であります。議長ならびに同僚諸君。ご静聴に感謝します。みなさんのご協力を期待します」

39　指揮官決定

「なあ、ボリス、水星人ていうのは、きみの神学にどうあてはまるんだね？」

「ぴったりすぎるほどですよ、中佐」と、ロドリゴ中尉は、ユーモアのない笑いをうかべて答えた。「善と悪との戦いは昔から続いています。ときには、人類がそのどちらかに与《くみ》しなければならない場合もあります」

そんなことだろうと思っていた、とノートンは心のなかでつぶやいた。この状況は、ボリスにとってショックにちがいないが、それでもはなから諦めて黙従する男ではない。〈宇宙《コズモ》キリスト〉派の人びとは、きわめて精力的で有能なのだ。実際ある面では、かれらは驚くほど水星人に似ていた。

「いい手がありそうだな、ロッド」

「はい、中佐。ほんとにごく簡単なことですが――爆弾を不発にしちまえばいいんです」

「なるほど。で、どうやって？」

「小さなワイヤカッターを使います」

これがほかのだれかなら、ノートンも冗談と受けとっただろう。だが、ボリス・ロドリゴとなると話はべつだ。

「ちょっと待て！　あれにはカメラがにょきにょきついている。水星人が黙って見ていると思うか？」

「もちろん。かれらには打つ手がありません。信号がいつとどいたにしても、そのときはもう手遅れです。作業は十分もあれば完了します」

「わかったよ。連中、きっと頭にくるだろうな。だが、一触即発のブービートラップがしかけられていないともかぎらんぞ」

「考えられませんね。あれの目的はなんです？　特別製の遠宇宙探検用の爆弾ですから、命令以外では爆発しないように、あらゆる種類の安全装置がついてるに決まってます。その程度の危険は覚悟のうえです――それに艦を危険にさらさずにやってのけられます。あらゆる面を検討ずみですから」

「きみなら、きっとやれる」ノートンはうなずいた。このアイディアは魅力的だ――ほとんど誘惑的でさえある。水星人の裏をかくというところが、とくにたまらなかった。この恐ろしい玩具になにがおこったかに気づいたとき――もうあとの祭りだが――かれらがどんな反応を示すか、これはたいへんな観物《みもの》だった。

だが、ほかにも厄介な問題がある。それを考えれば考えるほど、ノートンには難問にみえてきた。艦長はいま、自分の全軍歴中で最高に難しく、また決定的な判断を迫られているのだ。

いや、そのような表現は、ばかばかしいほど控え目すぎる。艦長は文明史上かつていかなる指揮官も直面したことのない難問に直面しているのだ。人類の未来がこの一事にかかっているかもしれない。かりにもし水星人の考えが正しかったとしたら、どうなるのか？

ロドリゴが退室すると、ノートンは〈入室禁止〉表示のボタンを押した。この前はいつ使ったのか記憶になかったので、明かりがついたときには、まだ使えるのかとちょっとびっくりした。いまや、乗組員たちがわいわい騒いでいる艦内にあって、ノートンは完全に孤独だった――時の回廊の向こうから自分をみつめている、ジェームズ・クック船長の写真をのぞいては。

地球と打ち合わせをすることも不可能だった。あらゆる通信が盗聴されている可能性があると、すでに警告されていた――たぶん、爆弾の中継装置がその役をやっているのだろう。したがって、全責任がいまやノートンの双肩にかかっているのだ。

あるアメリカ合衆国大統領――ルーズヴェルトだったか、ペレズだったか？――の話をどこかで聞いたことがある。「責任はここに踏みとどまる《ザ・バック・ストップス・ヒア》」という座右銘を、デスクの上に置いていたというのだ。ノートンには、その意味がもうひとつピンとこなかったが、いまたしかにそれが踏みとどまるべきときだとわかっていた。

なにもしないで、水星人の避難勧告を待ち続けることもできる。だが、未来において、歴史は自分をどう評価するだろうか？　ノートンは死後の名声や悪名などにはさして関心などなかったが、さりとて、防ぐ力を手中ににぎりながら、宇宙犯罪の従犯者として永久に記憶される気もさらさらなかった。

この計画は完璧だ。ノートンが期待したとおり、ロドリゴはごく些細な部分まで稠密に予測していた――爆弾にさわった瞬間、引き金をひいてしまうかもしれないという、ごくわずかな危険性まで考慮に入れている。もしそうなっても、ラーマの陰にいれば、エンデヴァー号は安全だというのだ。ロドリゴ自身、その瞬間から神として祀られるようになることを、完全な平静さで受けとめているようだった。

しかし、首尾よく爆弾を処理できたとしても、問題の解決からはまだほど遠い。なんとかやめさせる方法が見つからなければ、水星人はまたやるかもしれないのだ。とはいえ、最低一週間ほどは時間をかせいだことになるし、ラーマ自体もべつのミサイルが到着するころには、近日点をはるかに過ぎている。そのときまでには、心配性の人たちの懸念もすべて反証されているだろう。もしかすると、その逆かもしれないが……。

やるべきか、やらざるべきか――それが問題なのだ。ノートン中佐がかのデンマーク王子を、こんなに身近に感じたのは初めてだった。なにをしようとも、結果が吉凶いずれになるかは、きっかり五分五分のように思われた。艦長はあらゆる決断のなかで、もっとも倫理的に難しいそれに直面していた。自分の判断がまちがっていれば、すぐにわかるだろう。だが、正しかったとしても――それを証明することはけっしてできない……。

これ以上議論していても、とるべき道をあれこれいつまで考え続けても、なんにもならなかった。迷い始めたら最後、永遠に堂々めぐりを続けるだけなのだ。心を静めて、内なる声を聞くときが来ていた。

キャプテン・クックの穏やかだが確固たるまなざしが、何世紀もの時を越えてノートンをみつめ、ノートンも見返した。

「わたしもあなたに賛成だ、キャプテン」ノートンはつぶやいた。「人類は良心に恥じることなく生きていかなければならない。水星人がどういおうと、生き残ることがすべてじゃない」

ブリッジ呼び出しボタンを押すと、ゆっくりと告げた。「ロドリゴ中尉、来てくれたまえ」

そして目を閉じて、両の親指を椅子の拘束ベルトに引っかけると、ほんの数瞬間、完全なくつろぎを楽しもうとした。

このつぎまた、こんな気分になれるのは、きっとずっと先のことになるだろう。

40　サボタージュ

スクーターからは、不必要な部品がすべてとりはずされていた。いまではただ、むきだしの車体に推進装置、誘導装置、生命維持装置がついているだけだ。第二パイロットのシートまでとり除かれている。よぶんな質量は、特別任務の貴重な時間をむだについやすことになるからだ。

ロドリゴが一人で行くといいはった理由のひとつは、それだった、もっとも最大の理由というわけではなかったが。仕事自体は簡単で手助けがいるほどではないし、一人分の質量は、飛行時間にして数分の差となって現われる。丸裸にされたスクーターは、三分の一G以上の加速が可能になり、エンデヴァー号からミサイルまで、わずか四分で行けるのだ。あとまだ六分の余裕がある。それだけあればじゅうぶんなはずだった。

ロドリゴは艦を離れるときに、一度だけふり返った。計画どおり、エンデヴァー号は中心軸から離れて、〈北端面〉の回転円盤上をゆっくりよぎって行くのが、目に入ってきた。ロドリゴが爆弾にたどり着くころには、艦は爆弾とのあいだに、ラーマの巨体をはさむことになるだろう。

ロドリゴはゆっくり時間をかけて、北極平面の上を飛びこえていった。まだ急ぐことはない。爆弾のカメラにはまだ姿をとらえられていないはずだし、こうすれば燃料を節約することになるのだ。ついで、ラーマの湾曲した縁を飛びこえた——ミサイルが見えた。それが生まれた水星の地表よりも、すさまじい陽光に照らされてぎらぎら輝いている。

飛行誘導指示のインプットはすでにすませてあった。ロドリゴはそのシークェンスを開始させた。スクーターはジャイロで回転し、数秒後には急加速に入った。瞬間、潰されそうな感じの重圧がかかってきたが、ロドリゴはすぐに順応できた。ラーマ内部では、その二倍もの重力をゆうゆうしのいだ経験があるし——なんといっても、重力がその三倍もある地球上で生まれた男なのだ。

スクーターが爆弾に向かってまっしぐらに進むにつれ、全長五十キロに達するシリンダーの巨大な曲面外壁が、ゆっくりと足もとから離れていく。それでも、あまりに表面がのっぺらぼうすぎて、ラーマのサイズを推しはかるのは不可能だった——実際、特徴があまりにもなさすぎて、回転していることさえも見きわめるのが難しかった。

作戦開始後百秒にして、もう中間点にさしかかった。ミサイルはまだ細部を識別できるほど近くはないが、漆黒の宇宙を背景にますます明るく輝いている。星ひとつ目に入らないというのは不思議なものだ——輝く地球やまばゆい金星すら見えない。じつは、目を閃光から守る暗色フィルターのせいだった。おれはいま記録を破ろうとしてるんだな、とロドリゴは思った。こんなに太陽の間近で船外活動《EVA》任務についた人間は、いままでいなかったはずなのだ。太陽活動の不活発な時期だったのは、運がよかった。

二分十秒後、警告灯がポンと点いて明滅し始め、噴射が停止して、スクーターは百八十度転回した。とたんに全噴射が再開されたが、いまやロドリゴは三メートル毎秒毎秒という、これまたとんでもない速度で減速に入りつつあった――推進燃料の半分近くをすでに失ったので、事実はそれよりさらに速いはずだ。爆弾は二十五キロ先にある。あと二分で到達するだろう。ロドリゴは最高速度を毎時千五百キロまで出していた――スペーススクーターとしては完全に狂気のさたで、これまた記録破りだろう。しかし、これはルーティンのEVAではなく、ロドリゴ自身も、自分がなにをしようとしているのか、正しくわきまえていた。

ミサイルの姿がぐんぐん大きくなってきた。もう主《メイン》アンテナが――見えない水星にピタリと照準を合わせている――はっきりとわかる。あのアンテナから発せられた電波には、すでに三分前から、近づいてくるスクーターの映像が乗せられて、光のスピードで飛んでいるはずだ。それが水星に到達するには、まだ二分はかかるだろう。

水星人はロドリゴの姿を見たときどうするだろうか？　当然、肝をつぶすほど驚くにちがいない。そしてこの光景を目にしたときには、すでに数分前にロドリゴが爆弾とランデヴーしてしまっていることに、すぐ気づくにちがいない。おそらく待機中の要員のだれかが、上司を呼び出すことになるだろう――それにもまた、いくらか時間がかかる。最悪の場合でも――つまり当直士官に起爆の権限があって、ボタンをただちに押したとしても――その信号が到着するまでには、さらに五分かかるのだ。

　だが、ロドリゴはそんなあやふやな賭けをするつもりはなかった――〈宇宙キリスト〉派の教徒たちはけっして賭けごとなどしない――そのような即座の反応などありえない、と確信していたのだ。水星人はエンデヴァー号からの偵察機を破壊することをためらうにちがいない。たとえその意図を察知したとしてもだ。かれらはかならず、まずなんらかの形の通信を試みようとするだろう――それはもっと時間をかせげることを意味する。

　さらにもっといい理由があった。たかがスクーター一台に、ギガトン爆弾を使うようなもったいないまねを、するわけがないということだ。標的から二十キロも離れたところで爆発させたのでは、まるでむだになってしまう。かれらはまず、ミサイルを動かしにかかるほかはない。それならなおのこと、時間に余裕ができる……それでもロドリゴは、最悪の事態を想定していた。

　起爆信号が最短可能時間でとどくことを予想して、行動していたのだ――あとわずかに五分。

　スクーターが最後の数百メートルをつめていくあいだに、ロドリゴは前もって望遠撮影画像で調べておいた細部を、まのあたりに見るものとすばやく照合させていった。ただの写真の集積であったものが、いまは冷たい鋼とすべすべのプラスティックに――もはや抽象的な存在ではなく、恐るべき死の現実へと変貌をとげていた。

爆弾の本体は長さ十メートル、直径三メートルの円筒形だった――奇妙な偶然だが、ラーマそのものの形に酷似していた。運搬用ヴィークルの骨組に、むきだしの短いI型鋼の格子細工で固定されている。たぶん質量中心の関係かなにかのせいだろう、ヴィークルの軸方向に対して直角にとりつけられているので、いかにも邪悪そうなハンマーの姿を連想させた。実際、世界を一撃で粉砕してしまうハンマーにはちがいない。

爆弾の両端からは、編み束になった何本ものケーブルが円筒状の側面に沿って伸び、格子細工を通ってヴィークル本体の内部へと消えていた。すべての通信と制御がここでおこなわれているのだ。爆弾自体にはどんな種類のアンテナもついていなかった。ロドリゴがこの二組のケーブルを切断しさえすれば、あとはもう無害な金属のガラクタが残るだけになるだろう。

予想はしていたことだったが、なんだか簡単すぎるようにも思われた。時計をちらりと見る。ラーマの縁をまわってロドリゴが出てきたのを、水星人がもし見ていたとしても、その存在に気づくまで、まだ三十秒ある。邪魔なしでまるまる五分間は仕事ができる――九九パーセントの確率で、時間はもっとあるにちがいない。

漂うスクーターが完全に静止すると、ロドリゴはすぐさま、ミサイルの骨組にスクーターをひっかけ鉤でつないで、両者をしっかり固定させた。数秒とかからなかった。あらかじめ選び出してあった道具をひっつかむと、完全絶縁宇宙服のおかげでいくらかぎくしゃくしながら、操縦席を出た。

調べ始めて最初に目についたのは、つぎのような銘文の刻まれた小さな金属板だった。

動力技術省D局
ヴァルカノポリス一七四六四
サンセット大通り四七番地
——お問い合わせはヘンリー・K・ジョーンズまで

あと数分もすると、ジョーンズ氏はてんてこ舞いすることになるだろうな、とロドリゴは思った。

大型のワイヤカッターで、ケーブルは簡単に始末できた。はじめの束を切り離したときも、ほんの数センチ先に閉じこめられている地獄の炎のことなど、ほとんど考えもしなかった。この行動が爆弾の引き金を引いたとしても、どうせそうと知ることはないのだ。

ロドリゴはまた、時計に目をやった。一分とかかっていない。ということは、スケジュールどおりということだ。あともう一本、予備ケーブルを切りさえすれば、水星人の憤激と落胆に満ちた視線を満身に浴びながら、帰投することになる。

ちょうど二本目のケーブルにとりかかったとき、触れていた金属にかすかな震動を感じた。ロドリゴはびっくりして、ミサイルの後部に目をやった。

プラズマ推進ジェットに特有の青紫色の光が、姿勢制御ジェットのひとつから出ている。爆弾が動き始めようとしていた。

水星からの通報は簡潔だが、容赦のないものだった。それがとどいたのは、ロドリゴがラーマの縁をまわって消えてから、わずか二分後のことだった。

エンデヴァー号指揮官へ
インフェルノ市西、水星宇宙コントロールより
本通報受理後一時間以内に、ラーマ近辺を離れよ。軸方向へ全力加速で進むよう勧告する。受理通知を要求する。通報終わり。

ノートンは読んだとたんわが目を疑ったが、そのうち腹が立ってきた。全乗組員がラー

マ内部にいて、全員が脱出するには何時間もかかることをすぐ返電してやろうかと、子供じみた衝動にかられた。だが、それではなんの結果も生まれない——おそらく水星人の意志と神経を試すことになるだけだ。

それにまたなぜ、近日点までまだ数日あるのに行動に移ることに決めたのか？　水星の世論の圧力が高まりすぎて抑えきれなくなったので、自分たち以外の人類に〝既成事実《フェタコンプリ》〟を押しつけようと決心したのだろうか。だが、これはこじつけすぎるように思えた。水星人の性格には、そんな過剰反応性はないはずだ。

ロドリゴを呼び戻す手だてはなかった。スクーターはいま、ラーマの陰にあって電波はとどかず、視界に入るまで連絡はできない。つまり、任務を果たして戻ってくるまで——あるいは失敗して帰るまで、だめということだ。

タイムリミットまで待たねばならないだろう。時間はまだじゅうぶんある——たっぷり五十分だ。そのあいだに水星に対しては、もっとも手厳しい返事をしてやることに決めた。通報は完全に無視して、つぎに水星がどんな手でくるか、見てやることにしたのだ。

爆弾が動きだしたとき、ロドリゴが最初に感じたのは肉体的恐怖ではなく、もっとずっと容赦のない感情だった。宇宙は厳格な法則のもとに動いていて、それには神すらもしたがわざるをえないと、ロドリゴは信じていた——まして水星人ならなおさらのことだ。通信は光より速くは送れない。水星がどんな手に出ようと、ロドリゴは五分先を行っているはずだった。

偶然の一致としか思えない――とほうもなく致命的な偶然だが、おそらくはただそれだけのことだ。ロドリゴがエンデヴァー号から出発したちょうどそのころに、偶然にも制御信号が爆弾に送りだされたのにちがいない。ロドリゴが五十キロ飛ぶあいだに、信号は八千万キロを飛んだのだ。

もしかすると、ロケットの部分的過熱を防ぐための、自動的な姿勢修正にすぎないかもしれない。げんに外装の一部では、千五百度近くまで温度が上がっているので、ロドリゴもできるだけ陰の部分にいるよう、注意をおこたらなかった。

べつの推進装置が火を噴き出して、最初の噴射がおこした自転《スピン》を止めた。もはや明らかに、ただの温度調節運動ではない。爆弾は新たに狙いを定めて、ラーマに向かおうとしているのだ……。

この期《ご》におよんで、どうしてこんなことに、などと思い悩んでもしかたがない。たったひとつ、ロドリゴにとって有利な点があった。このミサイルは低加速装置なのだ。最大加速でもせいぜい十分の一Gにしかならない。なんとかしがみついていられるだろう。

ロドリゴはスクーターを爆弾の骨組に止めている金具をチェックし、宇宙服の救命ロープももう一度調べなおした。冷たい怒りがこみあげてきたが、決意はますます固まった。

この一連の動きは、水星人が警告もなしに爆弾を爆発させ、エンデヴァー号に逃げるチャンスもあたえないということなのだろうか？　いや、それはありそうもない。野蛮だというだけでなく、全太陽系を敵にまわす愚行とさえいえる。それに、自分たちの大使の厳粛な保証を無視してしまうことにもなる。

どんな計画にせよ、かれらが目論見どおりにやり遂げられるはずはなかった。

第二の通告は最初のそれとまったく同じ文面で、十分後にとどいた。これでタイムリミットを延ばしたことになる――ノートンにはまだ一時間あった。それに再度の呼びかけをする前に、明らかにエンデヴァー号からの返信を待っていたようだ。

ただ、いまはもうひとつの要素が生まれていた。すでにかれらはロドリゴのことに気づいているにちがいないし、つぎの行動を決めるのに数分かかるとしても、決断はもうくだされているだろう。すでにつぎの通達が発せられているということもありうる。いますぐにもとどくかもしれないのだ。

早く避難の準備をしなければならない。もういつなんどき、視界いっぱいに広がるラーマの巨体が、太陽をはるかにしのぐつかのまの栄光に包まれて、縁沿いに白熱の輝きを発し始めるかもしれないのだ。

主噴射が始まったとき、もうロドリゴはしっかりと身体をしばりつけていた。わずか二十秒続いただけで、噴射は切れてしまった。すぐに暗算してみると、ヴィークルの獲得速度は、時速十五キロ以上にはなりえないとわかった。爆弾がラーマに到達するには、一時間以上かかる。もっと近くに寄って、事態にすばやく対処できるようにしておこうというだけなのかもしれない。だとすれば、賢明な処置ではある。だが、水星人がどんな手を打とうと、もうあとの祭りだ。

ロドリゴはちらりと時計に目をやった。もっともチェックするまでもなく、時間の経過は頭に入っている。水星ではいまちょうど、ロドリゴが爆弾に向けて果敢に飛び続け、あと二キロほどに迫っているのが見えるころだ。ロドリゴの意図は疑いようもないし、もう仕事をやりおおせてしまったかと、気をもんでいるにちがいない。

第二のケーブル束も、最初のと同じように簡単に始末できた。プロはみんなそうだが、ロドリゴも上手に道具を選んでおいたからだ。爆弾はもはや無力だった。もっと正確にいうなら、もはや遠隔制御で爆発させることは不可能だった。

しかし、いまひとつ可能性が残されていた。それを無視することはできなかった。外部には接触信管がないが、内部に対衝撃信管がとりつけられているかもしれない。ミサイル自体の運動はまだ水星人のコントロール下にあるから、いつでも望むときにラーマにぶち当てることができる。ロドリゴの任務はまだ完了していなかった。

あと五分後には、水星のどこかの管制室《コントロール・ルーム》で、ロドリゴがヴィークルの上を這いずりまわって、手にしたちっぽけなワイヤカッターで人類の生み出した最強の兵器を無力化しようとしている姿が目撃されるだろう。よっぽどカメラに向かって手を振ってやろうかとも思ったが、品がないと受けとられるといけないので、それは思いとどまった。なんといってもロドリゴはいま、歴史を作っているのだ。そして何百万という人々が将来、この光景を見るのだ――水星人たちが腹立ちまぎれに記録を消してしまわなかったとしたらの話だが。もっともそうなったとしても、ロドリゴには非難するつもりはなかった。

長距離アンテナの基台にたどりつくと、ロドリゴはその側面を両手でたぐるようにして、パラボラアンテナ《ビッグ・ディッシュ》へ身体を漂いよせた。手になじんだカッターは、今度も多重送信システムをかるく始末し、ケーブルもレーザー波誘導装置もだいなしにしてやった。最後にパチンとちょん切ると、アンテナはおもむろに回転を始めた。思いがけなかったのでぎょっとしたが、わかってみればどうということもない。水星への自動照準がいかれてしまっただけだった。いまから五分後には、水星人はこの召使いと、すべてのコンタクトを失うことになる。力をとりあげられただけでなく、なにもわからなくなってしまうのだ。

ロドリゴはゆっくりスクーターに戻ると、つないだ鉤をはずして、前部バンパーができるだけミサイルの質量中心に近い箇所にあたるように、スクーターを転回させた。そしてフルパワーで噴射を開始し、そのまま二十秒継続させた。

スクーターの何十倍という質量を押すので、なかなか反応が始まらなかった。噴射を止めると、ロドリゴは爆弾の新しい速度ベクトルを慎重に見さだめた。

ラーマからはだいぶ離れた空間を行くことになりそうだ——が、見つけようと思えば、いつでも正確な位置を割りだせる。なんといっても、きわめて高価なしろものなのだ。

ロドリゴ中尉はどちらかというと、病的なほど誠実な男だった。水星人から損害賠償で訴えられるのはごめんだった。

41　英　雄

「ダーリン」ノートンは吹きこみ始めた。「このばか騒ぎのおかげで、まるまる一日、むだになってしまった。もっともそのおかげで、こうしておまえに話すことができるわけだ。

わたしはまだ艦にいる。極軸の基地へ戻ろうとしているところだ。一時間前にボリスを拾いあげたが、当直が平穏無事に終わったばかり、というような顔をしてたよ。わたしたちはもうけっして水星へは行けないだろうし、地球に帰ったときにだって、英雄扱いされるか悪者呼ばわりされるか、わかったもんじゃないと思っている。でも、断じて良心に恥じるところはない。わたしたちは正しいことをやったと確信している。ラーマ人が〝サンキュー〟といってくれるだろうと思ってるぐらいだ。

あとわずか二日しか、ここにはいられない。ラーマと違って、太陽から守ってくれる厚さ一キロの外装なんてないからね。船体の場所によっては、もう温度が上昇しすぎて危険なほどで、局所的な遮光スクリーンを張らなければならなくなっている。すまん——こんな話で退屈させるつもりじゃなかったんだが……。

そんなわけで、ラーマへはもう一度だけしか行く時間がないんだが、その機会はフルに利用するつもりでいる——もっとも、むちゃなことはしないから、心配しないでくれ」

ノートンは録音をやめた。ごく控え目にいっても、そのいいかたは真実をごまかしていた。ラーマの内部では、一秒一秒が危険と不確定要素でいっぱいなのだ。理解を超える怪現象がおこっているところで、くつろげる人間などいるわけがない。それでも、この探検を最後に、二度と戻ってくることはないし、今後の作戦が危険にさらされることもないだろう。ノートンは自分の運をもうちょっとだけ、目いっぱい使ってみるつもりだった。

「四十八時間後には、そんなわけで、この作戦もいよいよ終了というわけだ。それからあとまたどうなるかはわからない。もう知っているだろうが、この軌道に乗るために、事実上、燃料を使いはたしてしまった。地球帰還にまにあうように、タンカーがわれわれとランデヴーしてくれるか、それとも火星にひとまず降りなければならないか、まだ知らせを待っているところだ。どうなるにせよ、クリスマスまでには家に帰れると思う。息子に赤ちゃんバイオットのおみやげを持って帰れなくてすまん、といっておいてくれ。そういう動物はいなかったってね……。

わたしたちは全員、元気だ、くたくたに疲れてはいるがね。ぜんぶすんでしまえば、長い休暇をもらえるから、このつぐないをするつもりだ。世間がどういおうと、きみは英雄の細君《ワイフ》だって公言できるよ。そうだろ、世界をひとつ救った男の妻なんて、そうざらにはいないんだからね」

いつもの習慣で、テープのコピーを作る前に、ノートンは慎重に聞きなおし、二家族のどちらにも不都合がないように気をつけた。どちらに先に会えるかもわからないなんて、考えてみればおかしな話だ。ふだんならノートンのスケジュールは、非情で厳格な惑星たち自身の運動によって、すくなくとも一年前から決められているのだが。

しかし、それもこれもラーマ以前の時代の話だ。これからは、なにもかもが大きく変わることだろう。

42　ガラスの聖堂

「こっちが手を出したら」カール・マーサー少佐はいった。「バイオットの連中が邪魔しにこないか？」

「かもしれない。それも探り出したいことのひとつさ。なんでそんな目つきで見る？」

マーサーは、乗組員仲間とよく交わすような、あまり品のよろしくないジョークににやつくときのように、ゆっくりとふくみ笑いをした。

「いままではな、艦長《スキッパー》、きみのことをまるでラーマの主みたいだと思っていたんだよ。だって、建造物を壊してまで侵入するのを固く禁じていたじゃないか。なぜ宗旨変えしたんだ？　水星人からなにかヒントをもらったのかい？」

ノートンは笑いだしたが、急にまじめな表情になった。痛いところをつかれた質問で、思いついた答えも正しいという自信はなかった。

「いわれてみれば、ちょっと用心深すぎたかもしれない――トラブルは避けたかったんでね。でも、これは最後のチャンスだ。退却しなければならんのなら、危険も割引いて考えてかまわんだろう」

「無事に退却できればの話だろ」

「そりゃそうさ。だが、バイオットたちはこれっぽっちも敵意を見せたことがない。それにあの〈クモ〉をべつにすれば、われわれに追いつけるものはここにはいないだろう——必死に走らなきゃならんとしてもね」

「あんたは走ればいいだろうが、艦長《スキッパー》、おれは威厳をもって引き揚げるつもりなんだよ。それにたまたま、バイオットがわれわれに危害を加えないわけを思いついたんだ」

「新説を持ちだすには遅すぎるよ」

「まあ、ともかく聞いてくれ。やつらはわれわれをラーマ人だと思ってるにちがいない。同じ酸素生物だから区別がつかないってわけだ」

「それほどまぬけだとは、とても思えんがね」

「まぬけとか利口とかいう問題じゃない。やつらは特定の仕事のためだけにプログラムされていて、われわれの存在はその認識範囲内にないにすぎないのさ」

「そのとおりかもしれんな。そのうちわかるだろう——〈ロンドン〉で仕事にかかればすぐにでもね」

ジョー・キャルヴァート中尉は昔の銀行強盗映画の大ファンだったが、まさかここで自分がその真似をするはめになろうとは夢にも思っていなかった。だが、ジョーはいま、本質的にそれと変わらぬようなことをしようとしていた。

〈ロンドン〉のガラーンとした通りが、なぜか脅迫感に満ちているのも、自分がやましく思っているからだと、ちゃんとわかっていた。実際には、周囲の密閉された窓ひとつない建物に、自分たちを油断なく見張っている住人たちがいて、侵入者がかれらの所有物に手をつけたら、怒り狂って襲いかかろうとしている、などとは毛ほども信じていなかった。事実、この複雑な建造物も、ほかの町々と同じように、たんなる倉庫地帯みたいなものだと確信していたのだ。

とはいえ、大昔の無数の犯罪ドラマなどから連想されるもうひとつの恐怖のほうは、もっと根拠がありそうだった。警報ベルが鳴らず、サイレンが叫ばなくても、ラーマにもなんらかの警報システムがある、と仮定するのは理にかなっている。そうでなければ、バイオットたちはいつどこで、そのサービスが要求されているか、判断できないではないか？

「ゴーグルをつけてない者は、うしろを向くように」と、ウィラード・マイロン軍曹が注意した。レーザー熔断器のビームに空気までが焼かれ始めると、硝酸化物の臭気があたりに立ちこめ、シューシューという音とともに、炎の刃《やいば》が、人類の誕生以前から隠されてきた秘密を、いまこそ明かそうと切り進んでいった。

これだけのエネルギーの集中に耐えられるものはなく、切断はスムーズに、毎分数メートルという早さで進行した。意外なほど短時間で、人間が通れるぐらいの壁面が切り取られた。切り取った部分がそのまま動かないので、マイロンはそっとたたいてみた――もっと強くたたいた――ついで、力いっぱいなぐった。それは内側へ倒れこんで、ガーンとうつろな反響を残した。

ラーマに初めて入ったときもそうだったように、ノートンは古代エジプトの王家の墓を開けた考古学者をふたたび思い出していた。黄金の輝きを期待したわけではない。ほんとのところ、穴をくぐりぬけて前にかざしたフラッシュライトをつけるまで、なにがあるかなどまったく考えてもいなかった。

ガラス製のギリシャ聖堂――それが第一印象だった。内部には、垂直に伸びた透明な円柱の列また列がひしめいている、どの円柱も幅は一メートルほどで、床から天井まで伸びていた。円柱は何百本という数にのぼり、光のとどくかぎり整然と並びながら、さらにその向こうの暗闇へと消えている。

ノートンは手ぢかの円柱に歩みよって、光のビームをその内部にあててみた。光は円筒レンズを通過しながら屈折して、向こう側で広がり、その先の柱でまた集束し、また広がり、ずっと先の列柱までそれをくり返すたびに弱まっていく。まるで混みいった光学展示物のまっただなかに、自分がいるような気がした。

「じつに美しい」実際家のマーサーが口を開いた。「でも、なんのためだ？　ガラスの柱なんかを森みたいにたくさん並べて、どうするつもりなんだろう？」

ノートンは円柱をそっとたたいてみた。うつろのようではなく、水晶よりも金属的な感じがする。すっかりとまどってしまったので、ずっと昔教わった実用的な忠告どおりにすることにした。〝自信がないときは、つべこべいわずに先へ進め〟だ。

最初の円柱とまったく同じように見える、つぎの円柱へ向かおうとすると、マーサーの驚きの叫びが聞こえた。

「さっきこの柱は、たしかに中がからっぽだった。それがいまは、なにかが入ってる」

ノートンはさっとふり返った。「どこだ？　なにも見えないぞ」

マーサーが指さす方向に目をやった。そこにはなにもない。円柱は完全に透明だった。

「これが見えないのかい？」マーサーが信じられないという声を出した。「こっち側にきてみろよ。くそ――見えなくなっちまった！」

「ここじゃいったい、なにがどうなってるんです？」キャルヴァートが詰問した。なんとか理由が呑みこめるようになるまでには、数分かかった。

円柱は、どの角度から見てもどんな照明のもとでも、透明というわけではなかった。ぐるりをまわってみると、突然、眼前に内容物が現われ、ちょうど琥珀《こはく》のなかに眠る蠅のように、円柱に埋めこまれているのがわかった――だが、なぜかすぐまた消えてしまうのだ。それが何十となく見つかったが、ひとつひとつがみな違っていた。完璧な実体を備えているもののように見えながら、同一空間に存在していたりするのだ。

「ホログラムだ」キャルヴァートがいった。「地球の博物館にあるみたいな」

しごく簡単明瞭な説明だったので、かえってノートンは疑問を感じた。柱から柱へと調べながら、その内部に蓄えられたさまざまな映像を呼びおこしていくうちに、その思いはますます強まった。

手工具（ただし、ばかでかくて奇妙な手に合わせたものだが）、容器、五本指以上でないと操作できそうもない鍵盤《キーボード》をもつ小型機械、科学計器類、驚くほど類型的な家庭的な日用品、これにはサイズをべつとすれば、地球のテーブルに置いてもまったく違和感のない、ナイフや皿まである……そのほか、もっと正体不明のしろものが何百となく、ときには一本の円柱のなかに、ごたまぜに詰めこまれている。これが博物館なら、もうすこし論理的な配列に、つまり関連品目別にでも分別してありそうなものだ。ところが、ここではハードウェアを、ただ手あたりしだいに集めてあるようにしか見えなかった。

つかまえにくい映像に苦労しながら、二十本近くの透明柱の撮影を完了したとき、品目のとりあわせのきまぐれさから、ノートンの頭にひとつの手がかりが浮かんだ。これはコレクションではなくて〝目録《カタログ》〟なのかもしれない、気まぐれのように見えてそのじつ、完全に論理的なシステムにしたがって索引化されているのかもしれない。辞書やアルファベット順のリストなどで、どんなに突拍子もないものがいっしょに並べられているかと思いついて、このアイディアを仲間たちに試してみた。

「いいたいことはわかるよ」とマーサー。「ラーマ人だっておれたちの並べかたを見れば、驚くかもしれん――えーと、ほら――カム軸《シャフト》のつぎにカメラとか」

「でなければ、本《ブック》のとなりに長靴《ブーツ》ですね」キャルヴァートが数秒ほど頭をひねってから、口をはさんだ。このゲームは何時間でも遊べそうだが、やればやるほど場違いになるな、と内心思った。

「そのとおりだ」ノートンは答えた。「これは3D映像の索引カタログ――型板――あるいは、立体青写真といったところじゃないかな」

「目的は何なんです？」

「ほら、バイオットについて立てられた仮説だよ……つまり、必要とされるまでは存在せず、時がくれば創造される――合成されるといったほうがいいかな――どこかにしまってあった原型にもとづいてね」

「なるほど」いいながらマーサーはじっと考えこんで、言葉をついだ。「たとえばラーマ人が左手用の道具がいるときは、そのコード番号をインプットさえすれば、ここにある原型から、複製が造りだされるというわけだな」

「そんなところだろう。実際上の細かい点はよくわからんがね」

つぎからつぎと見ていくうちに、円柱はだんだん太くなって、このあたりではもう直径二メートル以上はあった。内部の映像も、それに応じて大型化されてきた。疑いもなく優越的な理由から、ラーマ人が実物大のスケールにこだわっていたことが、明確に見てとれる。だが、もしそうだとしたら、現物がほんとに巨大なものは、どうやって格納するのかな、とノートンは首をひねった。

調査範囲を可能なかぎり広げるために、四人の調査隊員がそれぞれ、透明柱群のあいだに散らばって、ちらつく映像にピントを合わせるのに手こずりながら、かたっぱしから撮影してまわった。こんな幸運なんてそうそうあるもんじゃないと、現実にそれを手中にしていながら、ノートンは思った。〝ラーマ産工芸品映像カタログ〟を見つける以上の幸運など思いもよらなかったからだ。とはいえ反面では、これほど欲求不満にさせるものもなかった。光と影のあやなす虚像のほかには、実際のところここにはなにもないのだ。目には実物のように見えるものも、実際は存在していないのだ。

そうとはわかっていても、一度ならずノートンは、円柱をレーザーで切り開いて、なにか形あるものを証拠に地球へ持ち帰りたい、という抑えがたい衝動にかられた。そのたびに、鏡にうつるバナナをとろうと手をのばす猿と変わらないじゃないかと、苦々しく思いなおした。

光学器械の一種と見られるものを撮影していたとき、キャルヴァートの叫び声が聞こえたので、ノートンは円柱をぬって駈けだした。

「艦長《スキッパー》──カール──ウィル──見てくれ、こいつを！」

　キャルヴァートはもともと興奮しやすいたちの男だが、いま発見したものは、どれほど大騒ぎしてもむりもないほどのしろものだった。

　直径二メートルの円柱の一本に、人類よりだいぶ上背があって、しかも直立生物のものと明らかにわかる精巧なよろい、もしくは軍服が見つかったのだ。幅のせまい金属バンドが、身体の中央部、腰か、胸か、それとも地球の動物学では知られていない器官をとりまいていた。そこから三本の華奢な柱状物が立っていて、先細りに外へ伸び、先端は直径ゆうに一メートルはあろうという、一個の完全な円形ベルトにつながっている。そのベルト沿いに等間隔で並ぶ輪は、上方の腕か脚にめぐらせるためのものにちがいない──三本ある、それにだ……。

　たくさんの物入れ、バックル、道具（武器だろうか？）のつるされた弾薬帯、パイプや電導線、さらには、地球の電子工学研究所にあってもすこしも違和感のない黒い小箱までとりつけられている。とりあわせ全体から受ける印象は、複雑な宇宙服といったところだが、これでも着用する生物の身体の一部しかカバーできないのは明らかだった。

　その生物がラーマ人なのだろうか？　ノートンは自問した。答えはけっして知ることはできないだろうが、すくなくともそれは、知的生物にちがいない──ただの動物にこれだけの複雑精巧な装備を使いこなせるはずはないからだ。

「背丈は二メートル半はあるな」と、マーサーが考えこみながらいった。「それも頭はべつにしてだ——どんな頭がついてるにしろね」

「手が三本——たぶん足も三本だろう。〈クモ〉と同じ体制だな、ただずっとスケールが大きいが。これは偶然の一致だと思うか？」

「そうじゃなさそうだな。われわれだって、ロボットを自分たちの姿に似せて作るもの。ラーマ人だってそうだと考えていいんじゃないかな」

キャルヴァートはいつになくおとなしく、この映像を畏怖に近いまなざしで見ていた。

「ラーマ人はわれわれがここにいることを知ってるんでしょうか？」聞きとれぬほどの小声でささやいた。

「それはどうかな」マーサーは答えた。「われわれはまだ、かれらの意識のレベルまでも到達してないんじゃないかな——水星人がいい線までいってるのはたしかだがね」

一同が立ち去りかねてたたずんでいると、〈軸端司令部〉からピーターが、心配で居ても立ってもといわんばかりの声で呼び出した。

「艦長《スキッパー》——脱出なさったほうがよさそうです」

「どうした——バイオットがこっちへ向かってくるのか？」

「違います——もっと重大事態です。照明が消えかけています」

43　退　却

大急ぎでレーザーであけた穴から出てみたが、ラーマの六本の太陽は依然として明るく輝いているように、ノートンには思われた。これはてっきりピーターが勘違いしたにちがいない……あいつらしくもないことだ……。

だが、ピーターはそんな反応も予想のうちと見えた。

「ごくのろのろと始まったんです」弁解じみた口調で説明した。「それで、気がつくまでに時間をだいぶ食ってしまいました。でも、疑いの余地はありません――計測もしました。光線のレベルは四十パーセント落ちています」

ガラスの聖堂の薄明かりからおもてに出て、目が慣れてくると、ノートンもその言葉が信じられるようになった。ラーマの長かった一日に、いま黄昏《たそがれ》が訪れようとしていた。

暖かさにはまだ変化がないのに、ノートンは肌寒さを感じた。これとちょうど同じ感じを、地球上であるすばらしい夏の日に、味わったことがある。まるで暗闇が落ちてきたか、太陽がその力を失ってしまったかのように、奇妙に光が弱々しくなった――それでいて空には、雲ひとつないのだ。そのときやっと気がついたのだが、部分日食が始まっていたのだった。

「いよいよ始まったぞ」ノートンは厳しい口調で命じた。「これより帰還する。全装備はその場に放置——二度と必要はあるまい」

望みどおりいよいよ、ある計画がその真価を見せることになった。この最後の探検行に〈ロンドン〉を選んだのは、大階段にいちばん近かったからだ。〈階段ベータ〉の基部は、わずか四キロ先にあった。

出発すると、かれらは一定の、はねるようなリズムを崩さずに、速足で進んだ。二分の一G下では、これがいちばん楽なのだ。ノートンは〈中央平原〉のはずれまで、疲れずにしかも最小時間で行けるぐらいのペースを見つもった。頭にこびりついているのは、〈階段ベータ〉に着いてもまだ、さらに八キロの登りが待ちかまえているということだが、実際に登り始めてしまえば、だいぶ気が楽になるだろう。

最初の震動は、もう〈階段〉に着こうかというときにきた。ごくかすかだったが、ノートンは本能的に南をふり返り、〈ホーン〉のまわりに火花が踊るのを確認しようとした。だが、ラーマはどうも同じことをくり返すつもりはないようだった。もし針先のように尖ったあの尖塔群に放電がおきているとしても、弱すぎて見えないのだろう。

「艦橋《ブリッジ》」と呼ぶ。「気がついたか？」

「はい、艦長《スキッパー》――ほんのかすかなショックでした。また姿勢変更かもしれません。ジャイロを見ています。まだなにも……ちょっと待って！　プラスに振れてます！　やっと探知できるぐらいで――毎秒一マイクロラジアン以下ですが、続いてます」

やはり、ラーマは姿勢を変え始めたのだ、ほとんど感知できないくらい、ゆっくりとだが。以前のショックは、ニセの警告だったかもしれないが――今度こそ、ほんものにまちがいない。

「変化率が大きくなってます――五マイクロラジアンです。もしもし、いまのショックを感じましたか？」

「ああ感じた。艦内全システムを、作動準備せよ。急いで発進しなければならないかもしれん」

「もう軌道修正に入ったとお考えですか？　近日点までは、まだだいぶありますが」

「ラーマがわれわれの教科書どおりに動くわけもない。もうすぐベータだ。あそこで五分間、小休止する」

五分間ではなんのたしにもならなかったが、なんとなく長く思えたのは、光度がどんどん、それもしだいに早く、弱まっていくせいでもあっただろう。

懐中電灯こそ全員が携行しているが、いまここで暗闇にとり残されたらと考えると、とても堪えられなかった。心理的に永遠の昼に慣れすぎてしまい、この世界を初めて探検したときの状況を、思い出すのも難しいほどなのだ。みんながみんな、がむしゃらに逃げだしたい衝動にかられた——早く太陽の光のもとへ飛び出したい、この円筒世界の厚さ一キロもある壁の向こう側へ出たい。

「〈軸端司令部〉！」ノートンは呼んだ。「サーチライトは動くか？ すぐにも使ってほしいんだ」

「はい、艦長《スキッパー》。点灯します」

心強い閃光が、八キロ頭上から照らし始めた。ラーマの暮れなずむ日の光とくらべても、情けないほど弱々しい光だが、前にも役に立ったのだし、今度もまた、かれらの望みにこたえて、行く手を示してくれるだろう。

ノートンは苦々しい思いで、覚悟を決めた。この登りこそ、かつてなく長く、苦しいものになるだろう。なにがおころうと、むやみに急ぐことは許されない。オーバーペースで進もうものなら、目のまわりそうなこのスロープの途中で、へたばるに決まっている。悲鳴をあげた筋肉が機嫌をなおしてくれるまで、待たなければならぬはめになるだろう。ハードな日々のおかげで、かれらはいまや、これまで宇宙探検に出かけたなかでも最高のチームになったにちがいないが、それでも人間の筋肉と血液の能力には限界があるのだ。

とぼとぼと重い足をひきずりながら一時間も歩いて、ようやく〈階段〉の第四区画、〈平原〉から三キロの地点に到達した。ここからはずっと楽になる。重力はすでに地球上の値の三分の一に落ちていた。気がかりなのは、ときおりやってくる小さな震動ぐらいで、ほかにはこれといってふだんと異なる現象はなく、光の量もまだかなりあった。一行はいくらか楽観的になって、ほんとにこんなに急いで立ち去らなければいけないのかな、といぶかりだすほどだった。確実なのはただひとつ、ここに戻ってくることはけっしてないということだ。ラーマの〈中央平原〉を歩くのも、これが最後なのだ。

第四台地で十分間の小休止をとっていたとき、キャルヴァートが突然、大声をあげた。

「あの音はなんでしょう、艦長《スキッパー》？」

「音だと！——なにも聞こえないぞ」

「高音の汽笛みたいで——だんだん低くなってきます。聞こえるはずですよ」

「きみの耳は、わたしより若いからな——ああ、聞こえてきた」

汽笛の音は、四方八方から聞こえてくるように思えた。まもなくそれは、耳をつんざかんばかりの轟音となり、急激に低音へと変わっていった。それから突然、はたと鳴りやんだ。

数秒後、怪音はまた始まって、さっきと同じパターンをくり返した。霧に包まれた夜に向かって、灯台の霧笛が送り出す警告音にこめられた、あの悲しみにあふれた押しつけるような雰囲気と、まったく同じ音色だった。そこにはなにかのメッセージが、それも緊急のそれがこめられていた。人間の聴覚にはむいていないが、その意味は、かれらにもじゅうぶん理解できた。ついで、さらに念を押すかのように、人工太陽の光までが警報を発し始めた。

　消えそうになるまでいったん薄暗くなってから、明滅し始めたのだ。まるで球電のような明るい光球の列が、これまでこの世界を照らしていた、六本の帯状の峡谷を疾走していく。両極から〈海〉へ向かって、催眠術をかけるような同期《シンクロ》リズムをとって動きながら、ただひとつの意味しかない警報を発した。「〈海〉へ！」と光は叫んでいた、「〈海〉へ！」。その呼びかけは逆らいがたいほど強力で、ふり返らずにいられた者は一人もなかった。だれもがいますぐ、ラーマの〈海〉に飛びこんで、忘却の世界に消え去りたいという衝動にかられた。

「〈軸端司令部〉！」ノートンはじりじりして呼んだ。「なにがどうなってるか、見えるか？」

　すぐさま、ピーターの声が応答した。その声は畏怖に打たれ、少なからず怯えをはらんでいた。

「はい、艦長《スキッパー》。いま〈南方大陸〉を見渡してます。バイオットの連中がまだ何十もいます――大きいやつも。〈クレーン〉も〈ブルドーザー〉も……〈掃除屋〉もたくさんいます。みんな〈海〉に向かって、めちゃくちゃに走ってます。いままであんなに速く動いているのは見たことがありません。いま〈クレーン〉が――崖っぷちから飛び出しました！　ジミーみたいに、いやずっと速く落ちていきます……海面にあたってこなごなに砕けてしまいました……あっ、〈サメ〉どもがきました、食らいついてます……ああ、気持のいい光景じゃありません……。〈平原〉を見てみます。どこか故障したらしい〈ブルドーザー〉がいます……ぐるぐる円を描いてまわってます。〈カニ〉が二匹襲いかかって、壊し始めてます……艦長《スキッパー》、早く戻られたほうがいいと思いますが」

「わかっている」ノートン中佐は、思い胸にせまるものがあった。「できるかぎり早く帰還する」

ラーマはいま、嵐を前にした船がやるように、ハッチをばたばた閉めているのだ。論理的に考えたわけではないが、それがノートンの受けた圧倒的な印象だった。中佐はもう完全に理性的ではいられない気がした。心のなかで、二つの感情が争っていた――脱出したいという願望と、いまも空にひらめき走っている電光の命令にしたがって、バイオットたちといっしょに〈海〉へ向かいたいという衝動とが。

〈階段〉のつぎの区画についた――また台地上で、十分間の小休止をとる。筋肉にたまった老廃物をできるだけとり除かなければならない。そしてまた出発だ――つぎの二キロの登りが待っているが、あまりそのことは考えないようにしよう――

低くなってはくり返す気も狂うような汽笛音が、不意にやんだ。同時に〈直線峡谷〉を

〈海〉の方向へ疾走していた光球の列の点滅も終わった。ラーマの六本の人工太陽は、ふたたびもとのように帯状に光りだした。

しかし、その光はどんどん弱くなり、まるでエネルギー源が衰えて、流出量のコントロールがきかなくなったかのように、ときどきちらついた。ときおり、かすかな震動も、足もとに感じられた。艦橋《ブリッジ》からの報告では、ちょうど弱い磁場に磁針が反応するように、ラーマがかすかながらゆっくりと、まだ姿勢を変えているという。これはたぶん、安心してもよいということだろう。ラーマの姿勢修正がストップしたときこそ、ノートンの真の心配が始まるのだ。

バイオットたちはぜんぶいなくなった、とピーターが報告してきた。ラーマの全内部で動いているものは、いまや北端のお椀部分の湾曲面を、苦痛にあえぎながらのろのろと這い登っていく人間たちだけとなった。

ノートンはずっと以前に、最初の登攀時に感じためまいは克服していたが、このとき新たな恐怖が、心に忍びより始めていた。〈平原〉から〈軸端部〉までの果てしない登りの途中では、かれらはきわめて無防備な状態でいなければならないのだ。もしラーマの姿勢変更が完了してしまって、加速が開始されたら、どうなる？

かりに中心軸方向に推進されると仮定しよう。北極方向へ加速が働くのなら心配することはない。登攀中のこの斜面に、身体がもうちょっと押しつけられるだけですむだろう。

だが、もしも南極方向だったら、かれらは引きはがされて、はるか下の〈平原〉にたたきつけられてしまうことになる。

加速は実際は穏やかなものなのだ、とノートンは自分にいいきかせて安心しようとした。ペレラ博士の計算がいちばん説得力がある。ラーマは最大限五十分の一G以上の加速はできない、なぜならそれ以上では、〈円筒海〉の海水が南岸の崖をのり越えて、大陸を水びたしにしてしまう、というものだった。しかし、ペレラ博士は地球の研究室で、心地よい椅子にすわっているのだ。ノートンたちのように、頭上に重苦しく覆いかぶさる一キロ以上もの金属壁が、いまにも崩れ落ちそうに見える場所にいるのではない。それにもしかしたら、ラーマは定期的に洪水がおきるように設計されているのかもしれない――

いや、やはりそれはばかげている。何兆トンもあるものが、自分を放りだすほどの加速で動きだすと考えるのは、理屈に合わない。それでもノートンは、残る登りのあいだ、支えになる手すりからできるだけ離れないようにしていた。

無限とも思える時間がたって、やっと〈階段〉は終わった。あとは垂直に数百メートル伸びている、壁面に刻まれた〈梯子〉が残るだけとなった。もうここまでくれば、登る必要もなかった。〈軸端部〉にいるだれかがロープをたぐって、急激に減衰する重力に逆らいながら、らくらく下の者を引きあげることができるからだ。〈梯子〉の根もとでさえ、大の男がたった五キロの体重しかなく、終点では事実上ゼロになるのだ。

ノートンは吊りあげられながら、思い出したように〈梯子〉に手をかけて、かすかなコリオリ力《フォース》の働きで、壁面から引き離されそうになるのを防ぐだけでよかった。ひきつりそうな筋肉も忘れて、ラーマの最後の眺めを楽しんだ。

いまでは、ちょうど地球の満月の晩ほどの明るさになっていた。全体の景色はまだはっきりと見えていたが、すでに細かなところは定かでなくなっている。〈南極〉は発光する霧にところどころ隠され、ただ〈ビッグホーン〉の先端部だけが突出して、小さな黒点として真向かいの位置に見えていた。

すでに細部の地図も作成されながら、なお神秘に満ちみちた〈海〉のかなたの大陸は、いまだに変わらぬつぎはぎ細工の姿を見せている。あまりに遠近が短縮され、また複雑に混みいりすぎていて、ちょっと見たぐらいではなにもわからないことを承知していたので、ノートンはあっさり眺めただけですませた。

〈円筒海〉の全周に沿って視線を走らせたとき初めて、幾何学的に正確に配置された暗礁に波が砕けているような、規則的なパターンの撹乱が、水面に現われていることに気がついた。ラーマの姿勢変更行動の影響だろうが、変化は微々たるものだった。この程度ならバーンズ軍曹でも、あの失われたレゾリューション号で渡れといえば、喜んで出かけていくにちがいない。

ノートンはニューヨーク、ロンドン、パリ、モスクワ、ローマ……〈北方大陸〉のすべての都市に別れを告げ、自分の破壊行為をラーマ人が許してくれるよう祈った。たぶんかれらも、それが科学的探究のためだったと理解してくれることだろう。

突然、ノートンは〈軸端部〉に着いていた。大勢の熱心な手に身体をつかまれると、すぐさまエアロックをいくつも通って運ばれていった。疲れきった手足はぶるぶる震えていてどうにも抑えられず、自分の身体を支えることもできなかったから、半身不随の病人のように扱われてもべつに不満はなかった。

〈軸端部〉の中央クレーターへと降りていくにつれ、ラーマの空がだんだん狭まっていった。その眺めを内部エアロックのドアが永久に閉じてしまったとき、ノートンは妙なことを考えていた。「夜が訪れるなんておかしいじゃないか、いまラーマはいちばん太陽に近づいてるというのに！」

44　スペースドライヴ

安全距離としては百キロもあればじゅうぶんだ、とノートンは見こんでいた。ラーマはいま巨大な暗黒の矩形となって、舷側を正確にこちらへ向け、太陽をさえぎるように浮かんでいる。ノートンはこの好機をのがさずに、エンデヴァー号を完全にラーマの影の部分に入れて、艦の冷却装置の負荷を減らし、遅れに遅れていた修復作業をかたづけられるようにしておいた。ラーマの円錐形状に広がった庇護の影はいつなくなるかもしれないが、できるかぎり利用するにこしたことはないと思ったのだ。

ラーマはなお、姿勢転換を続けていた。すでに十五度近くも向きを変え、もはや軌道の大幅な変更が迫っていることは疑うべくもなかった。〈惑星連合〉では、興奮がヒステリーと呼べるほどにまで高まっていたが、エンデヴァー号にはほんのかすかな谺《こだま》しかとどいていなかった。肉体的にも感情的にも、乗組員たちは消耗しきっていた。最少基幹要員《スケルトン・ウオッチ》をべつとして、ラーマの〈北極基地〉から離陸したあと、全員が十二時間ぶっとおしで熟睡した。軍医の指示で、ノートン自身も電気鎮静機《エレクトロセデーション》のお世話になったが、それでもなお、果てしなく〈階段〉を登り続ける夢を見た。

帰還二日目になると、ようやくすべてが平常に戻り、ラーマの踏査すら、なにかべつの世界の出来事のように思えるほどになった。ノートンは溜まっていたデスクワークを処理してしまうと、今後の計画を立て始めた。しかし、〈太陽系調査局〉や〈スペースガード〉の通信回線に、どうにかしてもぐりこんできたインタビューの申し出は、ぜんぶことわってしまった。水星からはとうとう通報がこずじまいだったので、〈惑連総会〉の開会は延期されていた。といっても、一時間の予告期間をおいていつでも再開できることにはなっていたが。

ラーマを去って三十時間、ノートンがひさかたぶりの深い眠りをむさぼっていると、急に乱暴にゆりおこされてしまった。ぐずぐずと悪態をつきながら、かすんだ目をあけると、カール・マーサーの顔があった——優秀な指揮官のつねとして、艦長は即座にぱっちりと目覚めた。

「姿勢転換が終わったのか？」

「うん。もう岩のように動かない」

「艦橋《ブリッジ》に行こう」

全艦が待機していた。シンプたちまでが、なにかがおこりつつあるのを感じとったのだろう、気がかりそうにピーピー騒ぎ出し、マカンドルーズがすばやい手話で安心させてやるまで、落ちつきをとり戻さなかった。だが、ノートンは座席にすべりこんでシートベルトを締めながら、まさかまたニセ警報じゃないだろうなと思った。

ラーマはいまやずんぐりとしたシリンダー形にちぢんで、太陽の灼熱の外縁が、その縁からわずかに顔をのぞかせていた。ノートンはエンデヴァー号を操って、人工日食の本影部分に入れなおし、明るい星々を背景に、ふたたびコロナが真珠のような光彩となって現われてくるのを見まもった。ひとつだけ非常に巨大な、すくなくとも五十万キロの高さはありそうな紅炎《プロミネンス》が現われた。太陽からはるか遠くまで翔け昇りすぎて、その上方の枝分かれ部分などは、まるで深紅の樹木さながらに見えた。

あとはただ待たなければならない、とノートンは自分にいいきかせた。大切なのは、どれほど長くかかろうと倦むことなく、いつでも瞬時に対処できるように、すべての計器を整え、完璧な記録をとれるようにして、待ち続けることなのだ……。

どこかがおかしい。星が動いていく、まるでノートンが姿勢制御ジェットを噴かしたように。だが、当人はボタンひとつ触れていないし、実際に動いているのなら、身体で感じていいはずだった。

「艦長《スキッパー》！」と、航宙士席のキャルヴァートが、切迫した声音で叫んだ。「艦が横転《ローリング》してます——星を見てください！　それなのに計器にはなにも出てこないんです！」

「角速度ジャイロは動いているか？」

「異状ありません――ゼロ表示で微動しています。でも、われわれは一秒に数度の割合で横転してます！」

「そんなことはありえない！」

「むろんです――でも、ご自分でごらんになってください……」

すべての計器がだめとなったら、人間はおのれの視覚に頼るしかない。ノートンにも、星空が実際にゆっくり回転しているとしか思えなかった。シリウスが左舷の縁に消えていく。コペルニクス以前の宇宙観に逆戻りしたかのように、全宇宙が突然、エンデヴァー号を中心にまわり始めたのか、それとも星々が動かないというのなら、艦のほうがまわっているのか。

後者の説明のほうが正しそうだが、それもまた解決不能のパラドックスを含んでいた。もし艦がこの回転速度でほんとにまわっているのなら、身体で――昔の言い習わしにしたがえば、ズボンの尻で――感じるはずなのだ。それにジャイロというジャイロが、すべて同時に、しかもてんでに、故障することなどありえない。

残された回答はただひとつだ。エンデヴァー号の全原子が、なにかの力場に捕まっているにちがいない――それも強力な重力場だけがこのような効果を生みだせる。すくなくとも既知の力場ではありえないことだ……。

突然、星空が消えた。燃える太陽の円盤がラーマの陰から現われて、その輝きのために星々がかき消されてしまったのだ。

「レーダーには映っているか？　ドップラーはどうだ？」

ノートンはこれもまた作動不能かもしれないと覚悟したが、それは思いすごしだった。

ラーマはついに航行を開始した。だが、その加速は〇・〇一五Gというごく穏やかなものだった。ペレラ博士はさぞ喜ぶことだろうな、とノートンは思った。博士は最大加速を〇・〇二Gと予言していたのだ。そしてエンデヴァー号はなにかのはずみで、宇宙船の後方に発生する渦流に巻きこまれた浮遊物のように、ラーマの航跡に捕えられてぐるまわっている……。

いくら時間がたっても、加速度は一定のままだった。ラーマは徐々にスピードをあげながら、エンデヴァー号から遠ざかっていく。距離が開くにつれ、艦の異常な動きもゆっくりとおさまり、通常の慣性法則がふたたび働くようになった。いまとなっては、そのありをくらって短時間だけとらえられたエネルギーの正体については、想像してみるしかなかったが、とにかくラーマがその推進スイッチを入れる前に、エンデヴァー号を安全距離まで離しておいてよかったと、ノートンはしみじみ思った。

あの推進《ドライヴ》メカニズムについては、それ以外はまったく五里霧中ながら、ただひとつだけ確かなことがあった。ラーマを新しい軌道に乗せた力が、ガスの噴射でも、イオンやプラズマの放出でもないということだ。技術軍曹で教授のマイロンが信じがたいものを目にして、ショックのあまり口にした言葉以上に、うまい表現はない。「ああ、ニュートンの第三法則が行ってしまう」

とはいいながら、翌日エンデヴァー号が頼りにしなければならなかったのは、そのニュートンの第三法則だった。艦は大切にとっておいた最後の燃料を、軌道をすこしでも太陽から遠ざけようとして使いはたしたのだ。軌道の変化はわずかなものだったが、それでも近日点では、一千万キロの差となって出てくる。それはつまり、艦の冷却装置を九十五パーセントの能力で動かして助かるか、それとも確実な死の炎に飛びこむかの差だった。

操船を完了したとき、ラーマは二十万キロのかなたで、太陽の光輝に邪魔されて、もはやほとんど視認することはできなかった。だが、レーダーによる軌道の正確な計測はまだ可能だった。そして観測すればするほど、わけがわからなくなってしまった。

何度も何度も計算結果をチェックしなおしたが、どうしても信じられぬ結論に到達してしまうのだ。水星人の抱いた恐れも、ロドリゴの英雄的行為も、〈惑連総会〉の駈け引きも、すべてがみな、むだな労力の浪費だったように見えた。

最終計算結果を目にしたとき、ノートンはなんと宇宙的な皮肉だろうと思った。百万年ものあいだみごとにラーマを導いてきたコンピューターが、たった一度ごく些細なミスをおかしてしまったのだ——おそらく方程式のプラスとマイナスをとり違えたのだろう。

これまでだれもが、ラーマは速度を落として、太陽の重力圏に入り、太陽系の新惑星になるにちがいないと確信していた。それがいま、まるで逆のことをしているのだ。

ラーマはスピードを上げていた——それも最悪の方角に向かって。

ラーマはしだいに速度をあげながら、太陽へと落下していたのだ。

45 不死鳥

新たな軌道の詳細が明らかになるにつれ、ラーマが災厄からのがれる道はいよいよないように見えてきた。太陽にこれほど接近して飛んだのは、わずかに五指にも満たぬ数の彗星だけだった。近日点では、水素核融合の地獄から、わずか五十万キロ以内にまで接近するだろう。どのような物質でも、それほど近づいてしまっては、固体の状態を保つことはできない。ラーマの船体を構成する強力な超合金をもってしても、その十倍の距離でもう融け始めるだろう。

エンデヴァー号はいま、それ自身の近日点を通過して、乗組員一同を安心させながら、ゆっくりと太陽から遠ざかっていた。はるか前方のラーマは、より接近し、より早い軌道上をつき進み、すでにコロナの最外炎よりずっと内側に入りこんでいた。かれらの艦は、ドラマの大団円を特等席で見ることができそうだった。

そのときラーマは、太陽から五百万キロのところで、依然加速を続けながら、自分の繭《まゆ》を紡ぎだした。それまではエンデヴァー号の望遠鏡の能力ぎりぎりのところで、小さな輝く棒のように見えていたのが、突然、地平線になびく靄《もや》にかすむ星のように、ちらちらきらめき始めたのだ。ついに崩壊が始まったかのようにみえた。映像が乱れだしたのを目にして、ノートンはかくも偉大な驚異の産物が失われてしまうことを、激しく悲しんだ。だが、つぎの瞬間、ラーマがちらつく霞《かすみ》状のものに包まれながら、依然として存在していることに気がついた。

まもなく、その姿は見えなくなった。代わってそこに見えるのは、円盤状ではない、きらきら輝く星のような物体だった——まるでラーマがちっぽけな球体に収縮してしまったかのように。

なにがおこったのかを一同が悟るまで、しばらく時間がかかった。ラーマはみごとに姿を消していた。いまでは、直径百キロはあろうか、という完全反射の球体に囲われていたのだ。見えるのはただ、こちらに近い側の部分に映る太陽自身の反射光だけだった。この保護バブルのなかで、おそらくラーマは太陽の灼熱地獄から守られているのだ。

刻一刻、〝バブル〟はその形を変えていった。太陽の反射像がしだいに引きのばされ、ゆがめられていく。球体が長楕円体となり、その長軸がラーマの飛行方向を示すようになった。そのとき、二百年近くも太陽の定常観測をおこなってきたロボット観測機から、初めて異常事態の報告が送られ始めた。

ラーマ近辺の太陽磁場に、異変がおきつつあった。百万キロもの長さに及ぶ力線が、コロナを縫い、また圧倒的な太陽重力をものともせずしばしば吹き上げる、猛烈にイオン化されたガスの房を押しのけて、輝く長楕円体のまわりに形成されていた。もちろん、なにひとつ目に見えはしない。ただ、周回軌道をめぐる自動機器が、磁束や紫外線輻射量のそんな変化を伝えてきたのだ。

ほどなく肉眼でも、コロナの変化がわかるようになった。かすかに光るチューブというかトンネル状のものが、十万キロほどの長さにわたって、太陽の外層高く現われていた。それはわずかにカーヴを描き、ラーマが進む軌道に沿って曲がっていた。そしてラーマ自体は——というより、それを包みこむ保護繭《コクーン》は——コロナをつらぬくその幻のようなチューブのなかを、どんどんスピードをあげながらすべり落ちていく、光り輝くビーズ玉として見えていた。

それはなおまだスピードをあげていた。いまや秒速二千キロを越え、太陽のとりことならないことは疑いようもなくなった。ついにいまこそ、ラーマ人の戦略が明らかになった。太陽にこれほど接近したのは、ただかすめ飛ぶことによって太陽からエネルギーを引き出し、未知の最終ゴールへ向かうスピードに、さらに拍車をかけるためだったのだ……。

ほどなく、ラーマはエネルギーを引き出しているだけではなさそうだ、ということがわかってきた。だれ一人として、確信の持てるものはなかった。なにしろいちばん近距離の観測機器でさえ、三千万キロも離れていた。だが、明らかに太陽からラーマ自体のなかへ、物質が流入しているという徴候がうかがえたのだ。まるで宇宙をいく一万世紀のうちに洩れ出して、失った物質を補給しているかのように。

ラーマはますます速度を増しながら、太陽をかすめてまわりこんでいき、いまやそのスピードは、過去に太陽系を通過した飛行物体のどれよりも早かった。二時間とたたぬうちに、飛行方向は九十度以上も変わってしまい、自分が侵入してきて心の平和をずうずうしくもかき乱したこの太陽系世界に対し、まったくなんの関心も抱いてはいないという最後の、いささか人をこばかにしたような証拠を見せてくれた。

ラーマは黄道面からどんどんはずれだし、全惑星が公転している平面のずっと下、南方星域へと向かい始めた。それが最終ゴールでないことは確実だったが、いまは大マゼラン雲をぴったり真正面にとらえて、銀河系のかなたに横たわる孤独の深淵をめざしているのだった。

46 間奏曲

「入りたまえ」ノートン中佐は心ここにあらずといった風情《ふぜい》で、戸口の静かなノックに答えた。

「ちょっとしたニュースよ、ビル。最初に知らせておきたかったの、乗組員のみんなが騒ぎだす前にね。それにどうせ、わたしの専門分野のことだし」

ノートンはまだぼんやりしているようだった。横になって頭の下で両の手を組み、目は開いているのかつぶっているのか、部屋の明かりも暗くしている――ほんとうにうとうとしていたわけではなく、ただ、とりとめのない空想と物思いにふけっていたのだ。

ノートンは一、二度目をぱちくりさせると、だしぬけに意識が戻った。

「すまない、ローラ――気がつかなかった。なんだって？」

「まさか、忘れちゃったんじゃないでしょうね！」

「いじめないでくれよ、かわいい顔して。すこし考えごとをしてたんだ、いまね」

アーンスト軍医中佐は、はめこみ式の椅子を引き出すと、そばに腰かけた。

「惑星間の危機がどうあろうと、火星の官僚機構の歯車はびくともしないらしいわ。ラーマのおかげもあったとは思うんだけど。まあとにかく、水星人の許可がいる、なんていわれなくてよかったわ」

ぱっと目の前が明るくなった。

「そうか――ローウェル宇宙港から許可がおりたんだな！」

「そんなんじゃないわ――それはもうとっくに対応ずみよ」ローラは手にした書類に視線をやると、「即時通告」と読んだ。「ただいま現在をもって、貴下の新しいご子息が懐妊された。おめでとう」

「ありがとう。やっこさん、待たされたのを気にしないでくれるといいんだが」

宇宙飛行士のつねで、ノートンも軍務についたときに断種してしまっていた。宇宙で長年月をすごす者にとって、放射線による突然変異はたんにリスクではない――確実におこることだった。二億キロかなたの火星上で、たったいま遺伝子の荷をおろしたばかりのノートンの精子は、三十年間も冷凍にされたまま、この運命の日を待ち続けていたのだ。

ノートンは出産日までに帰宅できるかなと思った。もうそろそろ休暇をとってリラックスし、宇宙飛行士として許されるかぎりの平凡な家庭生活を送ってもいい潮時だった。今回の作戦もすでに事実上終了していたから、ノートンは緊張をといて、もう一度自身の将来のこと、二つの家族のことを考え始めていた。そうだ、しばらく家にいるのもいいな、そして失われた時間の埋め合わせをするのだ――いろんな方法で……。

「ここにきたのは」と、ローラは弱々しく抗弁した。「純粋に職務上の理由からですからね」

「長いつきあいじゃないか」ノートンは答えた。「おたがいによくわかってるはずだ。それに、きみはもう非番なんだろ」

「いまなにを考えてるの？」ずっと時間がたってから、ローラがなじるように訊いた。

「センチになったりしないでね」

「ぼくらのことじゃないさ。ラーマだ。行ってしまったかと思うと寂しくなってきた」

「へええ、そうですか」

ノートンは相手の身体にまわしていた手に、力をいれた。重さがなくていちばんいいのは、一晩中だれかを抱いていても手がしびれたりしないことだと、ノートンはしょっちゅう思っていた。一G下のセックスは重苦しくてちっとも楽しめないと、文句をいう人間もいるほどだ。

「よくいうだろ、ローラ、男は女と違ってね、心がツートラックになってるんだ。でも、まじめな話――いや、真剣というべきかな――いつも喪失感がある」

「よくわかるわ」

「臨床医みたいだぞ。それだけじゃないんだ。いや、よそう」ノートンは諦めた。たやすく説明はできないし、自分自身でもよくはわからなかった。

ノートンは今回の任務で、期待以上の成果をあげていた。ラーマでかれらが発見したことは、科学者たちを今後、何十年もいそがしくさせるだろう。そしてそれ以上に、ただ一人の死傷者も出さずにやり遂げたのだ。

しかし反面、失敗もあった。たとえ、いかように推測することはできても、ラーマ人の性質と目的については、ついになにひとつ知ることはできなかった。かれらは太陽系をただの再給油所、増速《ブースター》ステーション――なんと呼んでもいいが――として使っただけで、あとはまるで鼻もひっかけずに、もっと重要な仕事をしに去ってしまったのだ。人類が存在していたということすら、ついに知ることはないだろう。こんな徹底した無関心というのは、故意に侮辱されるよりずっとこたえるものだ。

ノートンは最後にラーマを、金星のかなたへと疾走していくちっぽけな人工星として見送ったとき、なぜか自分のそれまでの人生が終わったような気がした。まだ五十五歳だが、あの湾曲した〈平原〉に、もう人類の手のとどかぬ無情な距離まで遠ざかってしまった神秘と驚異の塊のなかに、自分の青春を置き去りにしてきたように感じたのだ。どれほどの名誉と成功がもたらされようと、ノートンの脳裏からは、これから一生涯、竜頭蛇尾に終わってしまった失望感と、さまざまな機会をのがしてしまった無念の想いが消え去らないだろう。

ノートンは心のなかでそうつぶやいた。だが、そうだとすれば、ノートンはうかつすぎた。

そのころ、遠く離れた地球では、カーライル・ペレラ博士が、自分がどうして寝苦しい眠りから目が覚めたのか、まだだれにも打ち明けないでいた。潜在意識からのメッセージが、いまだに頭のなかで谺《こだま》をくり返していた。

ラーマ人はなにごとも、三つひと組にしないと気がすまない。

われわれは孤独ではない

評論家
高橋良平

Two possibilities exist: Either we are alone in the Universe or we are not.
Both are equally terrifying.

右の言葉は、スコット・スチュワート監督・脚本のアブダクション・ホラー映画《ダークスカイズ》（二〇一三年）で、エピグラフとして引用されたクラークの金言である。

この広大な宇宙のなかで、知的生命は人類しか存在しないかもしれないし、現在の天文学者のほとんどが認めるように、銀河系のなかで生命の発生する惑星環境は、さほど珍しいものではないかもしれない。どちらの場合であろうとも、気が動転する思いに変わりはない——というわけである。

でも、二〇〇八年三月十九日、九十歳で亡くなった……いや、クラーク本人のようにポジティヴな言い方に代えれば、まもなく生誕百年を迎えるSF界の巨匠、アーサー・チャールズ・クラークは、宇宙に知的生命が存在する可能性を、星々の世界に空想をはばたかせた子どものころから、一度として疑ったことはない。

第一次世界大戦中の一八一七年十二月十六日、イングランド南西部のサマーセット州の港町、マインヘッドで生まれたクラークは、十代の初めにSF雑誌と出会い、夢中になって雑誌をコレクションし、ファンとの交流をはじめる一方、天体望遠鏡を自作するほどの天文マニアでもあったから、当然のごとく、イギリス惑星間協会に入会……まあ、その人生について詳しくは、自伝『楽園の日々――アーサー・C・クラークの回想』（山高昭訳／★）や、ニール・マカリールの評伝 *Odyssey: The Authorised Biography of Arthur C. Clarke*（Victor Gollancz,1992）――晩年を詳述する増補版を出してほしいものだ――などに目をとおしていただくとして、第二次大戦後の一九四六年、三十前の若さで惑星間協会の会長に就任したてでおこなった講演「宇宙時代の試練」で、異星の知的生命および文明について触れている（ちなみに、この講演が活字になった会報をジョージ・バーナード・ショウに送ると、当時九十一歳のノーベル文学賞受賞者は即、同協会に入会し、終身会員になったという）。

のちに、この講演を基にした記事が、〈来るべき宇宙時代が、これまで地球に縛りつけられてきたわれわれ人類に与える影響〉について考察した一九六一年刊の科学エッセイ集『宇宙文明論』（山高昭訳／ハヤカワ・ライブラリ刊）の巻頭に収録されている。

その「宇宙時代の試練」や「皆はどこにいるのですか？」では、人類による恒星間飛行の科学技術的な難しさを前提に、もし、それを可能にした高度文明を有する異星の種族がいるとするなら、その社会は進歩の根拠となる安定・永続的な民主的共同体であるだろうとクラークは主張する。そして、〈どんな文化でも、技術の力だけで数世紀以上もの間にわたって栄え続けるとは信じられないのである。道義と倫理とが科学におきざりをくっていいはずはない。さもなければ、その社会体制は毒素を醸しだし、必ず崩壊するだろう。したがって、超人の知識には同じくらい強い憐憫《れんびん》と寛容の心が伴っているに違いない、と私は信じる〉。

その信念は、『幼年期の終り』（福島正実訳／★）でいかんなく開陳されているが、前文につづけて、〈あるいは、私はこの点でまったく間違っているかもしれない。未来は、やはり、われわれが残酷と邪悪と呼ぶような力が支配しているのかもしれない。われわれがいかに望んだとしても、人類の抱負や理想が宇宙全体に通用するとはかぎらないのである〉と、あらゆる可能性を排除していない。なにしろ、〈宇宙での発見や冒険が何をもたらすにせよ、ほんものの宇宙はいかなる奇蹟よりも奇蹟的であるという事実は動かせないだろう〉（同書「宇宙と精神」）からである。

本書、『宇宙のランデヴー』もまた、人智のおよばぬ〝宇宙の奇蹟〟と人類が遭遇する興味つきない物語で、映画《2001年宇宙の旅》（一九六八年）で世界的に有名になったクラークが満を持し、一九七三年に発表した本格宇宙小説、その改訳決定版である。

この話題作は、SFファンの選ぶヒューゴー賞、アメリカSF作家協会が選ぶネビュラ賞のダブル・クラウンに輝いたばかりでなく、国際的なSFプロの選考委員が選ぶジョン・W

・キャンベル記念賞、アカデミックなSF研究者の選ぶジュピター賞、英国SF協会賞、S

F情報誌〈ローカス〉の読者が選ぶローカス賞、そして日本の星雲賞と、SF界の賞を総なめにしたといっても過言でなく、クラークの書くサイエンス・フィクションに対するSFファンの期待と信頼が、けっして裏切られなかったことの証明でもある。

ここで少々、受賞の背景となる当時の英米SF界事情を記しておくと、既存の権威に対する学生世代の異議申し立てが世界同時多発的に起きた一九六〇年代後半、イギリスの〈ニュー・ワールズ〉誌を発火点に、「SFに何ができるか」を問う〝ニュー・ウェーヴ〟運動が起こり、テーマや文学的手法にさまざまな実験的な試みがなされた。米アポロ11号の人類月面初着陸をへた一九七〇年代にはいり、〝ニュー・ウェーヴ〟運動は浸透・拡散、あるいは沈静化したところに出版されたのが、アシモフ、クラーク、ハインライン、戦前のSF黄金期にデビューした御三家の長篇だった。

アシモフの場合は、映画のノヴェライズ『ミクロの決死圏』以来六年ぶりの長篇となる『神々自身』（小尾芙佐訳／★）は、本書の前年にヒューゴー&ネビュラをW受賞。ハインラインの大部『愛に時間を』（矢野徹訳／★）は、本作とヒューゴー、ネビュラをともに争い、ヒューゴー賞は二席に甘んじている。すわ、〝オールド・ウェーヴ〟の伏流が湧出したのかというと、そうではなく、その後の歴史からふりかえってみれば、三者三様のリブートの出発作だったのだから、おもしろい。

それに、〝ニュー・ウェーヴ〟の影響かどうかは定かでないが、その目的のひとつに一般文学なみの〝性のタブー〟打破があり、クラークは初めて、本書で〝宇宙時代〟の重婚や一妻二夫の夫婦関係や、宇宙船内でのフリーセックスと、未来社会で変化した性意識に、いわば隠し味的に触れているのが、なかなかに興味ぶかい。

さて、本書で描かれるのは二十二世紀、人類は太陽系に進出し、金星は未加入だが、水星、地球、月、火星、ガニメデ、タイタン、トリトンの七星で〈惑星連合〉を形成している。二一三〇年、北イタリアに一千トンの隕石落下で大災害が起きて以後、つづけてきた宇宙監視計画で、深宇宙から飛来した小惑星三一／四三九が発見される。やがて、それがじつは、長さ五十キロメートル、直径二十キロメートルもある巨大なシリンダー状で、自転周期四分の金属製人工天体だと判明する。探査に向かうことのできるのは、〈太陽系調査局〉所属の調査研究艦、五千トンのエンデヴァー号のみ。〝ラーマ〟と名づけられた謎の円筒は、すでに金星軌道の内側にはいり、近日点まで四十日しかなかった。タイムリミットのあるなか、ビル・ノートン中佐を艦長とするエンデヴァー号のクルーは、太陽系じゅうが注視するなか、異星文明の手になる、圧倒的スケールの未知の世界に足を踏みいれる……。

悠久の時間を旅してきたはずなのに、朽ちることなくピカピカの内部。そして、高エネルギー素粒子研究を専門とした物理学者、ジェラード・K・オニールが提唱したスペース・コロニーを連想させる〝ラーマ〟に、突如、人工太陽が輝きだすと、墳墓のように死の世界だと思われた〝ラーマ〟が〝復活〟しはじめる。「光あれ！」ではじまる創世記の天地創造のごとく、〝ラーマ〟は急速に変貌してゆく。真の冒険がはじまる。

クラーク自身、本作について、伝統的な冒険物語の話の進め方が、自分の言いたいことを漏れなく詰めこめるのを証明しようとしたと小説作法を語り、その意味で、参考にしたのはコナン・ドイルの『ロスト・ワールド』だったと言明している。

科学的ワンダーに魅せられてしまうので、つい忘れがちだが、クラークにも、英国伝統の冒険小説作家の血が流れており、その顕著な例が『渇きの海』〔深町眞理子訳／★〕だ。さらにいえば、『都市と星〔新訳版〕』〔酒井昭伸訳／★〕にしても『2001年宇宙の旅〔決定版〕』〔伊藤典夫訳／★〕にしても、いや、ほとんどのクラークの長篇に、未知への冒険のワクワク気分を感じるはずだ。その冒険気分が、読むものをワンダーに目をみはる少年に変えてしまうマジックで、SFの魅力を倍加してくれる。

もうひとつ、本作の内容に関し、ちょいとズルして元版文庫解説の拙文を書き写しておくと、〈しつこく出てくる〝3〟という数字について、便利な『イメージ・シンボル事典』をみてみると、ギリシャ・ローマ神話でも〝父と子と精霊〟のキリスト教でも、三相をもつ神々と関連する聖なる数字とされていますし、世界創造の方式の数であったり、自然の死である冬を除いた季節を意味したり、なかなか象徴的な数となっています。ラーマ神とも深い関係がありますが、これはお楽しみにとっておきましょう〉。

末尾の一行――〈ラーマ人はなにごとも、三つひと組にしないと気がすまない〉は、余韻を残すキラー・センテンスだが、ご存じのように、本書には、のちに三冊の続篇が書かれた。映画プロデューサー、ピーター・グーバーの紹介で知り合ったジェントリー・リーとの合作だが、クラークはアイデアを出しあっただけで、じっさいに執筆したのはリー。ジェット推進研究所のエンジニアやカール・セーガンのパートナーだった経歴をもつが、本作の超絶的な異星文明の雰囲気は失われてしまい、人間くさくなっている。

なお、本書の映画化権が、ずいぶん前に売れており、オプションを手にしたのは、アカデミー賞も受賞している名優、モーガン・フリーマン。SFファンの彼にとって念願の企画で、何度も製作予告がされては沙汰やみになっている。いわゆるDevelopment Hellというやつだが、視覚効果によって圧倒的にリアルな宇宙体験をさせるアルフォンソ・キュアロン監督の《ゼロ・グラビティ》（二〇一三年）が、ゴールデン・グローブ賞の監督部門を受賞し、アカデミー賞にもノミネートされているご時勢だから、そう遠くない将来、ＩＭＡＸの３Ｄ版にお目にかかれるかもしれない。楽しみが、またひとつ。

二〇一四年一月記

★はハヤカワ文庫ＳＦ刊

本書は一九八五年九月にハヤカワ文庫ＳＦより刊行された
『宇宙のランデヴー』の改訳決定版です。

訳者略歴　1936年生，1958年東京外国語大学独文科卒，英米文学翻訳家

HM=Hayakawa Mystery
SF=Science Fiction
JA=Japanese Author
NV=Novel
NF=Nonfiction
FT=Fantasy

宇宙《うちゅう》のランデヴー
〔改訳決定版〕

〈SF1943〉

二〇一四年二月十五日　発行
二〇一九年三月十五日　二刷

（定価はカバーに表示してあります）

著　者　アーサー・C・クラーク
訳　者　南《みなみ》　山《やま》　宏《ひろし》
発行者　早　川　浩
発行所　株式会社　早　川　書　房

郵便番号　一〇一 - 〇〇四六
東京都千代田区神田多町二ノ二
電話　〇三 - 三二五二 - 三一一一（大代表）
振替　〇〇一六〇 - 三 - 四七七九九
http://www.hayakawa-online.co.jp

乱丁・落丁本は小社制作部宛お送り下さい。
送料小社負担にてお取りかえいたします。

印刷・株式会社亨有堂印刷所　製本・株式会社フォーネット社
Printed and bound in Japan
ISBN978-4-15-011943-0 C0197

本書は活字が大きく読みやすい〈トールサイズ〉です。